DIETER NUHR

DAS GEHEIMNIS DES PERFEKTEN TAGES

DAS BUCH · Die zentrale Frage des Morgens ist: Wie viel mehr Sinn steckt im Aufstehen als im Liegenbleiben? Und hat nicht jeder Zustand seine Berechtigung? Seine Selbstverständlichkeit? Ein Hahn denkt nicht nach über das Aufstehen. Ihm ist es auch egal, dass er an den Füßen keine Federn hat. Ich habe ebenfalls keine Federn an den Füßen, stehe dennoch nur ungern auf.

Ich liege. Ich lebe. Ich fühle mich wohl. Ich weiß, dass diese Feststellung auf irgendeine Art und Weise den Eindruck erzeugt, mir fehle die Tiefe. Aber warum sollte man sich nicht wohlfühlen? Man kann das Leben auch als Glücksfall begreifen! Ich sehe die Welt als Lebensort und nicht als Sterbehospiz. Sie ist bunt. In Indien stehen Sadhus für 20 Jahre auf einem Bein, um den Göttern ihre unabdingbare Unterwerfung zu beweisen. Ich glaube: Wenn Gott gewollt hätte, dass wir auf einem Bein stehen, hätte er uns das zweite nur für Notfälle im Rucksack mitgegeben.

DER AUTOR · Dieter Nuhr studierte Kunst und Geschichte. Seit fast 20 Jahren ist er mit seinen Soloprogrammen auf Tour. Seine Vorstellungen sind durchweg ausverkauft. Er ist der einzige Künstler, der sowohl den deutschen Kleinkunstpreis in der Sparte Kabarett als auch den Deutschen Comedypreis und den Friedensnobelpreis (gemeinsam mit 500 Mio. anderen EU-Bürgern) gewonnen hat. Seine Bühnenshows sind die erfolgreichsten deutschen Kabarettprogramme aller Zeiten. Sein Buch DER ULTIMATIVE RATGEBER FÜR ALLES (Lübbe 2011) stand 79 Wochen auf der Spiegel-Bestsellerliste.

WEITERE TITEL DES AUTORS:

DER ULTIMATIVE RATGEBER
FÜR ALLES

Titel in der Regel auch als Hörbuch
und E-Book erhältlich

DIETER

nuhr

DAS GEHEIMNIS DES PERFEKTEN TAGES

LÜBBE

05

PROLOG

21

0521 „Man soll den Tag nicht vor dem Abend loben!“, sagt der Volksmund. Dem kann ich nicht zustimmen. Nicht dass der Volksmund grundsätzlich Unrecht hätte, aber oft hat er auch schlechte Zähne, faulen Atem und keine Ahnung.

Man darf einen Tag auch ruhig schon vor 10:00 Uhr loben, wenn man beim Frühstück feststellen durfte, dass man im Lotto gewonnen hat, der Kläffer der Nachbarin entlaufen ist und die komischen Pusteln weg sind. Wenn dann um 18:00 Uhr Freund Hein vor der Tür steht, um einem mit der Sense ein Ende zu bereiten, dann hat man wenigstens noch einen ganzen Arbeitstag lang gute Laune gehabt.

Ich liege. Der Blick auf die Uhr sagt mir, dass der Tag noch gar nicht begonnen hat. Normalerweise schlafe ich wie ein Stein, wie ein Baby, eine Leiche oder ein Regierungsrat im Verkehrsdezernat. Jetzt aber bin ich kurz wach und freue mich, dass ich mich umdrehen und weiterschlafen kann.

Drehung nach rechts auf die Seite. Mir fällt eine weitere Weisheit ein, die völlig blödsinnig ist: „Du sollst das Fell des Bären nicht verteilen, bevor du ihn erlegt hast.“ Völliger Unsinn! Bären kommen fast nur noch im Zoo vor. Dort aber wird man mit dem Bärentöter gar nicht eingelassen. Mir wurden selbst kleine abgesägte Schrotflinten am Eingang weggenommen. Will man ein Bärenfell verteilen, sollte man sich an die örtliche Schmugglerbande wenden, die auch ausgestopfte Komodowarane, Krokodilleder am laufenden Meter und geriebene Rhinozeroshörner anbietet. Ich werde mich aus dem Geschäft aber lieber ganz heraushalten.

Man sollte den Tag so nehmen, wie er kommt, und sich freuen! Ich mache es so. Ein guter Tag beginnt selten mit den Worten: „Verdammte Hacke! Sodbrennen, Mundgeruch und Risse in der Hornhaut, wie scheiße kann das noch werden?“ Oft wacht dann auch der Lebenspartner auf und denkt: „Mit diesem Mann gehe ich durchs Leben. Morgen werde ich mir eine weit entfernte Grabstelle suchen! In Ewigkeit halte ich das nicht aus.“

Drehung linke Seite. Ich lobe den Tag! Egal wann! Uhrzeitunabhängig! Ich sehe die Chance und nicht das Risiko! Tief hängende Wolken und Graupelschauer im Juni sind vielleicht nur versteckte Zeichen für Sonnenschein in 8.000 Meter Höhe. Selbstverständlich hat das Wetter in unseren Breiten Spiel nach oben. Aber man muss auch bedenken: Wer ständig Sonne hat, freut sich nicht mehr darüber. Da kann man die zahlreichen Leichen in der Sahara fragen, die sind da garantiert einer Meinung mit mir!

Aber selbst wenn man sich in der Wüste verirrt hat, sollte man nicht den Mut verlieren. Wenigstens ist man gut gebräunt und sieht gesund aus, wenn man dem Tod ins Auge blickt. Oder man freut sich, wenn der Sonnenbrand aufhört zu schmerzen, weil die Lebensgeister verdunsten. Das ist allemal besser als das Schicksal jener, die vielleicht seit 30 Jahren tot sind, aber immer noch regelmäßig zur Arbeit gehen.

Das Dasein ist eigentlich ein angenehmer Zustand, vorausgesetzt, die Verdauung ist in Ordnung und die Warmwasseraufbereitung funktioniert! Gut, das Leben könnte etwas länger sein. Das Altern ist unangenehm. Und warum verkrumpeln Fußnägel? Aber das Dasein birgt auch wunderbare Seiten: der Schmetterling, der mit seinen bunten Flügeln auf der heißen Herdplatte Platz nimmt, ein letztes Liedchen singt und dann zurückkehrt in den Kreislauf aus Werden und Vergehen. Der wunderbare Eichelhäher im grauen Gefieder, der sich für seine Mittagsmahlzeit aus den Nestern kleinerer Vögel bedient und fremde Küken verspeist. Will man ihm deshalb Vorwürfe machen? Er ist ein Familienmensch und nicht gewillt, die eigene Brut zu vertilgen. Das ist doch verständlich! Dann nimmt man eben die anderen. Was soll's!

Immer entspannt bleiben! So ist sie eben, unsere fantastische Natur. Ich freue mich, wenn ich einen Golden Retriever in freier Wildbahn beobachten kann! Mit Arthrose in der Hüfte schlurft er durch das Haus, weil er es nicht mehr bis nach draußen schafft, und verrichtet sein Geschäft auf dem Flokati-Teppich. Unsere Welt hat so viele bunte Seiten! Ich wälze mich auf den Rücken.

Wer positiv ins Leben blickt, hat mehr davon. Es ist eine Frage der Erwartung, ob etwas perfekt ist oder lächerlich. Die Schönheit liegt oft im Auge des Betrachters. Auch mächtig aus dem Leim gegangene Schlauchbootlippen, botoxgelähmte Gesichter, plastinierte Augenlider und gewaltsam aufgepumpte, aber im Laufe der Zeit der Schwerkraft gefolgte Riesenmöpse kann man schön finden, vor allem, wenn man sie bezahlt hat. Was soll das Hadern? Sind wir ehrlich: Vorher sah es auch nicht besser aus. Und wenn man selber eine von zu viel Alkohol aufgeschwemmte Plauze vor sich herträgt, als hätte man einen Medizinball verschluckt, dann sollte man demütig sein, wenn es darum geht, ästhetische Beurteilungen abzugeben.

Wer sein positives Lebensgefühl nicht verliert, hat nicht nur Glück gehabt, sondern auch die Sensibilität eines Schnitzelklopfers. Gut so! Ich will mir unbedingt mein sonniges Gemüt bewahren! Ich hüte mich vor jenen, die mir weismachen wollen, ein gutes Leben sei nur eine Frage der inneren Einstellung. Die haben keine Ahnung. Man braucht auch Alkohol, Sex und eine gewisse innere Gelassenheit, die ins Gleichgültig-Weggetretene oder ins Hypnotisiert-Betäubte changiert. Ich höre nicht auf die Psychoratgeber dieser Zeit, die so tun, als wären sie Schamanen. Als wüssten die, wo das Glück wohnt! Sie predigen Liebe, sind aber meist selber vier Mal geschieden und in ihren schäbigen Cordanzügen von Gin Tonic zerfressen, weil sie im Innersten wissen, dass sie nur hohle Phrasen dreschen, um uns allen den letzten Cent aus der Tasche zu ziehen.

Das Leben ist ein Wunder! Aber ist es wirklich perfekt? Manchmal! Ganz selten ergreift mich das Gefühl, dass nichts schöner wäre, als wenn der gerade erlebte Moment ewig bliebe, wenn zum Beispiel der Verein meiner Nachbarstadt verloren hat. Das ist herzergreifend! Das Glück ist ein kurzer Moment! Wie pocht das Herz vor Freude, wenn man bei einer Polizeikontrolle mit 1,8 Promille durchgewunken wird? Wie schön ist das Leben, wenn die Darmspiegelung nur eine leichte Reizung des Ileums ergeben hat?

Was macht einen Tag perfekt? Das ist ein Geheimnis! Aber ich bin sicher, irgendwann wird es gelüftet. Vielleicht noch heute. Wer weiß? Drehen, weiterschlafen. Nachts sollte man nicht grübeln, sondern träumen.

WOHNZIMMER

Daraus, dass Sie gerade meine Gedanken lesen, schließe ich, dass bei Ihnen ein gewisses Grundinteresse an meiner Person besteht. Sie fragen sich vielleicht: Wer ist dieser Durchgeknallte? Wie lebt der? Wie wohnt er? Und weil Sie so nett fragen, will ich Ihnen gerne meinen Lebensraum öffnen. Schließlich prägen uns die Dinge, mit denen wir uns umgeben.
Das erste Foto zeigt übrigens die obere linke Ecke meines Wohnraumes. Sie besteht ausschließlich aus rechten Winkeln und ist damit nahe dem, was man als perfekte kubische Gestaltung bezeichnen könnte. Wir achten zu wenig auf die Kleinigkeiten, die uns das Leben schöner machen.

07

VOR DEM AUFWACHEN

30

0730 Der Mensch ist zu vielen großen Taten fähig, aber was er wirklich perfekt beherrscht, ist das Liegen. Als Zweibeiner befindet er sich tagsüber im labilen Gleichgewicht. Einen Teil seiner Kraft muss er stets darauf verwenden, nicht umzufallen oder mit dem kleinen Zeh gegen den Couchtisch zu laufen. Nachts aber, wenn er schläft, gehorcht er der Schwerkraft und bildet eine plump daliegende Masse.

Im Zustand der Bewusstlosigkeit baut der Körper seine Energiereserven auf. Überschüssiger Hirnstrom wird in Träume umgesetzt. Fantasierend stelle ich fest: Ich bin blind, weil meine Augen verklebt sind. Alle Versuche, sie zu öffnen, scheitern, meine Kraft reicht nicht aus. Jemand hat mir offenbar Sekundenkleber als Eyeliner verkauft. Wieso benutze ich Eyeliner? Ich weiß es nicht. Im Traum passieren komische Dinge. Man fällt, brennt oder erblindet. Nie wieder werde ich einen Sonnenuntergang sehen können, ein lachendes Kind oder die Samstags-Sportschau. Panik!

In meiner Angst bemerke ich, dass ich an einem Abgrund stehe. Ich stürze. Im Traum wird gerne gestürzt, oft tiefe Klippen hinab. Unten brandet das Wasser bedrohlich gegen die Felsen. Ich schlage auf. Vom Aufprall geschockt bekomme ich unter Wasser keine Luft mehr, während große Tiere mit scharfen Zähnen an mir knabbern, eine *lose-lose-lose*-Situation.

Oft laufe ich im Traum auch nackt durch den REWE. Gott sei Dank bin ich wenigstens kein Schlafwandler. Es sollen schon Menschen aus schlimmen Albträumen erwacht sein, in denen sie ohne Kleidung im Supermarkt standen, nur um nach dem Aufwachen verdutzt festzustellen, dass sie nackt im Supermarkt standen. Sehr unangenehm.

0731 Mein erster Gedanke im Wachzustand: War Jesus Nichtraucher? Ich bin mir nicht sicher, wie ich darauf komme, aber ich vermute, der letzte Rest meines Traumes spielte irgendwo in der Nähe von Golgatha. Gab es da irgendwo eine Raucherlounge?

Auch Winston Churchill, Helmut Schmidt und Lady Gaga haben angeblich von Kindesbeinen an auf Nikotin verzichtet, allerdings fast ausschließlich während sie schliefen, Schmidt sogar selbst dann nur widerwillig. Es macht eben den großen Charakter aus, dass er es schafft, der Sucht zu widerstehen. Er hört einfach auf mit der Qualmerei, und wenn es nur für fünf Minuten ist. Immer wieder sieht man große Geister ohne Zigarette, selten, aber immerhin! Meist suchen sie dann nach einer neuen Packung, nesteln in ihren Mänteln oder Taschen, in der Gewissheit, noch ein paar Kippen zu besitzen, die sie aber in Wirklichkeit schon vor Stunden weggequarzt haben.

Menschen sind süchtig, nach Qualm, Glücksspiel oder Nasenspray. Unser „Bewusstsein“, das eine Art innerer Herrschaft für sich in Anspruch nimmt, ist offenbar nur ein repräsentativer Herrscher, eine Art König ohne weitere Befugnisse, während die Triebe ihre Gewaltherrschaft verrichten, rauchen, Schokolade fressen und am Automaten spielen. Wie konnte sich so etwas in der Evolution durchsetzen? Keine Ahnung.

Spielsucht ist unter Weichtieren wenig verbreitet. Sind sie deshalb schlauer? Nein. Aber vielleicht besser organisiert. Tintenfische haben ein hochentwickeltes Gehirn und drei Herzen. Sie existieren seit Ende des Kambriums, sind also erheblich älter als Jesus Christus, aber ebenfalls Nichtraucher, obwohl ihnen selbst exzessives, tiefes Inhalieren kaum schaden würde. Sie haben keine Lunge, die geschädigt werden könnte, und würden selbst nach zwei Herzinfarkten noch über eine gesunde Ersatzpumpe verfügen. Sorgen sich Tintenfische um ihre Gesundheit? Wenigstens mühen sie sich nicht, einen geistigen Schein um ihr vom bloßen Überlebenswillen getriebenes Sein zu konstruieren.

Ich liege im Bett und lasse einen wirren Strom von Assoziationen über mich ergehen. Im Bottich meiner Erinnerungen steigen die Bilder der letzten Tage nach oben. Ein Foto von einem Pinscher erscheint in meinen Gedanken, darunter eine Nachricht: „Jedes Jahr treffen sich zahlreiche Menschen, um den ‚hässlichsten Hund der Welt' zu wählen." Weshalb? Gibt es in der eigenen Art nicht genügend abstoßende Exemplare?

Statistisch gesehen besteht das Leben zu 98 Prozent aus Ungewissheit. Der Rest ist Stoffwechsel.

Aus Fragen werden Antworten, die neue Fragen generieren. Fakten bilden Gebirge aus Informationen: Jesus lebte nicht vegetarisch und hatte, wenn man Größe und Umfang aus mehr als 500 Gemälden alter Meister hochrechnet, einen BMI von 19, also leichtes Untergewicht. Lady Gaga dagegen trug Kleider aus Fleischlappen und hatte mit 21 einen Ruhepuls von 62. Zum Leistungssportler bringt man es damit nicht, außer beim Schach oder im Tor.

Stimmt das überhaupt? In diesen Zeiten kann man nicht mehr einfach irgendetwas erfinden. Heute trägt jeder einen Internetzugang mit sich herum, Google inklusive. Behauptungen werden heute nicht mehr einfach akzeptiert, sondern vor Ort online überprüft. Falsche Aussagen führen zur sofortigen sozialen Häme. Noch in der Kneipe wird vor versammelter Mannschaft festgestellt: Schmidt rauchte zeitweise Mentholzigaretten, oft zwei auf einmal, bei einem Ruhepuls von 198, aber sehr entspannt! Am Ende stehen alle zusammen, glotzen auf ihre Smartphones und stellen gemeinsam fest: Das Internet weiß auch nicht alles, aber immerhin hat man herausgefunden, in welcher Straße Scarlett Johansson wohnt. Auch nicht schlecht.

Ich merke, dass der gestrige Abend meine Gedanken beherrscht. Ein Treffen in der Kneipe, der übliche Verlauf. Floskelhafte Unterhaltung, dann App-Vergleich, downloaden, ausprobieren. Alle Anwesenden starren auf ihre Displays. Was wäre das Leben ohne Wasserwaage im Telefon? Wie hat man in der Urzeit gelebt ohne QR-Codescanner im Handy? Wie konnte man Bier trinken ohne Bier-App, die das iPhone zum Kölschglas werden lässt? In der Seitenansicht bildet der gelbe Pegel neigungstechnisch exakt den Horizont ab. Das virtuelle Bier ist der Schwerkraft angepasst, dank dreidimensionalem Bewegungssensor, ein Triumph der menschlichen Erfindungskraft. Es gluckert sogar. Wird es auch schal? Abwarten!

Das Leben muss so leer gewesen sein, damals in der guten alten Zeit. Kein Wunder, dass man freiwillig in den Krieg zog. Wahrscheinlich sagten sich die Menschen: „Die Erfindung des iPhones werden wir ohnehin nicht mehr erleben. Lasst uns Osteuropa überfallen." So nahm das Schicksal seinen Lauf. Schwarzweißbilder machen sich breit in meinem Kopf: regendurchnässte Schützengräben in Frankreich, halbvereiste Soldaten auf dem Rückweg aus Russland schleichen vorbei an jenen, die tiefgefroren am Wegesrand liegen. Die Funker funken nicht mehr. Kein Netz. Die Welt war früher ein einziges Funkloch. Entsetzlich!

Der Dritte Weltkrieg könnte irgendwann wegen einer fehlenden Flatrate verloren werden. Die westliche Welt steht kurz vor dem Sieg, da erscheint die Meldung: „Die Volumengrenze ihres Datentarifs ist erreicht. Zu Beginn des nächsten Monats steht Ihnen wieder die volle Bandbreite zur Verfügung." Todeskommandos wollen ihre Angriffe koordinieren, aber die MMS gehen nicht raus. Die Krieger fluchen. Dabei ist eh schon schlechte Laune. Im Display ist ein Sprung. Streifschuss. Die Partisanen werden über die Funktion „Ihr iPhone finden" geortet und gefangen genommen und beschließen, nie mehr auf die dusseligen 3Flats-in-einer-Angebote hereinzufallen. „Buchen Sie Ihre Flats flexibel" hatte es geheißen. Aber wie, wenn an der Front immer wieder der Empfang abreißt? Hitler hat sich im Führerbunker vielleicht nur deshalb erschossen, weil er die Rechnung für die Auslandstelefonate seit 1939 erhalten hatte. Auch Historiker wissen nicht alles.

Während sich die Bilder vorwärtsbewegen, liege ich behütet im Warmluftraum unter meiner Daunendecke. Am Ende der Nacht gebiert der Schlaf Ungeheuer. Berlin 1945. Für viele, vor allem jüngere Menschen bedeutet diese Jahreszahl heute ähnlich viel wie die Ziffernkombination 333 (Schlacht bei Issos) oder 1789 (Uraufführung der komischen Oper „Der Schulz im Dorf oder Der verliebte Herr Doctor" von Justin Heinrich Knecht in Biberach an der Riß). Ich aber bin ein Kind der Nachkriegszeit und habe noch schwarz-weiße Erinnerungen. Ich habe Sanostol und Caro-Kaffee getrunken. Ich will Frieden.

In der Folge: unruhiges Wälzen. Mein Weckprogramm berücksichtigt die Schlafphasen und kommt zu dem Ergebnis, dass nun der perfekte Zeitpunkt zum Aufwachen erreicht ist. Noch liege ich, aber häufiges Wenden erkennt mein Smartphone als sicheres Zeichen für das Erreichen meiner mentalen Dämmerung.

Ich liege im halbwachen Zustand da und denke darüber nach, ob der Tod auch im 21. Jahrhundert immer noch eine Sense benutzt. Oder kommt er im Morgengrauen auf einem fetten Sitzrasenmäher mit 13 Liter Tankvolumen, pendelnder Gussvorderachse, siebenfacher Schnitthöhenverstellung und elektrischer Messerkupplung? Heldenhaft durchpflügt der Sensenmann den Morgennebel! Dann röhrt sein 17,5-PS-Einspritzmotor die Nachbarschaft aus dem Bett, bevor er den Abzulebenden zerschreddert und im Grasfangkörbchen sammelt, um ihn der Ewigkeit zuzuführen. Ich fände das großartig. Ganz ehrlich! So habe ich mir meinen Tod immer vorgestellt: Wenn meine Seele den Körper verlässt, soll die Menschheit aufschrecken und sich fragen: Wo kommt der Krach her, morgens um sieben …?

Es gibt so vieles, was ich mir nicht erklären kann: Warum schellen die Zeugen Jehovas nicht mehr bei mir? Hätte ich mir beim Türöffnen etwas anziehen sollen? Körperliche Offenheit wirkt auf religiös blockierte Persönlichkeiten oft verstörend. Andererseits: Warum soll ich mir von ungefragt klingelnden Fremden vorschreiben lassen, was ich im eigenen Hause anzuziehen habe? Bin ich damals von zu Hause ausgezogen, damit nun, statt meiner Mutter, religiöse Kräfte die Bestimmungshoheit übernehmen?

Immer muss man sich nach anderen richten! Überall Fremdbestimmung! In der Kindheit ist es die Mutter, die einem dicke Socken aufzwingt, weil sie selber kalte Füße hat.

Später wird diese Rolle von der Freundin übernommen, die die Musik avantgardistischer Undergroundbands ablehnt und stattdessen Dancefloortaugliches vorschreibt. Am Ende wird die Herrschaft vom Staat übernommen. Er bestimmt, wie mein Grabstein auszusehen hat, wann ich einkaufen darf und wo ich rauchen soll. Dabei rauche ich gar nicht! Ist es eigentlich erlaubt, sich in einer Raucherlounge aufzuhalten, ohne zu rauchen, einfach weil man es liebt, sich über Raucher zu beklagen, die die Luft verpesten? Ich würde gerne Jesus fragen, aber er antwortet nicht. Und Winston Churchill ist tot. Exakt wie Jesus. Oder Ghandi. Wenn man eins aus der Geschichte lernen kann, dann ist es, dass auch die Unsterblichen sterben. Wenn ich es mir recht überlege, sind fast alle Unsterblichen bereits von uns gegangen. Und beim winzigen Rest ist es eine Frage der Zeit.

Ghandi war ein großer Mann! Eine Auferstehung hätte auch ihn als Religionsgründer qualifiziert. Leider ist es für Hindus schwer, ins Leben zurückzukehren, da sie noch am Tag ihres Hinscheidens verbrannt werden. Wäre Jesus Hindu gewesen, wäre Ostern zwei Tage zu spät für ihn gekommen.

Wer will schon den Rest seines Lebens in einem Aschenbecher oder einer Urne vor sich hin vegetieren, selbst wenn der Geist noch rege ist?

Wenn man älter wird, stellt sich im Bekanntenkreis immer häufiger die Frage: Begraben oder Brandbestattung? Ich fände es stilvoll, Nichtraucher zu begraben, Raucher aber zu verbrennen. Sie haben im Leben genug Restriktionen über sich ergehen lassen müssen, haben vor Türen in der Kälte gefroren und auf Langstreckenflügen dem Entzug standgehalten. Ihr letzter Weg soll dem Objekt ihrer Sucht entsprechen, Sie sollen verglühen wie die Sternschnuppen.

Raucher sind in diesen Tagen bedauernswerte Gestalten. Sie werden gezwungen, zur Befriedigung ihrer Bedürfnisse speziell für sie aufgestellte Terrarien aufzusuchen. Dort versammeln sich die Süchtigen. Sie sind Schemen im Nebel und paffen den giftigen Qualm genusslos in sich hinein, um ihren Käfig möglichst schnell wieder verlassen zu können. Der Rauch setzt sich in ihre Kleidung und teilt für den Rest des Tages allen Menschen mit: „Ich bin abhängig! Ich brauche es! Ich bin willenlos!" Kinder kleben an den Scheiben dieser Räucherkäfige und fragen ihre Mütter: „Was sind das für Menschen?" Und die Mütter antworten: „Das sind keine Menschen! Das sind Raucher!"

Ich rauche nicht, aber ich habe mir ganz fest vorgenommen: Wenn das Rauchen auch noch auf der Straße verboten wird, fange ich damit an! Dann rauche ich auf dem Fahrrad. Ohne Helm! Mit 40 Kilometern in der Stunde. In der Kinderspielstraße. Hupend! Ja, ich werde mir für mein Fahrrad eine amtliche Hupe anschaffen! Die kann ich auch als Fußgänger brauchen. Ich werde mich rauchend in eine Parklücke setzen, und wenn erboste Autofahrer gestikulierend auf ihr Parkrecht pochen, werde ich laut hupen, damit ich das Schimpfen nicht mehr hören muss! Das ist kein Eingriff in den Straßenverkehr, sondern eine Kunstaktion, eine Performance im Sinne einer kreativen künstlerischen Umgestaltung des öffentlichen Raumes.

Ob das allerdings vor Gericht genauso gesehen wird, wage ich zu bezweifeln. Wer sich heute künstlerisch durchs Leben bewegt, sollte auf die Unterstützung eines Rechtsanwaltes bauen. Das gilt auch für den privaten Wohnraum! Gestalten Sie Ihre Butze nicht nur im Einklang mit den ästhetischen Grundsätzen der Zeit (Bauhaus, Feng-Shui, Ikea), sondern vor allem nach gründlicher Rechtsbera-

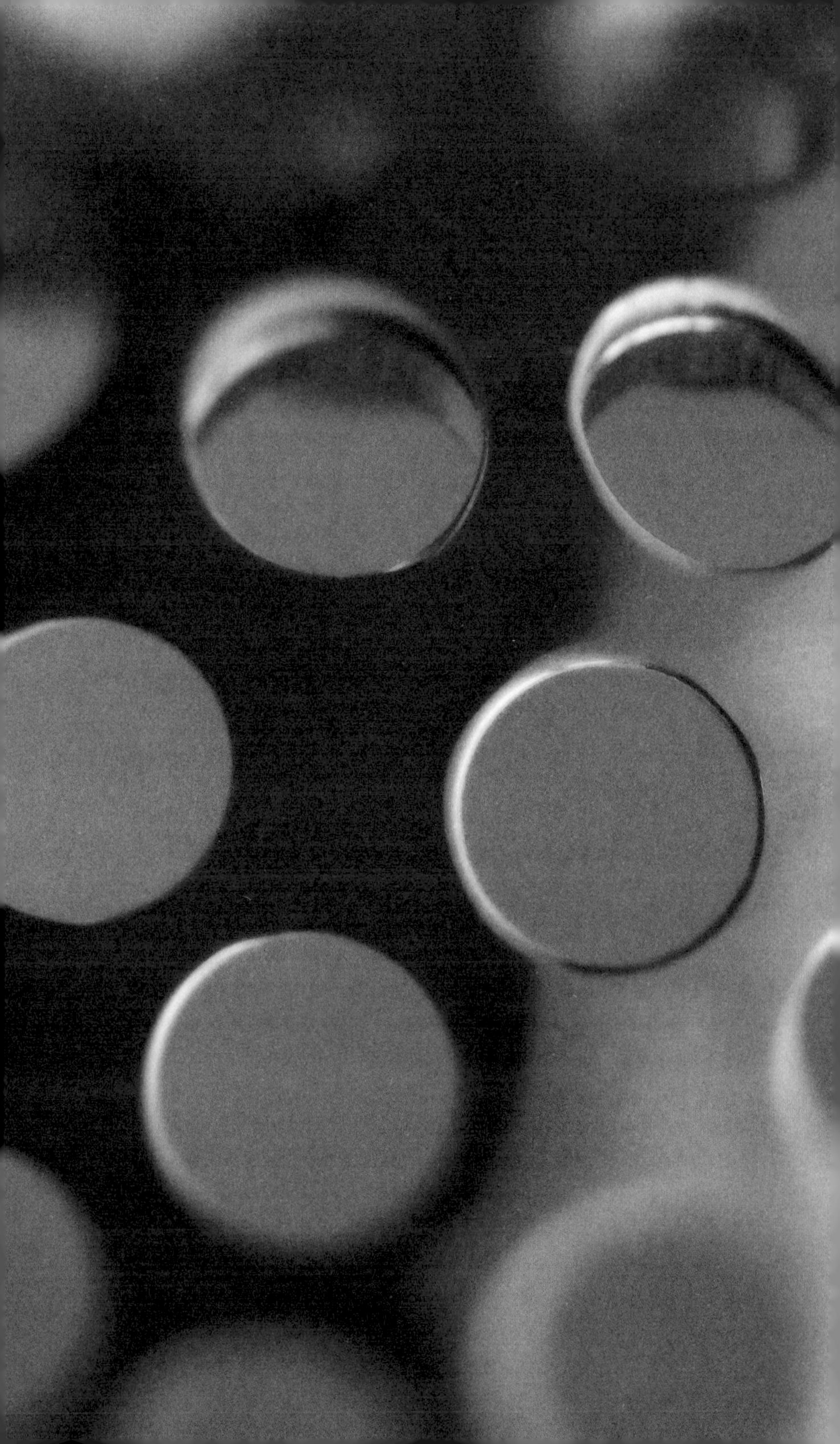

DESIGN

Design heißt im Grunde nicht viel mehr als „Gestaltung“. Wird ein Gegenstand mit dem Begriff „Design“ geadelt, soll das vermitteln, dass sich jemand darüber Gedanken gemacht hat, wie Form und Farbe aussehen könnten. Wenn diese Gedanken ausbleiben, sind die Gegenstände oft hässlich und abstoßend. Man kennt dies von Windows-Computern oder Outdoor-Jacken mit Pfotenabdruck.

Trifft Farbgefühl auf ein Gespür für Proportion und handwerkliche Fähigkeiten, entstehen manchmal Gegenstände, die das Wohlbefinden fördern, indem sie einem das Gefühl verleihen, in einer Welt zu leben, in der ewige Schönheit möglich ist. Natürlich ist dies eine Illusion. Stellen Sie Ihren Design-Flachbildfernseher einfach einmal für sechs Monate in den Garten. Dann werden Sie erkennen, dass selbst Gegenstände, die sich scheinbar der Natur entzogen haben, ganz schnell wieder von organischen Kräften zurückerobert werden. Ein Flatscreen sieht immer noch gut aus, wenn er, vom Moos überzogen und vom Regen verwittert, im Gebüsch zu neuem Leben findet. Die Funktion aber leidet auf Dauer.

tung! Auch in den eigenen vier Wänden kann man nicht einfach tun, was man will! Treppen beispielsweise sind nicht nur einfach willkürlich gestaltete Verbindungsadern zwischen den Geschossen, nein! Sie unterliegen in Form und Beschaffenheit der Landesbauordnung (in meinem Fall der BauO NRW). Deren Bestimmungen sind exakt zu erfüllen. Treppen sind deshalb vorschriftsgemäß in der Feuerwiderstandsklasse F 90 aus nichtbrennbaren Baustoffen herzustellen! Im Einzelnen gilt: „Treppengeländer müssen mindestens 0,90 m, bei Treppen mit mehr als 12 m Absturzhöhe mindestens 1,10 m hoch sein.“

Ich stelle mir den Juristen vor, der diesen Passus formuliert hat. Er ist 1,40 Meter groß, hat Haare auf den Füßen und verfügt über keinerlei Geschlechtsteil. Er ernährt sich von Paragrafen und pflanzt sich per amtlicher Verfügung fort. Er ist unsterblich, weil er sich ausreichend versichert hat. In seiner Arbeitszeit ist er als Erfinder tätig. Er denkt sich Formulierungen aus, die ein normaler Mensch nicht verarbeiten kann. Er tut dies aus sozialen Gründen. Er versorgt die anderen Mitglieder seiner Sippe mit Arbeit, als da sind: Rechtsanwälte, Steuerberater oder Verwaltungsfachangestellte. Sie verfügen über die Fähigkeit, die kruden Formulierungen der Kaste der Paragrafenschweißer zu entschlüsseln. All diese Berufe bilden einen eigenen Kosmos, dessen einziger Zugang zur normalen Welt über den Weg der Gebührennote oder des Beraterhonorars führt. Wie entsteht so etwas?

Evolution. Der Jurist hat sich im Grunde genauso entwickelt wie der Gepard oder das Warzenschwein. Sein Lebensraum ist nicht die Serengeti, er bewegt sich geschmeidig wie ein Puma durch Flure oder Großraumbüros. Warum sind hier keine Kamerateams, die uns das Biotop zwischen Teeküche und Kopierer zeigen, Staatsdiener in freier Wildbahn? Tiefsee und Savanne sind uns teure Dokumentationen wert, aber auch das Treiben in den uns nahe gelegenen Lebensräumen enthält Rätselhaftes, Unvorstellbares und Furchterregendes.

Ich möchte auch einmal einen Paragrafen formulieren. Mein Vorschlag lautet: „Treppen mit einer Absturzhöhe von 90 bis 110 Metern dürfen nicht auf dem Luftweg verlassen werden, es sei denn, der Flugwillige gehört zur Familie der Meisen aus der Ordnung der Sperlingsvögel, Unterordnung Singvögel. Dann gilt die Luftverkehrsordnung vom 16. September 1963."

Vielleicht sind auch die beiden Zeugen Jehovas, die mich regelmäßig bekehren wollten, irgendwo von einer Treppe gefallen. Und nirgendwo war ein Gott, der ihren Sturz gedämpft hätte! Verständlich. Der Schöpfer muss sich um Trilliarden von Planeten in wahrscheinlich nicht nur einem, sondern mehreren Universen kümmern. Es ist mir völlig schleierhaft, wie man behaupten kann, wir wären mehr als ein Trillionstel eines Staubkorns in Gottes Plan. Das muss die kindliche Naivität unserer beschränkten Fantasie sein, infantile Selbsterhöhung, die uns das eigene Ich für das Zentrum des Universums halten lässt.

Vielleicht haben die beiden Missionarinnen auch einfach aufgegeben. Ich weiß es nicht. Ich bin nur froh, dass sie nun darauf verzichten, meinen agnostischen Verstand als gottverlassen zu beschimpfen. Ich kann auf religiöse Rekrutierung verzichten! Irgendwann werden Islamisten bei mir schellen und mich lässig mit der Kalaschnikow fuchtelnd fragen, ob ich eventuell bereit wäre, mein bisheriges Leben zu beenden, um ein gottesfürchtiges zweites zu beginnen, das mich am Ende ins Paradies führen würde. Ich bezweifle, dass diese Leute eine abschlägige Bescheidung ihres Gesuches so klaglos hinnehmen würden wie die Damen mit dem Wachtturm.

Ich bin am Paradies nicht interessiert. Ich bezweifle sogar seine Existenz! Wie sollte so ein Paradies aussehen? Ein Paradies wäre nur dann ein Paradies, wenn man dort auf Vorschriften für Treppengeländer verzichten würde! Im Paradies könnten also auch Treppen über 14 Meter Absturzhöhe mit Geländern gesichert werden, die nur 60 Zentimeter hoch sind. Mit anderen Worten: Das Paradies wäre gefährlich!

Ich möchte nicht über Bauvorschriften nachdenken, vor allem nicht morgens, wenn der Tag noch gar nicht richtig begonnen hat. Ich will nicht schon vor dem Frühstück an Missionare diverser Weltreligionen denken. Ich bin doch noch gar nicht richtig wach! Ich liege in meiner dampfenden Koje und warte auf mein eigenes Aufwachen. Dann werde ich vergessen, worüber ich heute schon nachgedacht habe. Gut so!

Ich will keine theologischen Fragen erörtern vor meiner rituellen Waschung, die ich jeden Morgen durchführe, weniger aus religiösen als aus hygienischen Gründen. Hygiene ist wichtig!

Ich weiß, viele Leute sehen das anders. Vor allem im Bus trifft man immer wieder auf Anhänger der Theorie, zu viel Waschen würde die natürlichen Abwehrstoffe auf der Haut zerstören. Nicht dass sie ihre Ansichten diesbezüglich offen äußern würden. Aber man riecht es.

Natürlich kann es für Hygienefeindlichkeit gute Gründe geben. Elefanten wälzen sich im Staub und schützen ihre Haut so gegen Parasiten, das geht auch. Schweine suhlen sich, warum nicht? Aber genau das ist der Grund, warum Elefanten oder Schweine so selten Bus fahren!

Ich habe nichts gegen Schweine, ich halte sie auch nicht grundsätzlich für unrein, aber einer der Vorzüge des Menschen als Krone der Schöpfung ist fließendes Wasser. Ich habe irgendwann als kleines Kind der Suhle Adieu gesagt, weil meine Mutter jedes Mal, wenn ich schlammgebadet nach Hause kam, die Hände über dem Kopf zusammenschlug und sich über Flecken beklagte, die sie „nie mehr herausbekommen würde".

Natürlich bekam ich die Klamotten immer irgendwann im neuwertigen Zustand wieder, rein und unbefleckt, musste dafür aber in Kauf nehmen, in langen Monologen auf die unüberwindlich erscheinenden Schwierigkeiten hingewiesen zu werden, denen sich meine Mutter bei der Fleckentfernung ausgesetzt sah, Flecken, deren diabolischer Hartnäckigkeit nur mit heldenhaftem Mut und übermenschlichen Kräften beizukommen war, Kräfte, über die meine Mutter offenbar als einziger Mensch auf der Welt verfügte, Gott sei gepriesen … Meine Mutter war eine Superheldin, war Fleckenwoman, die alle Bösen dieser Welt besiegte, den Ketchupman, Schokoladendevil oder sogar den damals nur im Sommer erscheinenden Kirschfleckenjoker!

Meine Mutter besiegte ihn jedes Mal unter Einsatz ihres Lebens. Mütter neigten damals wie heute dazu, ihren Kampf gegen Lärmemission, Dekontamination und Entropie zu heroisieren.

Heute hat sich die Rolle der Erziehungsberechtigten noch erweitert. Sie sind nicht nur Reinigungskräfte und Ordnungshüter, sondern auch Dienstknechte und Chauffeure. Sie fahren ihre missratene Brut auf Befehl überallhin und haben sich widerstandslos in ihre Rolle als Sklave der Nachkommen gefügt.

Verbrauchte Frauen mit Kinderwagen stehen griesig, grau und muffelnd im Bus, weil sie glauben, dass jede Form der Körperpflege im Moment ihrer Befruchtung unnötig geworden sei. Sie tragen eine stachelige Mütze aus fettigem Haar wie eine Dornenkrone und reden mit ihren Mitmüttern lauthals über Pilzbefall an Stellen, die man sich als Mitreisender gar nicht vorstellen möchte. Und sie halten sich, Arm hoch, an der Halteschlaufe fest und geben dadurch den Blick frei auf ein in der Achselhöhle wachsendes kleines Mischwäldchen. Man meint Nadel- und Laubgehölze zu erkennen, Farne, Flechten und vor allem Weiden, traurig vor sich hin hängende Weiden, Trauerweiden, an deren Zweigenden sich Schweißkristalle festkrallen. Ich glaube nicht, dass früher alles besser war, aber früher trug man lange Ärmel. Schlimme Dinge blieben so verborgen.

Auch früher war man hygienisch nachlässig, aber im Schoß der Familie blieb das Übelste verborgen. Gebadet wurde ausschließlich am Wochenende. Heute 15-Jährige können sich nicht mehr vorstellen, dass früher die ganze Familie nur eine Wannenwasserfüllung verwendete, Vater zuerst, dann die anderen und am Ende der Kleinste, der sich, dem Wasserbüffel gleich, in lauer Brühe vergnügte, einem Sud aus Schweiß und Tränen, Haaren und Schuppen. Das ist vorbei. Wir leben heute in einer besseren Welt.

Heute gilt ein Duschbad am Morgen nicht mehr als Luxus. Nur in ökologischen Kreisen wird es abgelehnt. Dort heißt es dann, wir müssten Wasser sparen. Natürlich! Es regnet von Anfang November bis Ende Oktober, das

Grundwasser steht bis zur Kellerkante, die Pumpe im Pumpensumpf pumpt, was die Pumpe hergibt, aber wir müssen Wasser sparen, selbstverständlich! Jeder, der aus Feuchtgebieten wie der Sahara oder der Namibwüste zu uns kommt, sieht sofort, dass bei uns schwerer Wassermangel herrscht. Aber ist das ein Grund, sich modernd in den Bus zu stellen und die Mitreisenden zu verseuchen? Nein!

Ist es spießig, der Sauberkeit das Wort zu reden? Ich weiß es nicht. Es ist mir auch egal. Es gibt nichts Spießigeres, als darüber nachzudenken, ob etwas spießig ist. Es ist kurz nach halb acht. Um diese Uhrzeit weiß ich gar nichts. Ich weiß nur, dass ich gleich duschen werde, ohne mich ideologischen Zwängen zu unterwerfen. Ohne Dusche bin ich mental noch im Bett. Die großen Erfindungen, Feuer, Rad und Sanitärhygiene, haben uns aus der Tierwelt emporgehoben und in die Höhen der Zivilisation katapultiert. Ich dusche, also bin ich. Lavo, ergo sum. Ni feteo, itaque homo sum.

Ich wurde in der bürgerlichen alten Zeit geprägt. Die Aufrechterhaltung der Sauberkeit galt als oberstes Ziel der humanen Existenz. Bis heute irritiert mich, wenn sich die Ordnung der Dinge verschiebt. Das erinnert mich wieder daran, dass die Damen mit dem Wachtturm in den letzten Monaten verschwunden sind. Muss ich mir Sorgen machen, eine Vermisstenmeldung aufgeben? Sie erschienen immer wieder, ohne dass ich Ihnen jemals Anlass gab, an eine erfolgreiche Missionierung zu glauben. Im Gegenteil! Meine Theorie, die Benutzung unserer Geschlechtsteile sei göttlicher Wille, denn alle Lust wolle Ewigkeit, kam an der Tür nie gut an. Und als ich die beiden einmal hereinbat, um ihnen die Theorie im Einzelnen zu erläutern, war die Ablehnung derart entschieden, dass ich glaubte, ich hätte die beiden argumentativ allzu sehr in die Enge getrieben. Dennoch kamen sie wieder. Bis vor kurzem. Vielleicht haben sie ihrem Glauben abgeschworen, haben sich tätowieren lassen und hören Punkmusik der Siebzigerjahre.

Ich habe die beiden Gläubigen (Warum gibt es keine spezielle weibliche Form von Gläubigen? Ich würde „Gläubiginnen" vorschlagen. Die Kirchen sind voll mit alten Mütterchen) immer sehr bewundert. Ihre Überzeugung, die aller Logik und jeglicher wissenschaftlicher Erkenntnis widersprach, beruhte auf nichts außer stumpfsinnigem Beharren auf dem für jeden Nichtwahnsinnigen völlig offensichtlich Abwegigen. Das ist eine Leistung! Auch Einstein gründete seine Weltsicht auf dem Nichtsichtbaren, hatte aber wenigstens die Mathematik auf seiner Seite.

Die Religiösen haben nichts außer ihren heiligen Büchern, die alle dasselbe behaupten, nämlich dass sie heilig sind und dass nur sie heilig sind und dass alle anderen Bücher, die behaupten, heilig zu sein, falsch sind und in die Hölle führen. Sich eines dieser Bücher auszusuchen und fortan zu behaupten, dass alle anderen Unrecht haben, dieses eine aber von Gott sei, und dann in Folge an den offenbaren Unsinn dieser unbegründeten Behauptung zu glauben ist für einen denkenden Menschen allemal schwieriger, als eine Relativitätstheorie zu schreiben, die die Beschaffenheit von Raum und Zeit in Frage stellt.

Man muss den Schreibern der heiligen Bücher zugutehalten, dass sie schrieben, bevor Google das Wissen der Welt vergesellschaftete. Als die Apostel unsere Bibel formulierten, mussten Sie glauben, was man sich so erzählte. Das war das Internet von damals. Daten wurden von Tür zu Tür weitergegeben.

An den Pforten gab es noch nicht einmal Klingeln, die den Überbringern der Botschaften bei der Kontaktaufnahme behilflich gewesen wären, beim Einloggen ins Netz der interpersonalen analogen Kommunikation. Erst recht gab es keine Sprechanlagen, geschweige denn Videoüberwachung. Man trat auf die Katze, um auf sich aufmerksam zu machen, denn Haustiere galten damals noch als seelenlose Sache. Wer fremd war, schlug einfach die Tür ein, brannte alles nieder und nahm ausschließlich jene Frauen mit, die noch zu gebrauchen waren, dann sprach er ein Gebet, pries den Herrn und ging seines frommen Weges. So ging es zu! Wir leben heute in einer guten Zeit.

0733 Dennoch! Auch heute ist nicht alles eitel Sonnenschein! Oft bin ich verunsichert und grüble. So viele offene Fragen! Selbst in unserer von Wissenschaft und Journalismus aufgeklärten Zeit bleiben noch zahllose Rätsel: Warum kriegt ein Specht beim Hämmern keine Kopfschmerzen? Ich habe im Deutschlandfunk gehört, dass sich Wissenschaftler mit diesem biologischen Spezialproblem auseinandersetzen. Weiter so! Es geht voran!

Es gibt noch viel zu lernen auf dieser Welt. Ist die reale Welt nur ein fehlerhafter Spiegel meiner Fantasien? Oder gibt es das alles da draußen wirklich, Materie, Schwerkraft, Übergewicht? Ist die Natur eine Art Perpetuum mobile, sich selbst erneuernd und entwickelnd? Oder braucht sie Pflege? Benzinvertikutierer? Motorsensen? Und elektrische Rasenkantenscheren? Ganz zu schweigen von neuen Modellen mit Mulcheinsatz, bei denen „durch die propellerartige Saugbewegung der Messer das Schnittgut noch im Korpus des Mähers gehäckselt wird und als feines Material wieder auf den Boden fällt". So verspricht es zumindest der Hersteller.

Wer ist überhaupt dieser Hersteller? Und wenn er das Sein in sieben Tagen schuf, wo wohnte er vorher? Was war vor der Ewigkeit? Unsere religiösen Vorstellungen sind häufig reichlich naiv. Kann es ein Paradies geben, einen Ort, an dem nur Gutes ist? Und was bedeutet das: „nur Gutes"? Machen dort die Schokoriegel schlank? Wenn immer gutes Wetter ist, werden sich nicht einzelne Bewohner Regen wünschen? Oder bekommt jeder sein eigenes Wetter? Hat jeder alles, ein Flugzeug, einen Garten, einen Bestand an Mätressen? Und ist das für die Begleitdamen dann ebenfalls das Paradies? Oder holt man die aus der Hölle? Der Urgrund liegt im Nebel.

Wir werden uns damit abfinden müssen, die Dinge rein wissenschaftlich zu erklären, auch wenn das oft unbefriedigend ist. Selbst wenn wir irgendwann den Urknall erklären können, wissen wir immer noch nicht, warum überhaupt irgendetwas existiert. Was soll der ganze Protz? Hätte nicht eine Galaxie gereicht? Warum gleich so auf dicke Hose machen?

Was wissen wir? Mir scheint die Evolutionstheorie zwar insgesamt schlüssig, sie lässt aber viele Fragen offen. Nehmen wir als Beispiel das Ohr. Im Ohr fällt der Schall auf den Hammer, der wiederum auf einen Amboss klopft. Wie aber konnte sich so etwas Komplexes wie der Hammer entwickeln und wie der Amboss, wenn beides erst im Zusammenspiel einen funktionalen Vorteil verspricht, also das Hören ermöglicht? Gibt es doch eine Art Bauplan in der Schöpfung? Und wenn ja, warum hat sich Gott nicht für einen kleinen Mann im Ohr entschieden, der den Schall aufnimmt, digitalisiert, konvertiert und für lau ins Internet stellt? Man weiß es nicht. Man steckt nicht drin.

Nicht die Schöpfung ist albern, sondern die Fragen, die wir an sie stellen: „Wenn Gott gut ist, warum ist das Böse in der Welt?“ Was für eine dumme Frage! Wer hat überhaupt die Idee gehabt, Gott könnte so etwas sein wie „gut“? Als wenn sich der Schöpfer des Universums an den moralischen Gepflogenheiten einer gehobenen Säugetierart auf dem Planeten Erde orientieren müsste! Gott ist weder gut noch böse. Er ist da. Oder auch nicht. Oder kurz weg. Das ist eine Dreifaltigkeit, die ich nachvollziehen kann.

Ist der neue Tag nun wirklich schon wieder vier Minuten alt? Vor 256 Sekunden habe ich zum ersten Mal an diesem Tag geblinzelt. Seitdem blitzen elektrische Impulse durch meine Nervenknoten und erzeugen so die Simulation eines Denkprozesses, den man aus purer Ratlosigkeit „Wachheit“ nennt. Die Digitalanzeige meines Radioweckers zeigt Sternzeit 07:34 Uhr. Mitten in der Nacht!

Aufwachen ist eine der schwierigsten Aufgaben des Tages. Man schlüpft von einem Bewusstseinszustand in den nächsten, durchsteigt dabei luzide Zwischenlevel, gelangt zur bewussten Erfahrung des eigenen Seins in physischer Ausdehnung und stellt am Ende fest, dass das Wichtigste ist, möglichst schnell ein Klo zu erreichen. Der Tag gleicht so dem Leben an sich. Das Leben gleicht dem Tag. Das ist die Selbstähnlichkeit der Natur, die der große Meister der Chaostheorie Benoît Mandelbrot gemeint haben muss, als er begann, sich mit den Fraktalen zu beschäftigen, nach Aufstehen, Klo und Frühstück vermutlich.

HEIZUNG

Heizkörper sind nicht schön, aber unverzichtbar, will man in kalten, zentraleuropäischen Wintern nicht mit Raureif auf den Fußsohlen aufwachen. Der Volksmund sagt: „Füße warm, Doktor arm". In Zeiten regulierter, staatlicher Gesundheitssysteme braucht man dafür zwar keine warmen Füße mehr, da viele Ärzte, die einen hohen Bestand an Kassenpatienten aufweisen, unabhängig von der Flossentemperatur pleitegehen. Trotzdem ist es schöner, wenn es drinnen muckelig ist. Auf die Klimaerwärmung zu warten erfordert für viele Menschen einfach zu viel Geduld.

07

AUFWACHEN

35

0735 Das Aufstehen ähnelt immer wieder einer Geburt, der Vertreibung aus dem Kokon, aus der nährenden Gebärmutter, die damals ebenso wenig Luft enthielt wie heute der verquollene Raum unter meiner dicken, dicken Daunendecke. Dann der erste Atemzug. Verdammt, da ist Licht! Es ist gleißend. Ein Bauarbeiter schlägt mit einer Ramme auf die Erde ein, als wollte er meinen ersten Atemzug einleiten.

Natürlich weiß ich, dass ich nicht das Ziel seiner Bestrebungen bin. Soll die Straße stabil sein, muss der Untergrund verdichtet werden. Ein wichtiges Werk. Aber kann es nicht verrichtet werden, wenn ich in Urlaub bin? Oder tot? Der Arbeiter poltert, als wolle er die Erde als Ganzes verdichten oder aus der Bahn werfen, padumm, padumm, padumm … Verdichtung ist wichtig. Alles sollte sich verdichten! Aufwachen ist im Grunde auch nichts anderes als ein Verdichtungsprozess.

Wenn das Leben als solches endlich ist, muss man sich beeilen, es zu füllen! Zu verdichten! Einer geht noch, einer geht noch rein! Padumm! Und noch einer! Padumm! Padumm!

Bauarbeiten! Es gibt kein Sein, alles ist Werden! Aber warum muss man damit vor meiner Haustür anfangen? Tradition. Die Straße wird aufgerissen, weil sie vorher verschlossen wurde, nicht mit einer dicken Schicht Asphalt, aber immerhin mit ein paar schwarzen Placken, die das Patchwork der Straßendecke immer wieder von Neuem verändern. Wenn die Straße aufgerissen ist, wird sie wieder verschlossen. Und umgekehrt. Das Leben ist Wiederkehr und doch: So wie Heraklit meinte, man könne niemals zwei Mal in denselben Fluss steigen, so wird auch der Verkehr in unserer Straße niemals zwei Jahre hintereinander über denselben Asphalt wummern.

Auch Stein fließt. Schwarz und rauchend ergießt sich die stinkende, erhitzte Masse in die Leere des Raumes, die sich Schlagloch nannte, bis sie sich in einen anderen Aggregatzustand erhob. All dies beruht auf der Kraft des Geistes. Der Geist beschließt und handelt, verändert Raum und Zeit. Der Geist ist es, der weiß, dass ein einmal von der Straßenbaubehörde, dem Landschaftsverband oder der Europäischen Union bewilligter Antrag auf Fördermittel im Bereich Straßenbau nie wieder bewilligt wird, wenn er nicht abgerufen wird. Der Geist ersinnt die Handlung, die aus der Erkenntnis folgt. Geist formt Materie! Großartig!

Der Geist hat gelernt, das Erz zu schmelzen, erst Eisen zu gießen, dann Bronze und später den Stahl. Er formte aus eisenhaltigem Gestein und ein paar Kunststoffen den Bagger. Es ist der Geist des Baggerfahrers, der den Plänen folgt und Löcher aushebt, Wunden in unseren Planeten schlägt, die – kaum ist das Loch geöffnet, das Grab ausgehoben, der Raum geleert – sofort wieder aufgefüllt werden mit dem, was andere Teile unseres Himmelskörpers zum Füllen hergeben: Sand, Kies, Teer, Asphalt. Dann noch ein Streifen drauf, ein Fahrradweg darauf gepinselt, auf dem niemals ein Fahrrad fahren wird. Fertig. Super!

Der Wahnsinn des Menschen hinterlässt seine Spuren vor allen Dingen im Straßenbau. Rot-weiße Baken weisen darauf hin, dass alle Planung eitel ist. Aus Kreuzungen werden Kreisverkehre, aus Kreisverkehren wieder Kreuzungen. Ampelanlagen erscheinen und verschwinden, zeigen nachts um vier Uhr dreißig Rot und leuchten das Scheitern aller Ordnung in den Äther. Vanitas! Vanitas!

0737 Aufstehen. Wenn du aus den Träumen erwachst, beginnt die Fremdbestimmtheit. Du bist ein Sklave deiner physischen Existenz, des biologistischen Terrors, der uns immer wieder die gleichen Befehle entgegenbrüllt: „Iss! Schlaf! Geh aufs Klo! Beweg dich!"

Wir unterliegen stetem Zwang. Totaler Terror! Gab es früher Zehn Gebote, besteht heute allein der allgemeine Teil des Bürgerlichen Gesetzbuchs aus 240 Paragrafen. Das hätte sich Moses nicht träumen lassen, als er seine zwei Gesetzestafeln vom Berg Sinai hinabschleppte. Lächerlich! Wahrscheinlich hat er aus purer Faulheit darauf verzichtet, die restlichen 300 Seiten auf den Abstieg mitzunehmen: Stein ist schwer!

Deshalb mussten wir uns die restlichen Gebote selbst erarbeiten, Gesetze wie: Du sollst eine Hose anziehen, wenn der UPS-Mann schellt. Du sollst freundlich gucken. Du sollst drangehen, wenn das Telefon klingelt! Jawohl, mein Herr und Schöpfer! Dein Sklave eilt und fasst dir an den Hörer. Und kein Mensch auf der anderen Seite kommt auf die Idee, du könntest ungehorsam sein und das Gespräch verweigern mit den Worten: „Kein Bock zu sprechen! Verzichten Sie bitte auf weitere Belästigungen!"

Alle fordern! Nicht nur Menschen, auch Dinge! Die Salami fordert, in Frischhaltefolie gelegt zu werden, ansonsten sei frühzeitige Verwesung unvermeidbar. Das Auto verlangt nach Nahrung, will zur Tankstelle und droht bei Nichtbeachtung seines Willens mit Arbeitsverweigerung. Der Kühlschrank knurrt und will gefüllt sein.

Auch die Einzelteile der eigenen körperlichen Erscheinung erfordern Aufmerksamkeit. Die Haare liegen nach dem Aufstehen wie ein zersplitterter Sturzhelm nach schwerem Unfall, auf dem sich Motoröl verteilt hat. Die Frisur liegt teilweise glatt an den Schädel gepresst, andererseits winklig abstehend wie gesplissener, glänzender Kunststoff. Der Magen fordert etwas zum Verdauen und sendet fordernd muffige Gerüche in die Rachengegend, säuerlich. Die Lunge bettelt nach Frischluft, der Blutdruck nimmt Fahrt auf, und der Darm will sich entleeren. Deswegen sollen die Beine laufen, hin und her, das eine links, das andere rechts, immer abwechselnd, genau koordiniert, sonst fällt man auf die Fresse. Das Leben erfordert stete aufwändige Bewegungsabläufe. Was für ein komplexes Anforderungsprofil!

Gott sei Dank haben wir ein Hirn, das diese Aufgaben bereitwillig übernimmt! Es ist der große Regulator, die Leitstelle, die alles ordnet und To-do-Listen an Muskeln und Drüsen delegiert! Das Leben erfordert enormen Rechenaufwand, eine Herkulesaufgabe für unseren armseligen Verstand!

Immerhin halte ich mich für geistig gesund! Wie schwierig muss das Ganze erst sein für einen Menschen mit gespaltener Persönlichkeit, der sich in Wahnvorstellungen flüchtet oder in multiple Persönlichkeiten aufspaltet! Da muss das Hirn auch noch verschiedene Benutzerkonten verwalten.

Bei mir nicht! Vorausgesetzt, ich schreibe das hier selbst. Wer weiß? Der Wahn ist ein kompliziertes Ding und beim eigenen Selbst nur schwer zu diagnostizieren. Vielleicht liege ich ja in Wirklichkeit irgendwo auf einer Lichtung im Urzeitdschungel und fantasiere mir eine Zukunft zusammen, die es so niemals geben wird? Gut daran: Auch diese Buchstaben hier wären in diesem Fall nicht existent. Die Peinlichkeit hielte sich also in Grenzen.

Machen wir es wie Kant: Wenn es keine Möglichkeit gibt, den Wahn der Welt zu erkennen, tun wir einfach so, als wäre alles so, wie es uns scheint. Das ist meine ganz persönliche kopernikanische Wende. Ich nehme an, dass ich gesund bin, weil ich den Begriff Gesundheit selbst definieren darf. Vielleicht werden irgendwann auch bei mir irgendwann ein paar Leute in weißen Arztkitteln in der Tür stehen, mit der Spritze fuchteln und rufen: „Bleiben Sie doch ruhig, gaaaanz ruhig, gaaaaaaanz ruhig, es ist ja nur zur Beruhigung …“ Mir ist es egal. Wer in meiner Welt irre ist, muss ich bis dahin selbst entscheiden. Und in der Pyramide der Verrücktheit besetzen die Gehirnklempner ohnehin mit Sicherheit eine der obersten Stufen.

0738 Im halbwachen Zustand entwickeln sich Bilder. Leider sind sie, sobald man den Zwischenzustand zwischen Wachheit und Schlaf verlassen hat, meist wieder verschwunden und lassen sich nur mühsam wieder ins Bewusstsein transportieren. Schade! Denn Scharen von Psychologen sind der Ansicht, diese Bilder aus der Phase zwischen Schlaf und Bewusstsein seien Erzeugnisse des Unbewussten, Symbole des Sublimen, Zeichen für ein inneres Ich, das gern Verstecken spielt.

Psychologen leben davon, den Menschen glaubhaft machen zu können, dass man einen Vorteil davon hat, wenn man sein Unterbewusstes kennenlernt. Ich bin da nicht sicher. Ich kenne viele Menschen, die mit psychologischer Hilfe zu sich selbst gefunden haben, aber was sie da sahen, war so deprimierend, dass sie nun psychologische Hilfe brauchen, um zu ertragen, was sie entdeckt haben. Für die Psychologen hat sich das Ganze also gelohnt.

In der Halbwachheit manifestieren sich Ängste, Bedürfnisse und Harndrang. Ich sinke zurück. Ein Film beginnt. Ich sitze auf einer Wiese. Eine Raupe versucht mich zu fressen, scheitert aber an meiner schieren Größe. Sie kriegt mich nicht zu packen, schon weil sie keine Arme hat. Ihre Fresswerkzeuge sind für das Zerteilen eines Menschen ungeeignet. Deshalb wendet sie sich einem japanischen Schlitzahorn zu und beschließt, sich in Zukunft vegetarisch zu ernähren. Ich lasse sie leben, denn ich bin großherzig und gut. Da öffnet sich der Boden, und ich falle.

Im Fallen merke ich, dass ich nackt bin. Für kurze Zeit kann ich mich beruhigen, indem ich mir einrede, dass ich eine Schnecke bin, und Nacktschnecken sind nichts Ungewöhnliches in unseren Breiten. Ich schaue an mir herab und muss feststellen, dass sich die Schnecken in unseren Breiten nicht nur farblich verändert, sondern auch erheblich vergrößert haben! Das Fehlen jeglicher Fühler sowie die Existenz mehrerer Extremitäten lässt mich zu dem Schluss kommen, dass die These mit der Schnecke falsch sein könnte. Ich war noch nie eine Schnecke, so dass es unwahrscheinlich erscheint, dass ich nun plötzlich im Fallen eine geworden sein könnte. Da wache ich auf.

Leider aber sitze ich nun in einem anderen Traum fest, habe also offenbar im Traum geträumt. Das macht die Situation nicht weniger unangenehm. Die Sonne brennt auf mich herab. Sie ist röhrenförmig, umgibt mich vollständig und behauptet, in einem Studio zu wohnen. Ich stelle fest: Die Sonne ist ein furchtbarer Angeber! Sie ist kein Himmelskörper, sondern bloß ein liegenförmiger Münzautomat, der von Unterseite und Deckel UV-Licht ausstrahlt. Meine Haut rötet sich. Es brennt. Ich versuche aufzuspringen und schlage mit dem Kopf gegen die Glasscheibe, da entdecke ich einen Knopf. Ich drücke darauf. Der Deckel hebt sich. Ich bin gerettet. Ich stehe auf und sehe in den Spiegel. Ich glühe und sehe aus wie die frisch geröstete Mitarbeiterin eines Nagelstudios in Salzgitter. Meine Haut löst sich. Die Muskeln werden sichtbar. Das Fett ist geschmolzen. Die Augen rollen aus den Höhlen und fallen klirrend auf den Boden. Ich bin blind. Nur meine Augen sehen weiter. Ich rufe: Seht ihr was? Und die Augen wollen antworten, können aber nicht. Sie haben keinen Mund. Sie sehen und sehen, aber können nicht sagen, was! Eine furchtbare Situation für zwei einsame Augen! Sie sind verstummt! Sonst hätten sie entsetzt mitgeteilt, dass unter der Sonnenbank seit Wochen nicht mehr anständig geputzt worden ist. An den feuchten, rollenden Augen bleibt der Staub kleben, mehr und mehr. In der Ecke der Kabine bleiben sie liegen, grau, verfilzt und groß wie Tennisbälle.

Ich zerfalle in meine Einzelteile. Da klopft es, und jemand fragt, ob alles in Ordnung ist. Mein Mund ruft: „Vier Tage auf der Ergoline Open Sun waren wohl ein paar Minuten zu viel!" Dann fällt mir die Zunge raus. Die Sonnenstudiofachkraft öffnet die Tür, fegt mich zusammen und entsorgt mich in die Wertstofftonne. Ich fühle mich geehrt. Ich gehe nicht wertlos, sondern bleibe dem Kreislauf aus Werden und Vergehen verbunden. Vielleicht wird einmal eine Saftpackung aus mir! Wahrscheinlich aber werde ich bloß thermisch verwertet. Die buddhistische Variante: Verbrennung und Neustart? Wer weiß?

Die braun gebrannte Fachkraft verschenkt meine Augen an spielende Kinder vor der Tür, die die beiden Filzkugeln aber für alte Tennisbälle halten und in den Gully werfen. Gut, dass ich das Ganze nicht mehr sehen muss, denke ich, da merke ich, dass ich aufwache. Ich bin daheim und kann sehen und denken, Letzteres aber nur rudimentär. Wer bin ich? Wo? Warum? Und vor allem: Wohin?

0740 Der gesunde Mensch ist keine einfache Maschine. Unser großer grauer Herrscher unter der Schädeldecke ist auch im gesunden Zustand gespalten, in Hypophyse, Großhirn, Kleinhirn, Mandelkern, Scheitellappen, lauter organische Bereiche, deren Zuständigkeitsbereiche sich überlappen und bekämpfen. Wie sollen da schlüssige Entscheidungen fallen?

Teile des Hirns fordern Sachlichkeit, andere spucken Botenstoffe und versuchen, der emotionalen Ödnis des frühen Morgens eine Empfindung abzutrotzen. Zunächst scheint die Ordnung zu obsiegen. Sie fordert: ein bisschen Gymnastik, Körperpflege und anschließend ein gesundes Frühstück, bestehend aus Haferflocken, Sesamkernen, einer halben Papaya, ein bisschen Ananas, einer Banane und einer Paranuss. Andere Hirnbereiche halten dagegen, sprechen widersprüchliche Befehle aus: Liegen bleiben! Jetzt erst mal zwei Stunden duschen! Reste essen, Bier dabei! Den Typen mit der Dampframme beschimpfen! Anschließend ein Café eröffnen, irgendwo, wo es warm ist!

Padumm! Padumm! Pa…! Stille. Dampframmenarbeiter beginnen den Arbeitstag gerne gegen sieben Uhr morgens, um dann gegen Viertel vor acht erst einmal eine mehrstündige Pause einzulegen, unterstützt von der Berufsgenossenschaft, dem Sicherheitsbeauftragten, der

Betriebsversammlung und dem göttlichen Willen, der da lautet: Wenn alles im Umkreis von 500 Metern aus dem Schlaf gehämmert wurde, ist dein Tagewerk erledigt. Der Morgen kann beginnen.

Die Sonne ist schon da. Sie ist zuverlässig wie ein Beamter im mittleren Dienst, ein offenbar völlig fantasieloser Stern, der sich mit milliardenfachem Rotieren zufriedengibt und nun gedankenlos der letzten Kernfusion entgegenkreiselt. In fünf Milliarden Jahren ist es so weit, dann wird sich unser Zentralgestirn erst aufblähen und anschließend, von der Schwerkraft gezogen, in sich selbst zusammenfallen, um dann in einem finalen Feuerwerk zu bersten. Das gibt ein Durcheinander!

Bis dahin arbeiten wir weiterhin an der allgemeinen Ordnung. Es wird Zeit, dass ich dem neuen Tag ein Aktenzeichen zuweise.

0741 Mein Computer liegt neben dem Bett. Aufklappen, hineinschauen. Ein Blick ins Internet verrät, ob sich die Welt noch dreht. Warum sollte man aufstehen, wenn die Sonne explodiert? Dann besser ausschlafen, Fenster schließen und Klimaanlage anstellen. Es könnte draußen heiß werden, selbst wenn es im Januar passieren sollte.

Da ich vor acht Uhr auf dem Trackpad noch keine große Treffgenauigkeit erziele, lande ich auf der Wissenschaftsseite einer überregionalen Zeitung. Überall auf der Welt kämpfen Forscher um die neuesten Erkenntnisse. Durch das Internet kann man dabei sein. „Paläontologen aus Bristol rekonstruieren das Gezirpe eines 165 Millionen Jahre alten Grillenfossils." Leider ohne Soundfile. Wie wird die alte Grille klingen? Wahrscheinlich wie eine neue Grille. Sie wird grrrrrrrrrrr machen.

Wenn wir erst einmal wissen, wie eine paläontologische Fossilgrille klingt, ist es nicht mehr weit bis zur Rekonstruktion und Wiederbelebung. Irgendwann werden dann archaische Kerbtiere aus der Klasse der Gliederfüßer auf meinem Balkon sitzen. Wahrscheinlich sind sie einen halben Meter lang, wiegen einen Zentner und tuten wie ein Kreuzfahrtschiff im Hafen. Oder wie Ivan Rebroff, der damals fünf Milliarden Jahre vor der Sonne starb, aber 165 Millionen Jahre nach einer Grille, deren Zirpen nun entschlüsselt wurde.

Hatte Ivan Rebroff nicht eine Falsettstimme? Dann hinkt der Vergleich. Ich kann mir nicht vorstellen, dass ausgestorbene Grillen im Falsett zirpen. Überhaupt geht das Zirpen von Urzeitinsekten wahrscheinlich über die Vorstellungskraft des Menschen hinaus, es sei denn, er ist Paläontologe in Bristol.

Wo ist überhaupt Bristol? Es liegt im Südwesten von England und ist, das behauptet zumindest Google, die achtgrößte Stadt der Insel. Google muss es wissen. Und selbst wenn Bristol die neuntgrößte Stadt Englands wäre, dann würde Google eben so viele Menschen dort ansiedeln, bis es wieder stimmen würde. Google ist die Macht. May the force be with you!

Die Menschen in Bristol beschäftigen sich mit versteinerten Tieren. Was wäre das Leben ohne Internet, Grillen und Paläontologen? Essen, Trinken, Verdauen. Natürlich besteht das Leben auch in Zeiten des Internets im Wesentlichen aus Essen, Trinken und Verdauen. Aber wenn einem die Zeit lang ist, kann man zwischendurch nachschauen, warum Bristol nicht die siebtgrößte Stadt Englands ist. Das liegt an der großen Pest im 14. Jahrhundert, die zu einem lang anhaltenden Bevölkerungsrückgang führte. Ein bisschen mehr Demut gegenüber den Leistungen der modernen Pharmazeutik täte uns gut. Die Pest konnten wir aufgrund unserer Fortschritte den Schweinen überlassen. Es gibt immer irgendwo Verlierer.

Padumm! Padumm! Draußen auf der Straße schlägt wieder das Herz der Großstadt und verdichtet. Die Langeweile sagt dem Herrscher der Dampframme: Ramme! Ramme! Auch wenn dein Ziel erfüllt ist. Du bist nicht nur der Hahn der modernen Industriegesellschaft, der Weckbeauftragte der Verkehrsbehörde, du bist auch der Verdichter. Verdichte! Verdichte!

Beim Strecken der Glieder knackt das Brustbein. Keine gute Voraussetzung, um sich von der Horizontalen zu erheben und der Schwerkraft ihre Grenzen aufzuzeigen. Hinter den Augen ist ein Gefühl wie ein Geschmack nach Schiefer, grau und brüchig. Padumm! Padumm! Mein Paradiesvertreiber hat sich darauf kapriziert, zu verhindern, dass ich zurücksinke in den Zustand kindlicher Ruhe. Es ist sinnlos, liegen zu bleiben.

0742 Die zentrale Frage des Morgens ist: Wie viel mehr Sinn steckt im Aufstehen als im Liegenbleiben? Und hat nicht jeder Zustand seine Berechtigung? Seine Selbstverständlichkeit? Ein Hahn denkt nicht nach über das Aufstehen. Ihm ist es auch egal, dass er an den Füßen keine Federn hat. Ich habe ebenfalls keine Federn an den Füßen, stehe dennoch nur ungern auf. Ich fühle mich wie eine versteinerte Grille. Bewegung ist vom Unterbewusstsein unerwünscht. Wachträume kennzeichnen den Zwischenzustand zwischen Nacht und Tag.

Leider bin ich kein Surrealist, sonst würde ich die Bilder, die nun in meinem Kopf kursieren, malen. Die Gemälde würden „Surrealistische Metamorphose" heißen oder „Frau, ein Brot auf dem Kopf balancierend" oder „Halluzinogene Hornhaut". Sie würden von sterbenden Bauarbeitern mit schmelzenden Dampframmen bevölkert, die nur noch ein armseliges „babub" vor sich hin stottern statt des stolzen „padumm" aus ihrer Zeit der strammen Männlichkeit. Ich denke, hier manifestieren sich unterbewusste Wünsche oder Ängste. Wer hätte nicht ab und zu Angst zu schmelzen.

In meinem Kopf versucht ein Mann mit einer Dampframme, meine Hirnwindungen zu glätten. Padumm! Padumm! Langsam, aber sicher ebnen sich die für das Hirn charakteristischen Wulste ein. Plötzlich ein Knirschen und Grunzen, da versinkt das Gerät samt Arbeiter im Boden. Er ist eingebrochen und befindet sich nun mitten in meinem Hirn. Im Inneren des Kopfes sprudeln die Gedanken. Arbeiter und Ramme werden umhergeschleudert und bleiben an einer Stelle liegen, die für Urlaubsträume zuständig ist. Dort gibt es eine Palmeninsel mit Skipiste und buddhistischem Tempel. Das könnte Las Vegas sein, ist es aber nicht. Im Kopf kann alles gemeinsam auftreten, ohne dass es ein Amerikaner wirklich in die Wüste gestellt hätte.

Der Arbeiter rammt weiter. Er hat nichts anderes gelernt, was soll er tun? Er beginnt, den fast weißen Sandstrand zu plätten. Bald ist er fertig. Nun kann er sich der Meeresoberfläche zuwenden. Zahlreiche Kräuselwellen zerklüften das Wasser, ein unhaltbarer Zustand für einen, der es gewohnt ist, auf jede Oberfläche so lange einzuprügeln, bis sie eben ist. Nach ein paar Stunden ist alles spiegelglatt, vom Ufer bis zum Horizont. Jetzt noch die Piste in eine Rutschbahn verwandeln, fertig.

Da! Ein leichter Windhauch tänzelt über das Meer. Kleinste Wellen lassen unseren Dampframmenoperator erblassen. Sollte alles umsonst gewesen sein? Die Meeresoberfläche kräuselt sich. Was eben noch glatt wie ein Spiegel dalag, ist nun wieder zerklüftet wie Pizzeriaputz. Schlimm! Schlimmer noch: Das Wasser hat zudem auch den Sand erreicht und Wellen in den Boden geformt. Verzweiflung macht sich breit an der Ramme. Erschwerend kommt hinzu, dass die Skipiste schmilzt. Schmelzwasser höhlt Rinnen in den Schnee und bildet an den flachen Stellen kleine Seen. Unser Dampframmenarbeiter gibt sich alle Mühe, aber er kommt nicht hinterher bei der Beseitigung der Schäden. Er rammt und rammt und rammt. Langsam wird ihm heiß. Er schwitzt. Sein Gerät beginnt zu glühen. Das Eisen tropft. Die Ramme verflüssigt sich. „Babub! Babub! Blubberlablubb …“

Das Schmelzwasser bahnt sich seinen Weg zum Meer, der Meeresspiegel steigt, alles versinkt. Durch die Temperaturschwankungen entstehen Strömungen und Strudel. Wasser verdunstet, Wolkenbildung, Sturm, gigantische Wellen. Im Furor der Elemente versinkt alles im Chaos. Unser Dampframmenarbeiter wird mit seiner geschmolzenen Ramme zuerst in Richtung Hypophyse gespült und dann in den Stirnlappen, wo er in der Erinnerung steckenbleibt.

Er stellt fest, dass er sich ganz tief in der Vergangenheit befindet. Seine Ramme ist wieder ganz, sie hat ihr Verglühen noch weit vor sich. Es ist irgendwann in den Achtzigern. Der Dampframmenarbeiter trägt einen Schnäuzer, eine ärmellose Jeansjacke und einen weißen Bauhelm. Im Hintergrund erklingt: „Like a Virgin“ von Madonna, aber unser Arbeiter ist eindeutig Mitglied der Village People. Padumm! Padumm! Er ist begeistert. Er glättet meine Vergangenheit, erst die Siebzigerjahre, dann die nachfolgenden Jahrzehnte. Am Ende besteht meine komplette Erinnerung nur noch aus zwei Begriffen: „YMCA“ und „Padumm!“

Ich schrecke schweißgebadet hoch. Das Hirn ist eine Müllkippe. Es kommt alles hinein, manches zersetzt sich, aber das Schlimmste bleibt auf ewig deponiert.

0744 Das Telefon klingelt. Wer jetzt anruft, will mich akustisch verletzen. Der Speer der Neuzeit ist der Klingelton. Er soll ins Herz treffen, bohrt sich ins Gemüt, frisst sich durch die Ohrmuschel und landet tief im Kopf, wo er sein Gift entfaltet. Er ist nicht ignorierbar. Sicher, es ist möglich, das Gespräch nicht anzunehmen. Dennoch wird man sich nicht gleichgültig fühlen. Man wird sich fragen: War es wichtig? Und je mehr man sich fragt, umso potenziell wichtiger wird das verpasste Telefonat, Krankheit, Erbschaft, Tod …

Die Steigerung sind Anrufe mit dem Kennzeichen „anonym“. Jemand will an meinem Leben teilhaben, will aber nicht sagen, wer er ist. Warum sollte ich darauf eingehen? Weil sich der Klingelton in die Mitte meiner Seele bohrt. Er hört auf, setzt wieder an, hört wieder auf. War es ein Hilferuf oder eine Chance, die nur einmal im Leben kommt? Am Ende verstummt der Apparat und hinterlässt die bittere Frage, ob nicht doch das Lottobüro angerufen hat, weil irgendein Hauptgewinner seinen Schein versehentlich auf meinen Namen ausgestellt hat, dann verstorben ist und den Fehler, der seine Erben Millionen kosten würde, nicht mehr beheben konnte. Ich gehe dran. Niemand. Schon vorbei. Eine weitere Chance, reich zu werden, ist vertan …

Nun kann ich den Liegezustand verlassen, ich bin wach und kann mich auch setzen. Ich bin jetzt angekommen in der scheinbar realen Welt, die sich von der Welt der Träume nicht unterscheidet, da man beide für real hält, wenn man sie betritt, weshalb es keinen Unterschied macht, ob man in einer Traumwelt lebt oder nicht.

0746 Ich lebe. Ich fühle mich wohl. Ich weiß, dass diese Feststellung auf irgendeine Art und Weise den Eindruck erzeugt, mir fehle die Tiefe. Das liegt daran, dass das Leid bei uns einen höheren Stellenwert besitzt als stilles, angenehmes bloßes Dasein. Das Positive gilt als leicht, als unbedacht, als dümmlich, während das Gefühl des Unglücks als existentiell wichtig und richtig wahrgenommen wird. Der heitere Mensch erscheint in der Zeitung auf der Panoramaseite, die Heulsuse im Feuilleton.

Wollen wir tiefsinnig sein, sehen wir den Tod mit traurigem Blick als unausweichliche Quintessenz des Lebens, nicht das Leben als zu Glück und Demut verpflichtende, im besten Fall langjährige Chance. Vergnügen ist flach, Verzweiflung ist tief. Wer immer das erfunden hat, zum Leben hatte er kein Talent. Er floh wahrscheinlich weinend in den tiefen Tann, wo ihn die Geister des Waldes in den Wahnsinn trieben.

Warum sollte man sich nicht wohlfühlen? Man kann das Leben auch als Glücksfall und jeden Moment der Abwesenheit von Leid als Geschenk des großen Grzlwmpf begreifen! Die Fähigkeit dazu ist allerdings selten. Sie beruht auf dem Gleichgewicht von Körpersäften rund um die Hypophyse. Natürlich ist sie nicht unabhängig von der Welt, denn der Wille zum Glück nimmt ab, wenn man unter einem fallenden Amboss steht. Dennoch beruht das Gefühl der inneren Zufriedenheit ausschließlich auf der Ausschüttung von Botenstoffen. Die Fähigkeit des Wohlfühlens kann insofern als autonome Leistung des Individuums gewertet werden. Wer's kann, hat's drauf! Respekt!

Ich selbst sehe das Leben keinesfalls als bloße Funktion der Verdauungsprozesse. Es ist zudem der Dialektik aus Liegen und Stehen unterworfen, deren große Synthese das Sitzen ist. ICH SEHE DIE WELT ALS LEBENSORT UND NICHT ALS STERBEHOSPIZ. Sie ist bunt. In Indien stehen Sadhus für 20 Jahre auf einem Bein, um den Göttern ihre unabdingbare Unterwerfung zu beweisen. Ich glaube: Wenn Gott gewollt hätte, dass wir auf einem Bein stehen, hätte er uns das zweite nur für Notfälle im Rucksack mitgegeben.

Die Welt ist rätselhaft, aber nicht ungemütlich. Fraglos gibt es unvorstellbares Leid, aber auch Fortschritt. Es gibt Blasensteine, aber auch Zahnersatz. Der Mensch erfand das Schießpulver und den Getreideanbau, das Massaker, den Luftangriff und den Raubmord, aber auch die Renaissance, das Kino und die dicke Daunendecke – und all dies aus purer Selbstsucht, für Geld, Ruhm, Eigennutz oder um die Bewunderung des anderen Geschlechtes zu erlangen – oder des eigenen, je nach Neigung.

Ich kann auf keinerlei große Lebenskrisen zurückgreifen, die mich befähigen würden, mich auf gute deutsche Art vom Dasein gebeutelt auskotzen zu können.

Ich habe niemanden umgebracht, ja nicht einmal bestohlen. Ich habe weder Drogen konsumiert noch Alkohol missbraucht. Ich kann mir nicht einmal vorstellen, wie das gehen soll, Alkohol zu missbrauchen. Selbst wenn man sturzbesoffen die Kellertreppe runtertrudelt, weil das Gleichgewichtsorgan im Ohr ethanolbetäubt keine Signale mehr ausgesendet hat, ist das lediglich eine Folge des bestimmungsgemäßen Gebrauches eines rauscherzeugenden Genussmittels und keinesfalls eine Fehlfunktion im Sinne falscher Benutzung. Wer säuft, weiß um die Wirkung, spätestens beim zweiten Mal. Von Missbrauch keine Spur.

Ich trinke in Maßen. Mir wird viel zu schnell schlecht, als dass ich mich abfüllen könnte. Ich verliere außerdem ungern das Bewusstsein. Es ist mir peinlich, herumzulallen wie ein kleines Kind. Andererseits wäre es natürlich reizvoll, wenn man sich auf chemischem Wege in vergangene Lebenszustände beamen könnte. Man baut die Carrerabahn auf wie früher oder gießt, wie damals, Vaters Birnenschnaps in das Aquarium. Dann freut man sich der Ergebnisse der jugendlichen Forschung: rasende Kleinwagen und rückenschwimmende Fische.

0749 Ich erinnere mich daran, dass ich als Kind in der Vorratskammer nach einem versteckten Eingang in Batmans Versteck gesucht habe, leider vergeblich. Im Traum war mir damals klar geworden, dass sich exakt unter unserer Etagenwohnung eine riesige Höhle befindet, in der Batman sein Equipment ölt, pflegt und wienert. Schade, dass es sich um einen Irrtum handelte! In Wirklichkeit wohnte dort die mit Alkoholproblemen kämpfende Frau Höldervater. Sie war ständig im deliriumnahen Schwebezustand und glaubte wahrscheinlich ebenfalls an die Existenz einer Bat-Höhle unter ihrem Schlafzimmer. Dort allerdings wohnte, nach meiner heutigen Rechnung, Frau Rüdde, zweiter Stock, laut Selbstbezeichnung „Fräulein“ Rüdde, trotz des fortgeschrittenen Alters offenbar jungfräulich und aus religiösen Gründen stolz auf ihre sexuelle Unbrauchbarkeit. Heute erscheinen mir solche Wesen ebenso unwirklich wie Batman.

Ich bin mit Alkohol und Religionen vorsichtig. Menschen neigen sowohl in gottesseliger Verwirrtheit als auch in alkoholisiertem Zustand dazu, sich um Kopf und Kragen zu reden.

Religiöse Menschen wähnen sich im Recht und dulden keine Widerworte. Sie klingeln sinnlos an Türen und halten an den Straßenecken ihre Zeitschriften hoch. Sie hadern im stillen Kämmerlein über den Zustand der Welt und warten auf die Erlösung. Dann sind sie wenigstens leise. Wahnsinn ist bei niederer Lautstärke wenig störend.

Im Suff aber lernt man den wahren Charakter des Menschen kennen. Der Alkoholisierte wird laut und übermütig, oft auch weinerlich oder selbstmitleidig. Ich kenne Menschen, die schaffen alles auf einmal. Sie schlagen um sich, weinen dabei und schlagen dann der Länge nach hin. Es ist kein Schaden, solchen Menschen auch dann aus dem Weg zu gehen, wenn sie nüchtern sind.

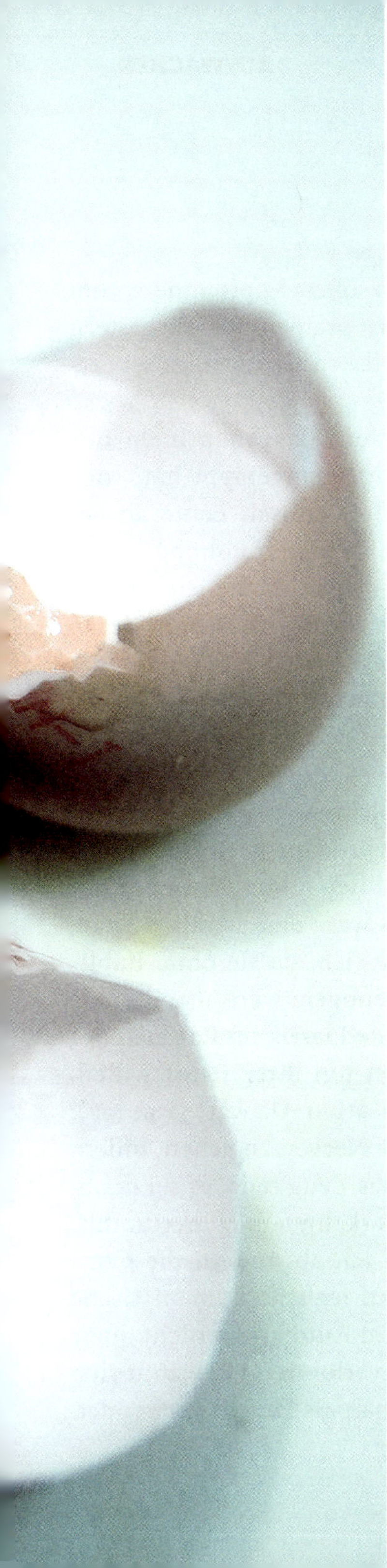

KÜCHE

Ich koche gerne. Hier habe ich mir Rühreier gemacht. Das Rezept ist einfach: Man wirft das Ei in die Pfanne. Fertig. Mein Küchentipp: Ich entferne vorher die Schalen. Es schmeckt dann geschmeidiger.
Fünf Eier entsprechen der Legeleistung von exakt sechs deutschen Haushühnern. In Deutschland werden jährlich etwa elf Milliarden Eier produziert. Das ist mehr, als ein durchschnittlicher Haushalt verzehren kann. Ein Huhn nimmt den Diebstahl seines Geleges nicht übel. Sein Gehirn hat die Größe einer Erbse und ist ausschließlich mit administrativen Tätigkeiten wie Atmen oder Verdauen beschäftigt. Das Huhn an sich ist dumm wie eine Gewindemuffe, denn es gehört zur Familie der Fasanenartigen. Das Federvieh treibt selten Sport, und wenn, dann ausschließlich, weil man es mit Hilfe einer Flinte über den Hof treibt. Trotzdem gibt es für uns Menschen keinen Grund zur Arroganz. Hühner verfügen vielleicht über begrenzte Fähigkeiten, aber das hat seinen evolutionären Grund: Mehr war nicht nötig! Weitergehende Features wären Energieverschwendung gewesen. Deshalb haben Hühner weder CO_2-Filter noch Bluetooth-Schnittstelle. Sie sind bedürfnisarm und damit so etwas Ähnliches wie Zen-Meister. Zen-Meister allerdings legen selten Eier.

Leute dieser Spezies klagen über Kopfschmerz, um dann im selben Atemzug damit zu prahlen, was sie gestern wieder alles gesoffen hätten, im festen Glauben, es sei „etwas los“ gewesen.

Vielerorts bedeutet „etwas los“, dass man nicht nur Alkohol in rauen Mengen in sich reingekippt hat, sondern auch lauthals gegrölt und ekstatisch Laute ausgepresst hätte, die sich mit „ööööh“ oder „öhöhöhööőhö!“ nur sehr unvollkommen schriftlich darstellen lassen. Solche Prahlereien kommen oft von Menschen, in deren Leben niemals „etwas los“ gewesen ist. Sie benutzen die Wochenendsaufereien, um davon abzulenken, dass sie überhaupt nicht wissen, was es bedeuten könnte, dass „etwas los“ sei.

„Etwas los“ bedeutet für solche Menschen, losgelöst zu sein vom Funktionieren. Es würde insofern einfach genügen, sie blieben zu Hause und liefen immer wieder mit dem Kopf gegen die Wand. Das wäre eine wirklich anarchische Aktion, denn sie würde sich, da sie ohne Publikum stattfinden würde, selbst genügen, wäre also im besten Beuys'schen Sinne eine soziale Plastik im Rahmen des erweiterten Kunstbegriffs, Kunst um ihrer selbst willen. Solche Radikalität wäre eine Sensation. Da wäre „was los“!

Ich hasse es, anderen auf die Nerven zu gehen, indem ich aggressiv werde oder dummes Zeug rede, es sei denn, ich befinde mich gerade im Verkehrsteilnehmermodus. Beim Autofahren verliere auch ich ab und zu die Contenance, fluche und verzichte auf jegliche humanistische Attitüde. Recht so! Wer sich beim Autofahren nicht mehr aufregt, hat jeden Lebenswillen verloren. Man wähnt sich geschützt in seinem Auto, das man als Panzer verwendet.

Man hält sich für unverletzlich, wettert drauflos und gestikuliert – bis der LKW-Fahrer an der Ampel aussteigt. Dann muss man Gas geben, notfalls auch bei Rot. Diese Herren neigen zu ebenso kompromisslosen wie stringenten Problemlösungen, und es kann passieren, dass ihre zahlreichen Tätowierungen nicht der aktuellen Mode geschuldet, sondern noch auf eine bewegte Vergangenheit im Strafvollzug zurückzuführen sind. Nur das Verbleiben in der abgeschlossenen Schale, dem Auto, der Ritterrüstung des 21. Jahrhunderts, garantiert dann ein Überleben in Würde. Mein Tipp: Rechten Fuß bis zum Autoboden durchdrücken und geradeaus fahren – in belebten Gegenden hupen, um Kinder beiseitezuscheuchen!

Menschen, die in Tempo-30-Zonen mit 27 vor sich hinzuckeln, erzeugen in mir einen unbedingten Zerstörungswillen. Ich weiß, das ist falsch, moralisch untragbar, ökologisch bedenklich und menschlich niederträchtig – aber verständlich, denn unsere Lebenszeit ist begrenzt. Wer hier auf die Straßenverkehrsordnung als oberste Instanz des menschlichen Zusammenlebens verweist, sollte einmal Ernst Jüngers *In Stahlgewittern* lesen. Nicht dass ich die Lektüre empfehlen würde, es ist schrecklich: testosterongesäuerter Existenzkitsch, geboren aus gestörtem Sexualtrieb, Heroisierung des Überlebenskampfes als Ersatzbefriedigung, krank. Meine Empfehlung ist vielmehr: Fahr zu!

0750 „Padumm! Padumm!“
ignorier

0752 Warum denke ich in diesem Augenblick daran, dass ich die Kiste mit den Gewürzen aufräumen könnte? Man erkennt daran, wie sprunghaft der menschliche Geist ist, vor allem, wenn er unbeschäftigt ist, da die Person, mit der er verbunden ist, an die Decke starrt.

Das kleine Plastiktütchen mit Kreuzkümmel hat allerdings wirklich schon bessere Jahrtausende erlebt. Sein Inhalt war damals jung und würzig. Dann kam die Wende. Heute riecht der Beutel immer noch nach Orient, aber man wird das Gefühl nicht los, sein seit Jahren überschrittenes Verfallsdatum weist darauf hin, dass sich im Pulver dem menschlichen Auge unsichtbare vielfüßige Kleintiere angesiedelt haben könnten. Mikroskopische Insekten sind dreist, sie fühlen sich sicher, weil sie dem Auge aufgrund ihrer Winzigkeit verborgen bleiben. Pilze machen sich breit. Erreger wollen erregen. Fort! Fort!

Wahrscheinlich ist der Mülleimer kein sicherer Ort. Unangenehme Tiere können unbemerkt Plastikwände hochlaufen, weil sie mehr Beine haben als eine Fußballmannschaft. Sie schleichen, asseln sich heran, ruck, zuck bevölkern sie erst Magen und Darm und dann die restlichen Innereien, um am Ende abzubiegen Richtung Leber, wo sie sich eines heiteren Lebens erfreuen, das für sie erst endet, wenn ein Spenderorgan frei wird. Der Leberkranke freut sich über das gebrauchte Stück und beginnt ein neues Leben.

Ist nicht alles am Ende ein Kreislauf aus Abschied und Wiederkehr?

07 54 Körperpflege. Ich habe zwar heute nichts vor, dennoch will ich mich reinigen. Auch ein Auto will ab und zu gewaschen werden, auch an Tagen, an denen es nicht mehr weit fahren soll. Es soll ja nicht kariös werden. Zähne müssen zwar nicht zum TÜV, sind aber in der Wiederbeschaffung teurer als ein Mittelklassewagen und bei Lackschäden oft vom Totalschaden bedroht. Für Details empfehle ich die Lektüre von „Karius und Baktus", der bekannten Geschichte zweier radikaler Anarchisten, deren Ablehnung einer auf gemeinsamen Werten beruhenden Gesellschaftsordnung im Wohnraum Mund zu verheerenden Beschädigungen führt, bis dann die Staatsgewalt eingreift, Pflegeinstrumente einsetzt und die beiden im Endkampf vernichtet.

Man mag das Martialische dieser Geschichte als faschistisch brandmarken und fragen, ob es schon wieder so weit ist, dass wir über die Vernichtung von unwertem Leben nachdenken dürfen und sogar unsere Kinder mit solchen Gedanken infiltrieren. Ich aber sage: Wenn sich einer der beiden Drecksäcke in meinen Mund verirrt, schlage ich erbarmungslos mit der elektrischen Zahnbürste zu! Rübe runter!

07 59 Sollte man nicht erst gefrühstückt haben, bevor man über die ideologischen Grundlagen der Zahnpflege nachdenkt? Vielleicht war es der Blick auf das Spülbecken, der meine Assoziationskette auslöste. Haferflockenreste sehen aus wie bereits gegessen. Ich bräuchte eine Haushälterin, die ganztägig überall aufräumt, wo ich in wenigen Sekunden hinschauen werde. Wenn ich geguckt haben werde, sollte sie schon fertig gewesen sein. Eine Futur-zwei-Putzhilfe. Leider gibt es so etwas nur im Konjunktiv.

Beim Frühstück zeigt sich nicht nur die kulturbedingte Einfältigkeit des eigenen Lebensentwurfes, sondern auch die Vielfältigkeit menschlicher Überlebensstrategien. Der eine isst Suppen, der andere Fett, wieder andere Zuckersirup, und in vielen Kulturen wird bereits vor der ersten Mahlzeit Schnaps getrunken, meist heimlich.

In Japan gibt es Reis, sauer eingelegtes Gemüse, rohes, verquirltes Ei und Nori-Algen, gerne auch gebratenen Fisch, Reis und eine gute Suppe. Gebratene Ratte ist auch in Birma keine Spezialität, aber oft das Einzige, was der nicht vorhandene Kühlschrank hergibt. In Polen nimmt man etwas später ein zweites Frühstück ein. Und in den USA gibt es einen leckeren Pfannkuchen mit viel Sirup, anschließend ca. 30 Eier mit weißem, nährstofffreiem Brot und viel Speck, der nicht durchwachsen ist, sondern komplett aus Fett besteht. In Amerika isst man so früh, wie es geht, so vitaminfrei wie möglich, um den Kalorienbedarf des Tages bereits gegen 7:30 Uhr (a.m.!) zu überschreiten. Dann kann man den Rest des Tages damit verbringen, Fettreserven aufzubauen. Man weiß nie, ob einmal der Strom ausfällt oder eine Kältewelle hereinbricht. Dann kann man sich den Neoprenanzug sparen und sich stattdessen schildkrötenartig in die eigene Körpermasse zurückziehen, wenn es draußen kalt wird.

In den USA darf man einen Menschen dennoch nie als „dick" bezeichnen. Er wird wegen psychischer Folgeerkrankungen Schadenersatz einklagen, auf einer Zahlung von 40 Millionen bestehen und sich dann wundern, dass ein Europäer für so etwas keine Versicherung besitzt.

Auch ein richtig dicker Mensch, ein Fettsack vor dem Herrn, ein gigantischer Fleischkloß, der den ganzen Tag Marshmallows und Schokoriegel in sich hineinstopft, als wenn es kein Ende gäbe, gilt dort als vom Schicksal (und der Industrie!) gebeutelter Gewichtsbenachteiligter.

Wie wir alle wissen, ist kein Kraut gewachsen gegen die willensstarke dritte Tafel Schokolade des Tages, die unbedingt gegessen werden möchte und sich auf hinterhältigste Art und Weise durchsetzt. Wie soll man auch siegen gegen den inneren Schweinehund, der, wie sein Name es bereits andeutet, im Inneren wohnt, also im eigenen Ich! Eine diabolische Kampftaktik!

Wenn die genetische Veranlagung das unmäßige Einführen aller genieß- und ungenießbaren Stoffe in die Speiseröhre vorsieht, ist jeder Widerstand zwecklos. Natürlich kann man nun einwenden, dass Essen ein körperlicher Akt ist, der eine Willensentscheidung voraussetzt. Aber der freie Wille ist ja auch ein philosophisches Problem.

Gibt es überhaupt ein Ich? Oder ist unser ganzes Denken nur das Ergebnis körperlicher Abläufe, also bloße Simulation von Freiheit? Als Benjamin Libet sein berühmtes Experiment startete, an deren Ende nicht weniger als eine Revolution der Hirnforschung stand, nämlich die Erkenntnis, dass der Mensch erst handelt und das Hirn dann – im Nachhinein – rationale Begründungen für sein Tun generiert, hatte er wahrscheinlich gerade selbst die dritte Packung „Edle Tropfen in Nuss" in sich hineingestopft. Schokolade ist Geistesnahrung, legt sich aber nachts zum Ruhen auf die Hüfte!

Wenn der freie Wille Illusion ist, die Welt zudem aus Teilchen besteht, die physikalisch und chemisch aufeinander reagieren, liegt der Verdacht nahe, dass alles bereits vorherbestimmt ist. Die Teilchenreaktionen sind in ihrer chaotischen Vielfalt für uns zwar nicht vorherzusagen, liegen aber im Grunde schon fest, da die Ursachen der Zukunft in der Jetztzeit liegen und nicht mehr veränderbar sind. Der Rest ist Abfolge von Aktion und Reaktion. Man könnte also, vorausgesetzt, es gäbe einen extrem leistungsfähigen Computer von der Größe mehrerer Sonnenmassen, jetzt schon ausrechnen, wer 2078 Rheinland-Pfälzischer Meister im Rhönradfahren wird. Einen solchen Computer gibt es nicht, schon weil niemand bereit wäre, etwas so Gigantisches zu planen, nur um die Rhönradergebnisse des Jahres 2078 zu erfahren. Nicht einmal die Bundesligaergebnisse der Jahre 2088 bis 2327 würden eine solche Investition rechtfertigen, es sei denn, man ist Besitzer eines Wettbüros. Und selbst die Lottozahlen vom nächsten Wochenende würden den Aufwand nicht wieder einspielen, auch wenn der Jackpot winkt.

An dieser Stelle werden amtliche Physiker Einwände erheben. Der Determinismus ist überholt! Was für ein Satz! Er macht auf jeder Party Eindruck – zumindest wenn Volljährige anwesend sind.

Tatsache ist: Der Determinismus missachtet die Quantentheorie, die besagt, dass eine genaue Berechnung von Raum und Zeit in der Zukunft schon deshalb nicht möglich ist, weil aufgrund der Quantenunschärfe niemals Ort und Zeit eines Teilchens genau festgestellt werden können. Will man die Zeitmessung verschärfen, verschwimmt der Ort und umgekehrt. Es wäre also selbst mit einem Computer, dessen Größe ein ganzes Paralleluniversum füllen würde, nicht möglich, die Zukunft vorherzusagen. Schon deshalb gibt es viel mehr Historiker als Propheten. Hellseher, die gute Ratschläge in Sachen Liebe oder Geldangelegenheiten geben, gelten zu Recht als Betrüger, es sei denn, sie sagen mir voraus, dass ich irgendwann mit der Tochter von Scarlett Johansson schlafen werde. Mir ist bekannt, dass Scarlett Johansson keine Tochter hat, aber was nicht ist, kann ja noch werden.

Es sollte uns trösten, dass die Zukunft offen ist. Wir können sie selbst gestalten! Das ist gut, auch wenn diese Erkenntnis für junge Menschen bedeutet, dass sie morgen in die Schule müssen. Natürlich beruht die Gestaltung dessen, was da kommen mag, nicht auf freiem Willen. Schon die Schulpflicht setzt hier Grenzen.

John-Dylan Haynes hat eine interessante Studie veröffentlicht. Er konnte anhand der Aktivität zweier Hirnregionen vorhersagen, ob eine Versuchsperson einen Knopf mit ihrer linken oder ihrer rechten Hand betätigen würde – und zwar zehn Sekunden bevor die Aktivität bewusst gestartet wurde!

Das bedeutet nicht mehr und nicht weniger als nicht viel. Es sagt nämlich aus, dass ein- und dieselbe Handlung von ein- und demselben Gehirn ausgelöst wird – und dass das Bewusstsein ebenso wie das Handeln dem Hirn entspringt. Meine eigenen Forschungen bestätigen dies: Immer wenn einem mir nahestehenden Menschen das Gehirn entfernt wurde, tat er gar nichts mehr, ganz so, als wäre er kaputt! Und häufig war er das auch!

Ohne Hirn ist der Mensch nur eine leere Hülse, ein Idiot! Und es gibt so viele davon! Sicher, der Mensch ist, auch wenn er ein Gehirn besitzt, nur allzu oft ein Vollidiot. Ohne Gehirn aber fällt es noch mehr auf! Wir kennen das aus dem Vormittagsprogramm von RTL2. Sätze wie „Ey, du Opfer, isch hau disch dein Fresse in dein Schnauze!" sind gar nicht möglich, wenn ein Bewusstsein vorhanden ist. Natürlich kann man dann sagen: „Der kann nichts dafür, das ist sein Hirn." Das aber ist falsch und ein offensichtlicher Widerspruch, denn Hirn und Person sind ja identisch! Wenn das Hirn Schuld ist, kann also auch der Idiot dafür!

Es liegt daran, dass bei unserem Probanden da, wo denkende Menschen das Hirn haben, also einen Supercomputer, wie er wahrscheinlich im 36. Jahrhundert gebaut werden wird, bei unserer Testperson nur ein kleiner, verbogener Rechenschieber arbeitet. Aber dieser Rechenschieber ist seine Persönlichkeit! Deshalb weiß der Idiot: „16 x 32 isse scheiße, scheiße viel! Ey, scheiße Frage, wer will so Scheiße wissen?!" Außer dem Lehrer niemand. Der aber ist auch nur ein Hirn mit Cordanzug und Kreide.

Daraus kann man eins lernen: Menschen, die einen mit dem Satz „Alder, deine Mutter ist schwul – korrekt!" begrüßen, sollte man keine Rechenaufgaben stellen.

08

NACH DEM AUFWACHEN

15

0815

Die Küche ist ein Ort der Alchemie. Es röhrt, kracht, kocht und brodelt. Aus braunen Bohnen wird erst Pulver, dann unter Zutat von Wasser eine schwarze Brühe mit brauner, schaumiger Mütze. Nächster Arbeitsschritt: Luft in die Milch düsen! Winddurchmischt wird das Drüsensekret eines 500 Kilogramm schweren Säugetieres erhitzt. Unterheben. Fertig ist der Cappuccino. Die Welt ist Magie! Ein Rätsel! Ein Wunder!

Die Zeitung ist da, gleich mehrere, verschiedene Exemplare, wegen der Meinungsvielfalt. Das Fazit aber ist überall gleich: Das Weltenende naht. Die Herrschenden sind doof und korrupt. Die Untergebenen sind schlau, gut, aber machtlos. Die Welt sollte besser sein, ist sie aber nicht. Kopfschütteln. Die Gier der anderen ist böse, das eigene Verlangen berechtigt. Empörung allerorten. Warum ist die Welt anders, als wir es uns wünschen? Und überhaupt: Warum weiß ausgerechnet ich immer ganz genau, wo es langgeht, aber die anderen nie? Grrr! Mein Tipp: Wer die Welt aus dem eigenen Blickwinkel betrachtet, sollte immer bedenken, dass man auch noch von der anderen Seite daraufgucken kann.

Im halbwachen Zustand vermischen sich die Themen: Ist der amerikanische Präsident religiöser Führer der Schiiten? Sind die Gewerkschaften wirklich für ein stetes Wachstum der Gewaltkriminalität? Ging der Ehrenoscar an einen schwangeren Mann aus Thailand? Ist die griechische Staatsverschuldung Schuld am Aussterben des bengalischen Tigers in Mecklenburg-Vorpommern? Es ist egal. Es ist schlimm. Alles schlimm.

Da unsere Medien davon leben, Sensationen zu erzeugen, müssen unsere Journalisten aus dem real existierenden

Wohlstand einen Dauerzustand der Angst schmieden. Das ist nicht einfach, aber es geht. Jahrtausendelang war es die Hauptsorge des Menschen im Kampf um Nahrung, Wohnstatt und Gesundheit möglichst lang zu überleben. 30 Jahre galten als Erfolg. Heute, da das Durchschnittsalter gegen Hundert tendiert und Wohnung, Essen oder Kleidung als Grundrecht garantiert sind, machen wir uns Gedanken über Laktoseintoleranz, Schnupfenepidemien oder Besenreiser.

Das Handy klingelt. Meine Mutter. Sie liest ebenfalls Zeitung und ist beunruhigt, da sie gerade einen Artikel gelesen hat, in dem Forscher darauf hinweisen, dass Menschen, die über eine Stunde am Tag mit dem Handy telefonieren, eine um 40 Prozent höhere Hirntumorrate aufweisen als Menschen, die ohne Fernsprecher kommunizieren. Die sterben allerdings wahrscheinlich an Stimmbandkrebs, weil sie so laut schreien müssen, wenn sie mit ihrer Mutter im Nachbarort reden wollen. Oder sie erschießen sich, weil sie einsam sind. Aber egal.

40 Prozent! Das klingt verheerend! Meine Mutter ist der Meinung, dass ich weit über eine Stunde am Tag mit dem Handy telefoniere und deshalb bald sterben werde.

Ich habe mich bisher nicht bedroht gefühlt durch Handystrahlung. Der Anruf meiner Mutter aber beweist, dass der Artikel seinen Zweck erfüllt hat. Die Leser sorgen sich und begreifen ihre Zeitung als Lebenshelfer. Allerdings würde es meiner Mutter besser gehen, wenn sie den Artikel nicht gelesen hätte. Sie befindet sich in einem Zustand seelischer Erregung. Sie will ihre Brut schützen. Mutter fordert deshalb von mir Verzicht. Ich solle das Festnetz benutzen. Leider kann ich meinen Festnetzanschluss nicht mit nach draußen nehmen. Ich könnte eingehende Anrufe auf mein Handy umleiten. Dies allerdings würde meine voraussichtlich tödliche Strahlenbelastung nicht verringern.

Ich versichere meiner Mutter, dass ich nie wieder ein Handy benutzen werde, und drücke den roten Beenden-Button. Da meine Mutter nicht einmal ein schnurloses Telefon zu Hause hat, verfügt sie nicht über ein Display, das meine Mobilnummer anzeigen könnte. Ich werde einfach in Zukunft am Telefon meiner Mutter gegenüber behaupten, ich würde das „Schnurtelefon" benutzen. Für meine Mutter ist ein Kabel nämlich eine „Schnur". Sollte sie am Klang erkennen, dass ich gerade im Auto sitze, werde ich behaupten, ich hätte mir einen dieser Fernsprecher zugelegt, die über eine extrem lange Schnur verfügen.

Handystrahlung ist das perfekte Zeitungsthema für Tage, an denen sonst nicht viel los ist. Eine Bedrohung ist immer dann am schönsten, wenn sie nicht sichtbar ist. Und Handystrahlung ist unsichtbar! Perfekt! Man meint, dass es schon beim Lesen überall kribbelt, bloß weil das Handy in der Nähe liegt. Es juckt am Ohr, am Arm, am Gesäß.

Als Hobbyhypochonder habe ich zwar meine Mutter beruhigen können, bin aber selber völlig aufgedreht und beginne gleich mit der Recherche im Internet. Sie ergibt, dass die Studie im Einzelnen besagt: Normalerweise sterben etwa fünf von 100.000 Menschen an Hirntumoren, unter Vieltelefonierern (> 1 h/Tag) sind es sieben, unter Wenigtelefonierern (< 1 h > 0 min/Tag) interessanterweise nur vier! Man könnte an dieser Stelle, statt von einer Steigerung der Krebsrate zu faseln, darauf hinweisen, dass dies eine Steigerung von fast null zu so gut wie nichts bedeutet – und dass Steigerungen dieser Art statistisch nicht signifikant sind, weil sie viel zu klein sind und somit rein zufällig. Wer mit dem Zollstock Mikrometer messen möchte, sollte mit Schwankungen rechnen.

Oder man könnte darauf hinweisen, dass Telefonieren unter einer Stunde täglich krebsvermeidend wirkt, was aus den gleichen Gründen ebensolcher Blödsinn wäre, aber genauso richtig. Man tut es nicht. Der positive Mensch ist nämlich im Rahmen der Evolution ausgestorben. Er saß vor seiner Höhle, glaubte an das Gute im Säbelzahntiger und wurde gefressen. Nur die Misanthropen und Paranoiker überlebten. Heute arbeiten sie als Journalisten.

Die Mordrate in Honduras beträgt übrigens 86 zu 100.000. Sollte man da nicht besser in Deutschland telefonieren, bevor man sich in Mittelamerika über den Haufen schießen lässt? Oder sollte bei uns mehr gemordet werden, damit möglicherweise Hirntumorgefährdete vor ihrem Martyrium bewahrt werden? Schwer zu sagen.

Man sollte allerdings auch nicht vergessen, wie viele Leben durch schwer strahlende Mobilfunkgeräte gerettet wurden. So ein Handy ist immerhin ein Notfalltelefon in der Hosentasche. Früher musste man sich erst irgendwo da draußen eine Telefonzelle suchen, um einen Krankenwagen zu holen. Ein solches sogenanntes öffentliches Telefon ist jungen Leuten heute gar kein Begriff mehr. Eine Telefonzelle war früher eine Art örtlich fixiertes Handy, in das man sich aufrecht hineinstellen konnte.

Die meisten Leute aber nutzten die Telefonzelle nicht zum Telefonieren, sondern zum Pinkeln. Wenn man bei einem Unfall den Notarzt rufen wollte, watete man in das gläserne Häuschen, stand knöcheltief im Urin und stellte fest, dass irgendjemand den Hörer mitgenommen hatte. Dann lief die Flüssigkeit in den Schuh, und man ärgerte sich, weil draußen jemand verblutete. Es gibt allerdings heute keine Statistik, die uns zeigen könnte, wie viele von 100.000 Menschen pro Jahr damals in der Zellenzeit durch fehlende Hörer verblutet sind. Oder wie hoch die Zahl derer ist, die während eines Notrufes am Uringestank erstickt sind.

Das Handy hat mit Sicherheit weit mehr Leben gerettet als gekostet. Aber in unseren Medien wird man diese Nachricht vergeblich suchen. Medien leben ja in erster Linie von Angst und schlechter Laune. Die Wahrscheinlichkeit, vom Handytelefonieren zu sterben, ist wahrscheinlich in etwa so groß wie die Gefahr, an einer verschluckten Prepaidkarte zu ersticken.

Das stimmt! Zumindest statistisch. Im Jahr 2011 sind allein in meinem Bekanntenkreis circa 100 Prepaidkartennutzer an ihrer Karte erstickt. Diese Zahlen beruhen auf einer persönlichen Umfrage von mir. Ich hatte die Frage gestellt: „Wie viele Menschen sind in Ihrem Bekanntenkreis an einer verschluckten Prepaidkarte erstickt?" „200 bis 1000" konnte man ankreuzen oder „0 bis 200". 100 Prozent der Leute haben „0 bis 200" angekreuzt. Dann habe ich zur Vereinfachung den Mittelwert genommen: 100. So geht Statistik.

Die Frage lautet: Was kann man nun als Vieltelefonierer tun, wenn man dem sicheren Tod durch einen Hirntumor entgehen will? Am sichersten ist es, vorher auf dem Motorrad zu sterben. Oder beim Spaziergang durch einen sozialen Brennpunkt mit einem Bündel Zehner in der Hand. Oder durch Rauchen im Bett.

Was aber tun, wenn man alt wird und weiter telefonieren möchte? Hilft ein Helm? Ein Gurt? Verbote? Oder liegt die gestiegene Todesrate bei Intensivtelefonierern einfach daran, dass Leute, die stundenlang unterwegs

Telefonate führen müssen, möglicherweise stärker unter Stress stehen als Menschen, die den ganzen Tag in der Nähe ihres kaum genutzten Festnetzanschlusses Blockflöte spielen, Sudokus lösen oder vegetarische Rezepte ausprobieren? Mit Sesam und Zitronengras.

Gott sei Dank ist Handytelefonieren wenigstens im Auto verboten! Sich einen heißen Kaffee während der Fahrt über den Unterleib zu gießen bleibt allerdings erlaubt. Leider gibt es keine Statistik, die uns erklären könnte, wie viele Autofahrer an zu heißem Kaffee sterben, schon weil Autofahrer, wenn sie einen Brückenpfeiler streifen, meist den Kaffee aus der Hand legen. Oder werfen. Ich schätze, es werden ca. 8 von 100.000 sein, und es wären mehr, wenn nicht vorher so viele am Hirntumor dahinscheiden würden, weil sie mit den Knien lenken, damit sie mit der anderen Hand telefonieren können. Aber Genaues ist nicht bekannt. Trotz Wissenschaft wird es immer Rätsel geben.

Ich werde meine Mutter anrufen, um sie über die lebensbedrohlichen Aspekte des Kaffeekonsums zu informieren. Sofort! Also morgen …

0828 Man sollte die Zeitung eigentlich erst am Abend lesen, wenn man den Tag über Zeit hatte, sich an die Horrormeldungen des Tages zu gewöhnen. Ich weiß das. Dennoch ist ein Früh stück ohne Nachrichten kein Frühstück.

Das iPad liegt aufgebahrt auf dem Küchentisch und lädt die neue Zeitung aus dem Internet. Eine WLAN-Verbindung wird empfohlen. Danke! Mein Tabletcomputer kann so fürsorglich sein!

KAMIN

Kamin: Asche zu Asche, Staub zu Staub! So stand es in der Bibel. Offenbar funktionierte die Mülltrennung damals anders als bei uns. Asche in die graue Tonne, Staub in den Staubcontainer. Abgenagte Ziegenbeine in den Restmüll. Rückstände von Menschenopfern für den lieben Herrgott gesondert entsorgen. So könnte es gewesen sein im Alten Testament. Leider sind wesentliche Themen des 21. Jahrhunderts damals im Buch der Bücher nicht beachtet worden, weder Recycling noch Verkehrsstau oder Erdnussallergie.

Meine Zeitung erscheint. Großartig! Aus dem Display quillen fast ausschließlich Naturkatastrophen und Gewaltausbrüche. Selten dagegen sind Bilder vom Madegassischen Zwergchamäleon oder von der Argentinischen Ruderente, bezaubernde Tiere, deren Existenz weitgehend unbekannt ist, weil die Viecher weder zu Mord und Totschlag neigen noch zu Betrug, Diebstahl, Hirntumor oder Raubmord. Nicht mal Seuchen übertragen sie! So etwas hat in unseren Nachrichten nichts verloren, es sei denn, es ist überhaupt nichts passiert und die letzte Rettung der Medienwelt heißt Tränendrücken. Auch das gibt es, aber erst nachdem neben Zweiklassenmedizin, Diätenerhöhung und Magersucht alle Notfallthemen abgefrühstückt sind. Der Toaster klackt und wirft die Brote aus. Hoffentlich sind sie nicht krebserregend. War da nicht irgendetwas mit Acrylamid?

Wenn man die Zeitungen aufmerksam liest und alles aufsaugt, was auf dieser Welt an Bemerkenswertem passiert ist, wird man schnell krank. Diagnose: Datenvergiftung. Infoüberdosis. Was wäre ein Tag ohne Fixing an der Frankfurter Börse? Ohne Bundespressekonferenz, Transfergerüchte, Grippeangst oder Schuldenbremse, auf die ohnehin niemand treten wird, weil sie kein Pedal hat?

Virtuelles Umblättern. Ja gibt's denn so was!? Der Euro geht den Bach runter. Das kann passieren. Man weiß aber noch nicht, woran er zugrunde gehen wird, wahrscheinlich an der Inflation. Vielleicht aber auch an der Deflation. Momentan werden Inflationsängste bevorzugt genommen. Modesache. Die Kurse für Inflationsängste steigen. Im Wirtschaftsteil wird empfohlen, in Inflationsängste zu investieren. Derivate! Sichern Sie sich ab mit Derivaten.

Oder Derivaten von Derivaten. Die Wirtschaftsweisen sind sich einig: Inflation ist unvermeidbar.

Ich halte mich nicht an die Empfehlungen meiner Bank. Ich bezweifle ihren Nutzen, weil ich mir eine Frage nicht beantworten kann: Wenn sich das Papier, das die Bank empfiehlt, rechnet, warum behält sie es dann nicht selbst? Kann es sein, dass Banken nur solche Investitionen an ihre Kunden weitergeben, die sie selber loswerden wollen? Nein, das kann nicht sein. Das sind doch nette Leute!

Sollte man nicht ein bisschen mehr Vertrauen haben? Nein. Die Banken wissen auch nicht mehr als Sie. Kein Banker weiß, wie sich die Aktienkurse entwickeln. Sonst wäre er nicht bei der Bank, sondern würde auf eigene Rechnung handeln. Die Bank kann Sie gar nicht übers Ohr hauen. Dafür verstehen ihre Insassen zu wenig vom Geschäft.

Dasselbe gilt für unsere Wirtschaftsweisen. Wenn sie wüssten, wie sich die Wirtschaft entwickelt, würden sie nicht in Instituten sitzen, sondern zu Hause am Computer, wo sie über das Onlinebrokerportal ihre Millionen scheffelten. Sie können es nicht. Unsere Wirtschaftsweisen haben noch nie etwas richtig vorhergesehen. Wirtschaftsweise sehen nicht in die Zukunft. Sie rechnen die Vergangenheit hoch. Als bester Experte gilt derjenige, der mit seiner Raterei am nächsten an der wirklichen Entwicklung dran war. Das ist dasselbe, als würde man einen Lottogewinner für einen Experten halten und ihn deshalb nach den Zahlen der nächsten Woche fragen, im sicheren Glauben, er wüsste Bescheid.

Wirtschaftsweise wissen nichts. Deshalb kommen sie zu Ergebnissen, an die sich die Realität leider selten hält. Immobilienblasen, Finanzkrisen, Subprime-Kreditzusammenbrüche, Schuldenkrisen, Eurorettung, nichts haben Ökonomen jemals im Vorhinein erkannt.

Ökonomen sind Hellseher, die statt Glaskugeln Aktiencharts benutzen. Sie leben von sinnlosen Informationen, die sie mit wissendem Blick über die Gläubigen ausgießen wie der Heilige Geist seine Feuerzungen an Pfingsten. Es ist kein Zufall, dass die Börse Pfingsten geschlossen hat. Die Insider taumeln im Dunkeln und simulieren Kenntnis. Dann liest man: Die schlechten Vorgaben an der Wall Street und das Tiefdruckgebiet über dem Sauerland führen zu schauerartigen Niederschlägen an der Frankfurter Börse. Griechenland soll verboten werden. Der Kommentar: Das wurde auch Zeit. Rhodos wird verkauft. Der Olymp vermietet. Und die Akropolis geht an die Börse. Eine Immobilie ohne Dach und ohne Heizung! Aber die Lage! Vielleicht wird Griechenland auch versenkt. Im Mittelmeer. Journalisten warnen vor einem Tsunami! Sehr gefährlich!

Man begreift das alles nicht mehr. Man legt die Zeitung beiseite und hat alles schon wieder vergessen: Wurde der Trainer entlassen oder erschossen? Ist dabei Strahlung ausgetreten? Wurden Bäume gefällt? Ist der Juchtenkäfer in Gefahr? Oder das madegassische Zwergchamäleon? Oder die argentinische Ruderente? Oder die letzten Brutstätten des westfälischen Tiefseestachelrochens im Xantener Baggerloch?

In der allseitigen Schwemme aus Empörung, Angst und Panik wird alles gleich. Die Nachrichten werden zu einem See aus Abstoßendem, den man besser weiträumig umfährt. Es wächst ein innerer Wunsch nach Flucht, gepaart mit einem formlosen Welthass, der Täter nicht mehr von Opfern unterscheidet. Dazu gesellt sich der Wille zur

Gleichgültigkeit. Es gibt Schlimmeres. Verbranntes Toastbrot! Gegenwind beim Radfahren. Verknotete Kabel. Oder Leute, die mit 27 durch die Tempo-30-Zone gondeln.

0834 Bei der Lektüre der Zeitung stellt sich die Welt als Unglück dar. Es gibt aber auch Tröstendes. Diese Kolumnen heißen „Neues aus der Wissenschaft“ oder so ähnlich. Dort erfährt man, dass es Menschen gibt, die an Erkenntnis und Problemlösung arbeiten. Sie entdecken dabei mittelschwere schwarze Löcher, die aus zerstörten Zwerggalaxien stammen; Ziegen, die beim Mähen ortsspezifische Dialekte aufweisen und Dinosaurierfossilien, deren rätselhafte Verkrümmung dadurch zu erklären ist, dass sie vor etwa 200 Millionen Jahren unter Wasser verwesten. Ich lese so etwas. Es interessiert mich. Dann bemerke ich, dass ich nicht mehr viel Zeit habe auf dieser Welt, je nach medizinischer Entwicklung vielleicht 50 oder 150 Jahre. Danach will auch ich zum Fossil werden. Ein Fossil hat immer auch etwas beispielhaftes, es spiegelt eine Ära! Ich will, dass mich in ein paar Millionen Jahren Kinder am Strand entdecken und sich fragen: „Sahen so die sagenhaften Menschen aus? War das einer ihrer Könige? Oder wenigstens ein Bundespräsident?“ Und ich werde still in meinen Stein hineinrufen: „Nein! Nicht ganz!“

Dann werde ich ins Museum kommen, und wenn ich viel Glück habe, wird ein ganzes Erdzeitalter nach mir benannt oder wenigstens eine menschliche Epoche. Ich muss unbedingt mit einem Namensschild in meiner Jacke versteinern! Es wird spannend sein, irgendwann einmal unsere Zeit mit Namen zu versehen. Der Mensch erscheint im Holozän. Wann kommt sein Nachfolger? Der Brünkel. Wieso Brünkel? Nun, irgendwie wird er heißen müssen. Und meistens werden biologische Arten nach ihrem Entdecker benannt. Ich aber bin selbstlos und verzichte auf diese Ehre. Und nenne ihn Brünkel! Brünkel, der Nachmensch! Ich habe ihn ja auch nicht entdeckt, ich sage ihn voraus. Die Brünkelzeit wird kommen!

Wir hatten Steinzeit, Eisenzeit, Bronzezeit. Nun leben wir mit Plexiglas, Laminat und PET-Flaschen. Wir entwickelten uns vom Schellack über das Vinyl zur Polycarbonatscheibe. Bald wird es nur noch Flashspeicher geben, und die Musik kommt aus der Cloud, der Wolke, exakt so, wie man es sich im Mittelalter vorstellte, als man dachte, in den Wolken harfinieren die Cherubim.

All das ist ein Segen, wenn man die Funktion des Ganzen nicht überschätzt und glaubt, man müsse nun nicht mehr selber leben und denken. Oft sind die Menschen beleidigt, wenn der Computer das Gehirn nicht vollständig ersetzt. Sie beschimpfen ihren Rechner, wenn er nicht von allein weiß, was er ändern muss. Natürlich hat der Idiot vor dem Bildschirm wieder nichts markiert. Der Computer hätte also wissen müssen, was er denkt. Warum kann er das nicht? Das Gerät sollte doch seinem User überlegen sein! Oft ist er das, er will es sich aber nicht anmerken lassen. Der Computer wird irgendwann selbst erkennen, was der Idiot vergessen hat zu markieren. Er wird sich in den Trottel hineinversetzen und seine Softwarefehler korrigieren. Die Idioten werden aber weiter Idioten sein. Das ist ein Trost.

0838 Jeden Tag lese ich mein Horoskop. Wer den Wirtschaftsinstituten glaubt, sollte auch schwarzhaarige Großmütter mit Hexenhut und Warze auf der Nase als Prognostiker akzeptieren. Ihre Vorhersagen haben denselben Wert: Sie sind null und nichtig, aber interessant, im besten Falle lustig.

Mein Horoskop hält überraschende Neuigkeiten für mich bereit: „Sie werden eine Nachricht erhalten, die ihr Leben verändern wird." Das ist beunruhigend. Ich will mein Leben gar nicht verändern! Im Gegenteil! Heute erwarte ich die Nachricht meines Arztes wegen des PSA-Testes. Der soll mir Auskunft geben, in welchem Zustand sich meine Prostata befindet. Werde ich inkontinent und impotent meinem Lebensende entgegendümpeln oder bin ich frisch und gesund wie der junge Morgen vor der Zeitungslektüre? Da ich mich momentan prostatatechnisch gut ausgerüstet fühle, wäre eine Änderung des Istzustandes mit Sicherheit keine gute Nachricht. Da ich mich gesund fühle, läuft jede Veränderung auf Krankheit hinaus. Hoffentlich hat mein Urologe nichts Verdächtiges gefunden!

Ich werde nervös. Ich weiß, dass der routinemäßige Markertest bezüglich Prostatakrebs ähnlich zuverlässig ist wie das Horoskop, das ich gerade lese. Trotzdem. Die Perspektive einer Lebensänderung erscheint mir wenig verlockend. Ich sehe mich von wuchernden Zellen zerfressen durch einen Supermarkt schlurfen, eine Pfütze aus Wundfluss und Urin hinter mir herziehend... Übertrieben? Die Angst vor der Krankheit kennt keine Übertreibung. Sie ist real.

Gut. Ich habe keinerlei Symptome, keine Schmerzen, kein Drücken, nicht mal ein Ziehen. Aber der letzte Zweifel schwebt wie ein Damoklesschwert über den

Todgeweihten. Und das sind wir alle. Ich wage an dieser Stelle eine Voraussage: Wir alle werden in zwei- oder dreihundert Jahren nicht mehr leben! Sollte uns das nicht Sorgen machen?

Natürlich! Sorgen sind immer berechtigt. Wir machen uns immer Sorgen! Wahrscheinlich handelt es sich um ein von der Evolution zu Unrecht nicht beseitigtes Relikt aus Zeiten, in denen hinter jeder Ecke Tod und Verdammnis lauerten. Damals bestellte man gegen Krebs einen Schamanen, der zwei mal durch die Wohnhöhle tanzte, die Augen verdrehte, zusammenbrach und die Krankheit für beendet erklärte, bevor er eine horrende Rechnung ausstellte, die mangels Kassenzulassung privat beglichen werden musste.

Diese Form der Geldschneiderei ist auch heute noch üblich, vor allem bei Frauen, die ionisiertes Wasser trinken und ihre Schlafstörungen auf Mobilfunk zurückführen, anstatt einfach ein Pfund Hormone einzuwerfen, die gleichzeitig die Depressionen beseitigen. Solche Damen fahren dann nach Afrika und lassen sich von einem Medizinmann betasten, der dafür nicht nur „ville, ville Dollas“ verlangt, sondern dabei auch noch seinen Spaß hat. Und wenn es nicht geholfen hat, dann ist immer noch Vodafone Schuld und nicht der Scharlatan, der beim Tasten immer „Gr! Lwana! Wana! Lrdlruuuut!“ gerufen hat.

Nichts ist so wichtig wie Gesundheit. Deshalb wird natürlich auch nirgendwo so viel Schindluder getrieben, wie im Bereich der Heiler. Die Quacksalber wissen, dass man von Todesangst gezeichnet bereit ist, ein Vermögen dafür zu geben, wenn das Jucken aufhört, vor allem da unten. Warum hat mein Arzt überhaupt noch nicht angerufen? Er hat definitiv angekündigt, heute Bescheid zu sagen, und es ist nach halb neun! Pennt der noch? Was ist von einem Urologen zu halten, der die existentiellen Ängste seiner Patienten soweit zurückstellt, dass er erst einmal gemütlich ratzt? Was ist los mit der faulen Ratte!?

0840 Kaffee ist eine Pflanze. Ein Naturprodukt! Und ein Getränk! Dabei wird der Kaffee erst zum Kaffee, wenn man Wasser darüber gießt oder durchpresst. Ein einfaches Rezept! Und gerade deshalb so erfolgreich. Wenn man die Bohnen erst schälen, marinieren und anschließend stundenlang dünsten müsste, würde die Menschheit ganz schnell das Interesse an diesem Getränk verlieren, denn der Homo Sapiens ist faul.

So aber gießt sich der Bürger nicht selten zehn Tassen am Tag in den Schädel und freut sich, dass er seine Lebensgeister nicht selber wecken muss. Ich mache das genauso. Ich bin ansonsten drogenfrei aufgewachsen, aber Kaffee ist mein Katalysator. Ich weiß, dass ich damit die Argumente von Dopingbefürwortern übernehme, aber mein Gott, Kaffee ist ok!

Ich lehne Chemie ohnehin nicht grundsätzlich ab, wenn es darum geht, in einen lebenswerten Modus zu gelangen. Natürlich kommt es auf die Art der Droge an. Persönlichkeitsverändernde Substanzen kommen mir nicht in die Blutbahn. Kaffee aber ist lediglich ein chemischer Stimulator. Äußerst effektiv.

Viele Leute lehnen Chemie aus Prinzip ab. Das beruht meist auf dem oberflächlichen Vorurteil, Chemie entstehe ausschließlich aus der Gier der kapitalistischen pharmazeutischen Internationale, die uns aus purer Profitgeilheit umbringen wolle. Diese weit verbreitete Haltung hat etwas primitiv Undifferenziertes. Wäre es von der Chemiewirtschaft nicht ausgesprochen dumm, die eigene Kundschaft systematisch zu töten?

Chemie ist weit mehr als das, was unsere Industrie uns zur Verfügung stellt. Chemie ist etwas sehr Natürliches. Selbst Naturvölker nutzen chemische Vorgänge, auch wenn sie sie nicht verstehen und für Magie halten oder für das Wirken der Geister. Sie lösen Gifte aus Pflanzen, inhalieren den Qualm, trinken den Saft oder mischen Kräuter. Wenn dann ihr Hirn außer Tritt gerät, glauben sie an die Existenz des großen Wakawaka. Das beruht – wie jede Religion – auf falscher Bewertung von Ursache und Wirkung. Pflanzen, Qualm, Saft und Kräuter wirken per Stoffwechsel, nicht auf dem Umweg über Geister oder Götter.

Wenn es im Hirn rumort, kommt das oft von Sauerstoffmangel oder Alkohol, Tetrahydrocannabinol oder sonst einer widrigen Substanz, die in den Schädel normalerweise gar nicht hineingehört. Der liebe Gott hat damit nichts zu tun.

Keiner kennt den großen Wakawaka. Und niemand weiß, wie viele große Wakawakas es gibt, ob sie gut oder böse sind, männlich oder weiblich, Single oder in Beziehung lebend, langweilig, farbenblind oder autistisch. Letzteres halte ich übrigens für sehr wahrscheinlich, denn könnte man sich Gott nicht am ehesten als ein Genie mit Inselbegabung vorstellen, dem die Empathiefähigkeit fehlt?

Viele Leute unterscheiden ja zwischen Chemie und Natur. Ich nicht, denn auch die Chemie ist Teil der Natur. Ich wüsste zumindest keine einzige Ingredienz in Dingen wie Gumminippeln, Plastikdeckeln oder Eternitverkleidungen, die nicht zu Beginn ihres Entstehungsprozesses der Natur entnommen worden wären. Es ist ja gerade die Fähigkeit zur gezielten Umformung der Natur, die den Menschen vom Tier unterscheidet und uns schon seit Jahrhunderten auf Platz 1 der Artenweltrangliste katapultiert.

Natürlich ist das nicht immer nur gut. Wir haben ganze Landstriche verseucht und in Brüsten und Oberlippen unserer Damenwelt Verheerungen ausgelöst. Wir haben Arten ausgerottet und Feinstaub produziert. Aber in all dem sind wir Teil der Natur. Unser Verstand ist ein Ergebnis der Evolution und was wir mit ihm anstellen, ist Teil der Entwicklung der Natur. Alles ist Teil der Schöpfung, auch der Ölförderturm oder die Plastikente.

Steckt ein Plan dahinter? Einstein sagte: Gott würfelt nicht! Was dann? Skat? Halma? Wahrscheinlich verbrachte er seine Freizeit damit, aus Langweile Universen zu basteln, weil so ein Leben ohne Raum und Zeit eine gewisse Reizarmut mit sich brachte. Im Nichts kommt ein bisschen Seiendes immer gerade recht.

Die Frage ist: Wie hat er das Seiende aus dem Nichts erschaffen? Entstehung aus dem Vakuum ist ja im Grunde ebenso wenig vorstellbar wie das Nichts selber. Aber auch das Ewige ist uns nicht begreifbar. Wenn aber nicht alles ewig ist, was war vorher? Also doch nichts? Vielleicht sogar gar nichts? Oder war dies ein Zustand vergleichbar mit dem Warten an einer Bushaltestelle? Also gefühltes Nichts. Endlosigkeit. Grenzenlos aber beschränkt. Der öffentliche Nahverkehr hat eine starke existentielle Komponente.

Wir leben auf einer Insel des Seins im Ozean des Nichts. Das löst im Zweifel selbst unter Allmächtigen ein Gefühl des Verlorenseins aus. Wenn man mitten im Nichts sitzt, liegt die Idee einer Schöpfung nahe. Viele bauen dann große Eisenbahnen auf Holzplatten. Aber wenn vor der Schöpfung wirklich „nichts" war, dann gab es ja nicht mal vorgefertigte Schienen oder Weichen, geschweige denn Bahnhöfe, kleine Plastiktannenbäumchen oder Bahnübergänge mit winzigen Schranken und Autos, deren Scheinwerfer niedervoltgetrieben leuchten. Gott musste ohne Vorlage arbeiten und ohne vorgefertigte Versatzstücke. Das hieß natürlich auch: Alles geht! Allmächtigkeit bringt immer auch Beliebigkeit mit sich.

Wenn alles möglich ist, warum dann das eine tun, das andere lassen? Ich fürchte, Gott war mit diesem Universum unterfordert, er hat sich ein paar Naturgesetze ausgedacht und dann alles einfach hingehauen. Puff hat's gemacht, was für ein Urknall! Dann hat sich der Schöpfer gefreut und anderen Dingen zugewendet.

Vielleicht irre ich mich aber auch. Vielleicht war alles ganz anders. Vielleicht hat er das Universum genau so gewollt, wie es ist, unvollkommen, bröselig, improvisiert... Vielleicht versteht sich Gott als Künstler, dem die Perfektion zuwider ist. Vielleicht ist er ein durchgeknallter Freak, ein Sturkopf, eine Diva, ein Willkürherrscher, ein Tyrann, eine eigenwillige Mutter oder ein jähzorniger Misanthrop mit dem Gemüt eines brünftigen Ebers. Ich fürchte, wir werden es nie erfahren.

Einstein hielt alles für Planung. Das meinte er mit seinem „Gott würfelt nicht." Aber stimmt das? Möglich. Vielleicht spielte der Schöpfer einfach lieber Schach. Aber mit wem? Mit dem Teufel? Einem Bruder? Einem Kumpel, der ebenfalls unsterblich ist? Anderen Göttern? Spielen sie auf einem ganz normalen Feld mit 64 Feldern? Oder elfdimensional? Das übersteigt meine Vorstellungskraft. Ich kann mir ein elfdimensionales Schachspiel in einer vieldimensionalen Raumzeit nicht einmal vorstellen. Wie soll das gehen? Springt das Pferd in einer Raumzeitschleife in sich selbst zurück? Es gibt Wissenschaftler, die glauben, unsere Raumzeit hätte sogar 27 Dimensionen, die wiederum aus kleinen Schlaufen bestehen oder aus Strings. Wo steht dann der Turm?

Ich glaube, Einstein wollte sagen, dass Gott nichts dem Zufall überlässt. Aber warum hat der Schöpfer den Zufall dann erfunden? Oder den Würfel? Wäre eine andere Welt denkbar gewesen? Ist möglicherweise jede denkbare Welt möglich, weil sie im Denken wirklich wird? Ich werde mir ein Brötchen schmieren. Dreidimensional. Aber bis dahin werde ich noch ein bisschen vor mich hingucken und überlegen. Ich habe Zeit. Ein freier Tag in einem freien Kosmos! Warum etwas übereilen, wenn die Zeit relativ ist?

0838 Wenn niemand drängelt und Wachsamkeit nicht nötig ist, kommen die Tagträume. Den Kopf an die Wand gelehnt schließen sich meine Augen. Eine Raumzeitschleife hat sich geöffnet und ich rutsche durch ein Loch zwischen den Strings. Ich beschließe, das Ganze als Zumutung zu betrachten, als psychologische Belastung oder Herausforderung und beginne zu begreifen, dass das Universum nur die Couch des göttlichen Therapeuten ist, der seiner Schöpfung zur Seite steht. Wahrscheinlich beruht diese grundlose Fantasie auf meiner katholischen Erziehung, die den Schöpfergott als zutraulich aber streng interpretiert.

Ich beginne frei zu assoziieren, wie es sich bei einer amtlichen Psychoanalyse gehört. Ich habe selbst noch nie auf einer Psychologencouch gelegen, aber da ein guter Freund von mir Psychotherapeut ist, weiß ich Bescheid. Er erzählt gerne von den Kämpfen, die die Menschen mit sich selber ausfechten, in dem sie Wahnvorstellungen erzeugen, Zwangshandlungen oder Aggressionen gegen sich selbst, nur um ihrer Mutter zu zeigen, dass sie zu früh abgestillt hat. Dann entwickeln sie Träume, in denen Melonen die Hauptrolle spielen. Oder mit Wasser gefüllte schlaffe Luftballons, die eine verblüffende Ähnlichkeit zu den Brüsten ihrer welken Mütter aufweisen. Sind deshalb im Alter die Brüste der Männer oft größer als die ihrer Frauen? Ein schreckliches Bild, das ich heute mit Sicherheit nicht mehr aus dem Kopf kriegen werde …

Vielleicht ist das aber alles viel zu kurz gedacht. Wer weiß, was so eine Melone in Wirklichkeit bedeutet? Vielleicht ist sie im entsprechenden Traum nicht das Symbol der Mutterbrust, sondern ein entlaufener, verzweifelter, einsamer Hoden, der seine Entscheidung, auf eigene Faust die Welt zu entdecken, bitter bereut. Er hat kein Geld mehr und ist des Alleinseins überdrüssig. Er möchte zurück und würde gerne weinen, verfügt aber nicht über Tränendrüsen, eine traurige Existenz.

An dieser Stelle muss ich selbstkritisch feststellen: Da ich offenbar in der Lage bin, mir bereits frühmorgens am Küchentisch allein lebende, einsame Hoden vorzustellen, sollte ich vielleicht auch einmal einen Therapeuten aufsuchen. Ist eine Melone nicht einfach eine Melone? Auch das ist nicht auszuschließen. Vielleicht drücken lange, dicke, harte Schlangengurken und große Melonen selbst im

Traum eines Teenagers im Einzelfall nur die Sehnsucht nach gesunder Ernährung aus. Zuckermelonen sind übrigens enger mit Gurken verwandt als mit Wassermelonen. Was sagt das dem Psychologen? Nichts? Gut so!

Ich fühle mich wirr, denke aber, im dösigen Zustand ist das normal! So ist der Mensch! Ecce homo! Mit dieser Erkenntnis des Pontius Pilatus drohe ich aufzuwachen, sacke aber wieder zusammen. Da öffnen sich die Dimensionen, sie separieren sich und ordnen sich alphabetisch. Leider gibt es einige Exemplare, deren Namen mit Zahlen beginnen oder mit kyrillischen Buchstaben. Das gibt Ärger. Wer darf oben liegen?

Ich begreife: Die Dimensionen sind zerstritten. Sie streiten über Anzahl und Reihenfolge, jede will die erste, die zweite, maximal die dritte sein. Ich werde in Folge der räumlichen und zeitlichen Verwerfungen gedehnt, gestaucht und in mich selbst gekrümmt. Das ist nicht gut für die Bandscheibe. Bandscheibenprobleme wären ohne Raum und Zeit nur halb so schlimm. Beim Übertritt in die neunte Dimension werden die Schmerzen stärker. Die elfte Dimension besteht ausschließlich aus Schmerz. In der vierzehnten gibt es Betäubungsmittel ohne Rezept. Allerdings bleibt das nicht ohne Nebenwirkungen, mein Geist wabert.

Plötzlich bemerke ich: Ich habe eine Vagina! Das ist mir noch nie passiert. Oder selten. Jedenfalls kann ich mich nicht erinnern. Es stellt sich heraus: Die Geschlechtsorgane sind nur verschiedene Ausformungen desselben Phänomens in verschiedenen Dimensionen! Das heißt: Ein Mann ist eine Frau, die aus der Zeit gefallen ist. Und zwar in den Raum. Oder in eine in sich selbst gekrümmte

Schleife, die aussieht wie das Zeichen für Unendlichkeit, nur fünfdimensional.

Irritiert rufe ich nach den Pflegern. Sie verstehen mein Problem und verlegen mich in ein anderes Stockwerk. Dort gibt es weder Strings noch Schleifen, aber Schamhaare in der Duschtasse und Fußnägel in der Wanne. Ich bin verzweifelt. Da höre ich die Stimme Gottes, der die Eröffnungsworte der Schöpfung spricht: „Meine Damen und Herren! Ich erkläre die Schöpfung eines neuen Universums für eröffnet! Es werde Licht!“ Großes Hallo! Feuerwerk!

Danach erläutert er in einem Workshop, an dem jeder für einen geringen Unkostenbeitrag teilnehmen kann, die Weltformel, die Unschärferelation und Relativitätstheorie auf ewig vereinigt. Sie lautet: Irgendwas ist immer! Das überzeugt sie alle. Heisenberg nickt, Heidegger lächelt, Thomas von Aquin hat nicht zugehört. Er ist für sein Alter schon zu lange tot.

Da! Ein Rumoren unter meinen Füßen! Einstein dreht sich im Grab! Er will der Menschheit mitteilen, dass der Satz „Irgendwas ist immer“ exakt der Relativitätstheorie entspricht. Denn wenn $E=mc^2$, dann gilt auch $c^2=E\div m$, also $c=\sqrt{E\div m}$! => m muss immer $\neq$ null sein, da man durch null nicht teilen kann. Gott sieht das ein und zieht sich mit seinem Rechenschieber ins Paradies zurück. Dort stellt er fest, dass man für diese Erkenntnis nicht mal mehr die Wurzel hätte ziehen müssen. Aber wer zieht nicht gerne ab und zu eine Wurzel? Warum nicht? Bitte schön.

Beim Begriff „Wurzel ziehen“ stutzt mein Therapeut, ich habe es genau gesehen. Er setzt wahrscheinlich voraus, dass seine Assoziationen zum Begriff Wurzel den meinen entsprechen, und dass mein Ansatz auf Penisverlustängste hinweisen könnte. Ich muss ihn enttäuschen. Ich hatte noch nie Angst, meinen Penis zu verlieren. Ich habe im Leben schon fast alles verloren, Schlüssel, Geld, ganze Portemonnaies, Freunde, einen Sack Kartoffeln (vom Fahrrad die Böschung runter in den Baggersee, anschließend das Fahrrad selbst, als ich es beim Versuch, den Sack Kartoffeln zu bergen, unverschlossen stehen ließ), den Verstand und Zeit, sehr viel Zeit, aber noch nie den Penis, nicht mal einen einzelnen Hoden, der sich ja möglicherweise in gnadenloser Selbstüberschätzung für eine Melone gehalten und dann auf Reisen begeben haben könnte. Nicht einmal das!

Die Interpretation von Assoziationen ist kompliziert, denn sie setzt voraus, dass diese Assoziationen mit Bedeutungen versehen und gewertet werden. Was bedeutet ein Hund in einem Traum? Steht er für etwas anderes? Oder ist er einfach nur ein Hund, weil Hunde eben in Träumen vorkommen, da sie auch im richtigen Leben existieren und der Traum bekanntlich so tut, als wenn er wahr wäre und das so intensiv, dass man am Ende glauben könnte, die Realität wäre ein Traum, den wir im Traum träumen – mit stinkenden Rottweilern und Rehpinschern im Handtäschchen. Träumen Hunde von Melonen?

Und was bedeutet die Melone im Traum eines Hundes? Mit dieser Frage öffne ich die Augen. Der Tag beginnt – zum wiederholten Male.

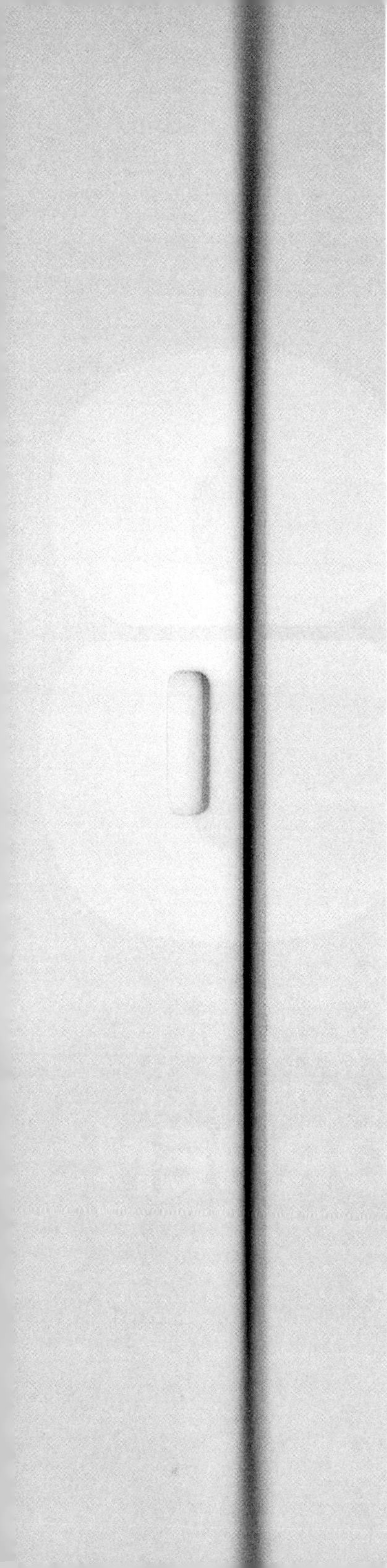

SCHIEBETÜR

Auf dieser Schiebetür tummeln sich Millionen von Mikroben, die sich ausschließlich mit dem Prozess der Fortpflanzung beschäftigen. Es stellt sich die Frage, ob nicht jede Stufe der Evolution hin zu komplexeren Lebensformen einen Verlust der Effektivität bedeutet, einen Rückschritt in Bezug auf das Ideal einer Fokussierung des Lebens auf das Wesentliche, nämlich Verdauung und Reproduktion.
2.500 Jahre Philosophie haben nicht ausgereicht, um einen tieferen Sinn im Leben zu finden als das Leben selbst. Der Mensch, im Grunde nicht mehr als eine komplexe organisch-chemische Weiterentwicklung der Amöbe, unfähig zur Erkenntnis seiner Bestimmung und geworfen in Sein und Zeit, erkennt nicht einmal sich selbst, geschweige denn andere oder das Wesen seines Seins. Wir sind zurückgeworfen auf unsere Ich-Identität, auf unser biologisches Werden und Vergehen, was der moderne Mensch zusammenfasst in den Worten: Fressen, Ficken, Fernsehenkieken. Schöner kann man es nicht ausdrücken, zumindest in dem Stadium der Zivilisationsentwicklung, in dem wir uns gerade befinden.
Die jüngere Generation hat das Fernsehenkieken allerdings indessen durch das Auf-das-Handy-Starren ersetzt. Auf einem Handydisplay leben übrigens mehr Mikroben, als auf der abgebildeten Schiebetür. Da sieht man, wie leistungsfähig die moderne Technik ist.

08

FRÜHER MORGEN

51

0851 Heute ist verkaufsoffener Montag! Endlich! Das hatten wir schon lange nicht mehr, um genau zu sein, seit sieben Tagen! Das finde ich super. Ich weiß, dass ein verkaufsoffener Montag nicht per se eine Sensation darstellt, aber man sollte sich doch ein bisschen Begeisterungsfähigkeit bewahren. Also freue ich mich. Es könnte doch auch Generalstreik sein. Oder Weltenende. Nein! Alles geht seinen Gang. Ist es nicht wunderbar, wenn das Leben seine Ordnung hat? Buß- und Bettag ist mittwochs und donnerstags ist die Reisebeilage in der Süddeutschen, dienstags Motor- und Technik in der FAZ, freitags kocht Mutter Fisch und sonntags ist Wochenende. Alles ist geregelt.

Manchmal sind es die kleinen Dinge, die mich begeistern, ein Hund, der versucht, eine Melone zu bespringen oder die Erkenntnis, dass es in einer Welt ohne Postboten nicht so oft klingeln würde. Allerdings müsste man dann seine Post immer beim Absender abholen. Das wäre mühsam. Es ist gut, so wie es ist. Ich bin begeistert!

Ich friere nicht, ich dürste nicht, ich habe keinen Hunger. Das ist prima und alles andere als selbstverständlich. Fragen Sie jemanden der in Eritrea wohnt, im Sudan oder in Indien, in Rumänien, Simbabwe oder Bangla Desh. Es ermangelt unserem Land an Begeisterung. Wir sind enttäuscht. Die Erdbeeren sind zu wenig aromatisch und der Smartphone-Akku ist viel zu schnell leer.

Woanders gibt es bessere Gründe, enttäuscht zu sein, vor allem wenn man irgendwo in Afrika zwölf Stunden am Tag Fußbälle zusammennähen muss und weiß, dass sich das im Leben bestenfalls dann ändern wird, wenn man stirbt. Außerdem würde man mit zwölf Jahren vielleicht auch selber gerne einmal mit irgendetwas Fußball spielen, was nicht früher eine Getränkedose war.

Umso enttäuschender ist, dass in unseren Breiten, in denen Zwölfjährige gemeinhin zur Schule gehen und Zustände wie Kinderarbeit oder Frühableben durch schlechtes Essen oder Parasiten selten sind, keine rechte Freude aufkommen will. Wenn man die Menschen fragt, wie die Welt so ist, dann wird die Regelantwort „schlecht" lauten.

Auch der Mensch wird als „schlecht" empfunden, eine absurde Situation, wenn man bedenkt, dass der Mensch die Kriterien, die ihn als „gut" oder „schlecht" ausweisen könnten, selber aussucht. Genauso gut könnte man behaupten, der Mensch sei physisch minderwertig, weil er nicht fliegen kann. Er ist halt so, wie er ist. Gut ist er, wenn er das Beste daraus macht. Wenn der Mensch seine eigene Spezies als schlecht empfindet, dann liegt das an den unnatürlichen moralischen Kriterien, die er bei der Bewertung ansetzt.

Meist dient eine solche Feststellung ohnehin nur der Selbsterhöhung, denn der Befragte will selbstverständlich damit sagen, dass er selbst „zu gut für diese Welt" ist. Oder er rechtfertigt sein eigenes „Schlechtsein" damit, dass es ihm sozusagen genetisch aufgezwungen wurde. Er glaubt, man müsse schlecht sein, weil die Welt eben schlecht, der Gute aber dumm sei, ein „Opfer". Der selbst ernannte „Clevere" trägt deshalb T-Shirts mit der Aufschrift: „Hier kommt ein Arschloch." Stimmt.

Selbstverständlich glaubt unser einfältiger Zeitgenosse auch, dass Ungerechtigkeit und Verschmutzung zunehmen, während Gesundheit und Lebensqualität zurückgehen. Das ist natürlich ein Riesenquatsch. Für einen Liter Benzin musste ein Arbeiter 1950 dreißig Minuten arbeiten, im Jahr 2010 nur noch fünf Minuten. Derselbe Arbeiter hatte 1950 nicht einmal ein Auto, in das er das Benzin hätte einfüllen können. Ebenfalls damals fehlend: Handy, Navi, Festnetztelefon, Fernseher, Internet, Zentralheizung, Kühlschrank, Herzschrittmacher, Mikrowelle, Quarzuhr, sowie mehrere Zähne in Ermangelung von Zahnprophylaxe und ein Bein als Folge des Krieges. So war sie, die gute alte Zeit.

Es geht uns auch nicht schlechter als 1980. Schon damals glaubten wir, dass es früher besser war. Heute sorgt die Allgemeinheit dafür, dass alle, die zur Haushaltsführung in der Lage sind, Wohnung oder Kleidung haben. Die Wohlhabenden geben 50 Prozent ihres Einkommens dem Staat, zahlen 80 Prozent der Einkommenssteuer, den größten Teil der Körperschafts- und Unternehmenssteuern, sowie einen überproportional hohen Anteil der Mehrwertsteuer und sichern so die Grundversorgung der Armen. Kennt jemand eine Ära, in der es mehr Gerechtigkeit gegeben hätte? Ich nicht. Mag sein, dass es in Sachen Gleichheit in Nordkorea besser aussieht, aber wahrscheinlich auch nur aufgrund der Tatsache, dass die Parteibonzen dort ihre Statistiken selber fälschen dürfen. Noch vor 100 Jahren war in unseren Städten Dauersmog und man erstickte im Pferdedreck, die Scheiße floss durch die Dörfer und die Menschen starben mit 28 an Tuberkulose. Einzig das Lebensglück hat sich in der Tat nicht vermehrt. Warum nicht? Egal.

Die Kaffeemaschine ist heiß. Sie muss eine Temperatur aufweisen, die an sizilianische Vulkane erinnert. Es handelt sich bei meiner Siebträgermaschine schließlich nicht um einen primitiven Vollautomaten oder einen Kapsel-Auslutscher, also Maschinen, die einen Espresso erzeugen, wie er üblicherweise in deutschen Restaurants serviert wird, lauwarm, labbrig, ölig, ein schwarzes Süppchen aus drei armseligen, vor Wochen sinnlos dahingemeuchelten, rosinengleich verschrumpelten, durchgeschmorten Bohnen, die, schon scheinbar verwest, einen bemitleidenswerten verbrannten Sud erzeugen, ein modriges, dem Connaisseur ungenießbares koffeinhaltiges Heißgetränk, das einen wirklichen Caffé nicht einmal simuliert oder imitiert, sondern persifliert, in einem Akt der Travestie, ja, der Vortäuschung falscher Tatsachen, der Lüge, des Betruges, der Hinterhältigkeit, der Sünde! So etwas wird niemals den Weg über meine Schwelle finden!

Meine Maschine verfügt über ein Wärmetauschersystem, das gleichzeitige Kaffee- und Dampfentnahme ohne zusätzliches Aufheizen ermöglicht. Das Entlüften entfällt. Der Bolide besitzt einen professionellen Brühkopf und einen 2150ml-Kupferboiler mit konstanter Dampfleistung. Der Kaffee ist elfenbeinschwarz, was aber dezent verborgen bleibt unter einem sämigen, fingerdicken Schaum. Er wird gebrüht aus frisch gemahlenen und von gebenedeiten Händen goldbraun gerösteten Arabicabohnen, deren Aroma den Ansprüchen eines italienischen Truckers in den Abruzzen genügt. Der Wasserdampf presst sich durch das feine Pulver und nimmt Geschmacksstoffe auf, die in der Tasse explodieren. Zucker wirkt als Geschmacksverstärker. Was für ein Triumph der molekularen Küche!

Kaffee ist reine Essenz. Er weckt Tote auf! Einen solchen Kaffee muss Jesus ausgeschenkt haben, als er den Lazarus heilte oder die frisch verstorbene Tochter des Synagogenvorstehers Jairus ins Reich der Lebenden zurück beorderte. Bibelkenner werden das bestätigen. Es könnten damals aber auch zehn Prozent Robustabohnen beigemischt worden sein. Man war vor 2.000 Jahren noch nicht so wählerisch. Ich setze dem wiedereinsetzenden „Padumm“ von der Straße das „Rrrrrrrrr“ meiner Kaffeemühle entgegen. Wie viel mehr Genuss verspricht das mühsame und dennoch heitere Kratzen des gnadenlosen Mahlwerks. Gleich wird der Kaffee mit aller Kraft ins Sieb gedrückt, verdichtet, verdichtet, und lautlos noch einmal verdichtet, kein „Padumm!“. Dann wird er von Wasserdampf durchnässt. Schaumig braun sabbert der Espresso in die Tasse. Der Zucker bettelt bereits um baldige Auflösung. Rühren. Der Tag kann beginnen. Halleluhja!

0859 Weiße Brötchen sind gut. Ich bin ein ganz, ganz großer Fan von weißen Brötchen! Man findet ja heute nicht mehr einfach etwas „gut“ oder „lecker“. Man ist „Fan“. Das kommt von fanatic. Ich bin nicht fanatisch, was weiße Brötchen angeht. Ich kreische nicht, wenn ich in eine Bäckerei komme. Aber ich finde weiße Brötchen Wahnsinn! Heute ist alles Wahnsinn! Warum nicht auch weiße Brötchen?

Sie bestehen fast ausschließlich aus kurzkettigen Kohlehydraten und treiben den Insulinspiegel in die Höhe. Leider fällt er genauso schnell wieder herunter, und der Hunger kehrt zurück. Dann kann man noch mehr weiße Brötchen essen bis man aussieht wie ein weißes Brötchen. Langkettige Kohlehydrate wären besser. Stärke beispielsweise, die massenhaft in Kartoffeln steckt, ist auch ein Kohlehydrat, setzt sich aber nicht annähernd so schnell auf die Hüfte und hält länger vor. Trotzdem schneidet man sich morgens keine Kartoffel auf, um sie dann mit drei Scheiben Salami oder einem fetten Schlag Marmelade zu belegen. Komisch.

Leider sind Geschmack und Gesundheit zwei grundsätzlich unterschiedliche Dinge. Tätigkeiten, die gesund sind, treffen seltener den Geschmack der Masse als Zeitvertreibe, die zwar ungesund sind, aber bequem. Eine beliebte Tätigkeit der großen Bevölkerungsmehrheit ist beispielsweise das Sitzen, gefolgt, von Essen, Schlafen und Geschlechtsverkehr. Letzterer ist zwar gesund, führt aber häufig zu ungesunden Auseinandersetzungen, da er von einer Hälfte der Bevölkerung weit häufiger gewünscht wird als von der anderen. Das frustriert die Männer, und sie beschließen, stattdessen zu sitzen, zu schlafen oder zu essen, meist weiße Brötchen, die viel ungesünder sind als der Salat, der von der anderen Hälfte bevorzugt wird.

Weiße Brötchen erfordern viel Butter. Auch das ist nicht gesund, aber unvermeidlich. Sie müssen gespachtelt werden wie die Wand einer Pizzeria. Dazu ein Ei. Oder zwei. Weich gekocht. Mitleid mit den Hühnern ist nicht angebracht. Hühner sind in der Lage, sich bis zu 100 verschiedene Gesichter ihrer Artgenossen einzuprägen, aber das Ei, das man ihnen entrissen hat, hat weder Augen, noch Nase oder Mund. Sie vermissen es nicht.

Hühner kennen keine Trauerphase. Es sieht so aus, als wenn sich das Erinnerungsvermögen von Hühnern auf wenige Sekunden beschränken würde. Man nimmt das Ei, und während sich das Huhn damit beschäftigt, verwundert aus dem Gefieder zu glotzen, hat es schon wieder vergessen, dass es beraubt wurde. Eine großartige Überlebensstrategie, geradezu buddhistisch! Die Fähigkeit, im bloßen Dasein, also der Meditation, das Leben zu verges-

SCHRANK

Ohne Griffe wären Schränke nicht zu öffnen. Sie haben deshalb fundamentale Bedeutung bei der Wohnungsausstattung, führen aber meist ein Leben, das durch Nichtbeachtung und Diskriminierung geprägt ist. Selten erfahren Türgriffe eine Wertschätzung, die über wortlose Benutzung hinausgeht. Wer sagt schon Danke, wenn sich die Schranktür lautlos und ohne Widerstände öffnet? Als Griff muss man über eine starke Persönlichkeit verfügen, wenn man ohne Depressionen durchs Leben gehen will.

sen, beherrschen Hühner besser als buddhistische Mönche. Allerdings muss man zur Verteidigung der Mönche sagen: Vergessen ist einfacher, wenn man nichts behalten kann – ein schöner Sinnspruch, den ich im Kalender auf einem Sonntag platzieren würde. Ein Huhn ist eine einfache Reiz-Reaktionsmaschine. Es ist dumm wie eine Regenrinne. Wenn ein Huhn Futter sieht, läuft es darauf zu. Keine schlechte Strategie. Wenn sich aber auf dem Weg zum Lunch ein Hindernis befindet, wird das Huhn zwar versuchen, das Hindernis, zum Beispiel einen Zaun, zu überwinden, bei einem Scheitern aber keine Problemlösungsstrategien entwickeln. Es wird nicht bemerken, dass der Zaun nur zehn Meter breit ist – und daneben offen. Es wird sich nicht vom Futter wieder entfernen, nur weil es auf einem Umweg leichter zu erreichen wäre. Das Huhn wird lieber verhungern. Es wird aber auch schnell wieder vergessen, dass es verhungert ist.

Das ist schön.

Das Ei ist perfekt. Es wurde ja auch nicht einfach nur im heißen Wasser gekocht, es ist in einem Eierkocher systematisch auf Idealtemperatur gebracht worden, einem Spezialgerät, das im Test die Note „sehr gut" erhalten hat, was nur zwei von 48 Eierkochern zustande gebracht haben.

Der Kocher hat eine Kapazität von sieben Eiern, was nicht nur Männer beeindruckt! Einen Nachteil allerdings, der auch im großen Eierkochertest der Stiftung Warentest hervorgehoben wurde, hat der Automat: Die Skala am Messbecher ist nicht gut zu erkennen. Das lässt sich verschmerzen. Ich habe schlimmere Schicksalsschläge in meinem Leben wegstecken müssen. Als damals meine Carrerabahn durch Vandalismus meiner Freunde zerstört wurde und sich meine Eltern weigerten, eine neue anzuschaffen. Oder als der hölzerne Bauernhof vom Weihnachtsmann wegen unbotmäßigen Verhaltens am 26. Dezember wieder eingezogen wurde.

Eltern, die Weihnachtsgeschenke zu Zwecken der Verhaltenssanktionierung wieder rückgängig machen, stählen ihre Kinder für ein Leben in Armut, Entbehrung, Not und Mühsal. Wenn es dann später besser kommt, auch gut. Viele Menschen wurden durch ihre Erziehung auf ein Leben in der Hölle vorbereitet und leben nun in Saus und Braus, in einer Welt des Überflusses, in der nicht einmal mehr die Eier in einem Topf zubereitet werden müssen, nein! Die Eier verfügen über ein eigenes Küchengerät, einen Eierkocher! Mir ist es auch so ergangen. Ich hatte zwar keine traumatisierenden Entbehrungen in meiner Kindheit zu erleiden, auch lebe ich heute nicht in einer Dauerekstase, die man heute gerne mit den Worten „Saus und Braus" umschreibt, aber die Sache mit dem Eierkocher trifft exakt auf mich zu. Vielleicht werden die nächsten Generationen von Eierkochern sogar einen eigenen Wasseranschluss haben, wie ein Dampfgarer. Dann ist auch die mühselige Ablesbarkeit der Wasserskala im Messbecher kein Thema mehr.

0908 Ich wende mich wieder meinen Zeitungen zu. Das mag der jungen Generation, die sich, wenn überhaupt, über das Internet informiert, befremdlich erscheinen. Ich verstehe das. Auch ich informiere mich heute in erster Linie im World Wide Web, mag aber die Idee, im Zeitalter der allgegenwärtigen, Just-in-Time-Information, in der schon Stunden alte Meldungen die Aura des Antiken umweht, ein Medium anzubieten, das die Meldungen von gestern als aktuell verkauft. Das ist derartig verwegen, dass ich glaube, das Ganze durch meine Anteilnahme belohnen zu müssen.

Deshalb gehe ich nicht auf die Website der Zeitungen, sondern lese das E-Paper. Das ist ein Akt freiwilliger Beschränkung, denn ich habe ja ein Gerät, das ständig online ist, es also durch seine geradezu penetrante Anbindung an den Datenstrom jederzeit ermöglichen würde, schon einen Tag weiter zu sein. Ich aber sage: Das größte Privileg der Jetztzeit ist die Gestrigkeit! Sollen die anderen vorausschwimmen! Ich will mich wenigstens während des Frühstücks dem Mitschwimmen verweigern und rufe der steten Frage nach dem „Was ist da los?“ ein renitentes „Was war eigentlich gestern?“ entgegen!

Ich schlage eine weitere Zeitung auf. Kein Papier raschelt, mein Finger streift über die von Fingerabdrücken verschmierte Oberfläche meines Tablet-Computers und initiiert damit ein Umblättern, das keines ist. Eine Simulation!

Das ist Wahrheit heute! Die Simulation der Realität in der Zeitung wird im simulierten Raum des Userinterface zur Simulation der Simulation. Großartig. Und ganz ohne Druckerschwärze als Vorstufe zur Bleivergiftung. Ich liebe es.

Was war? Ein Minister hat sich verstrickt. Er spricht von einer Kampagne, will aber zurücktreten, um dem Amt keinen Schaden zuzufügen. Das ist wunderbar. Das Amt freut sich! Ein Auto hat sich um einen Baum gewickelt. Der Fahrer war betrunken, besaß keinen Führerschein, durfte allerdings auch noch gar keinen besitzen, weil er das vorgeschriebene Alter noch nicht erreicht hatte. Er wird es auch nicht mehr erreichen.

Die Welt der Zeitung ist voller Entsetzen. Da ist jeder zurückgetretene Minister eine vergleichsweise gute Nachricht.

Ein Kreuzfahrtschiff hat sich zur Seite geneigt und liegt nun am Strand einer romantischen Insel. Wie ist es dahin gekommen? Offenbar wollte der Kapitän zum Winken nah ans Land fahren, hat dabei aber vergessen, dass das Wasser zum Ufer hin flacher wird. Außerdem gibt es Riffe. Kein guter Ort zum Winken. Aber von Schiffen aus wird häufig gewinkt. Wenn das Schiff dabei kentert, kommt man winkend in die Zeitung.

Der Kapitän hat das Schiff als erster verlassen und die an Bord befindlichen Touristen ihrem Schicksal überlassen. Er behauptet, ins Rettungsboot gefallen zu sein. Natürlich hätte er gerne sein Leben aufs Spiel gesetzt, um zu helfen, doch das Schiff war gegen ihn. Wahrscheinlich hat sich das Schiff nur auf die Seite gelegt, um ihn zu ärgern. Man kennt das von Elefanten, die sich einer Dressurnummer verweigern. 34 Tote. Ansonsten eine echte Lachnummer. Man ist hin- und hergerissen zwischen Mitgefühl und erheiterter Fassungslosigkeit.

Im Durcheinander der Leichen und Schicksale fällt es oft schwer, den notwendigen Ernst zu bewahren. Dafür ist die Distanz zu groß. Die Zeitung wirkt wie eine Fernrohr, durch das man einen Film sieht.

Das Dorf, in dem der Kapitän aufgewachsen ist, ist empört, wie einer von ihnen durch die Medien diffamiert wird. Er sei immer ein guter Junge gewesen und als Kind schon einmal in ein Rettungsboot gefallen. Das käme vor. Er würde jetzt sicher auch gerne zurücktreten, um dem Amt keinen Schaden zuzufügen, ist aber leider schon festgenommen worden. Da der Mann Italiener ist, sieht man auf einem

Foto stark gestikulierende Dorfbewohner. Sie sind wirklich wütend, die Frau vom Lebensmittelhandel, der Priester und der Schutzgeldeintreiber. Süditalien ist romantisch!

Wutbürger. Überall sind Wutbürger. In der einen Stadt ist eine Chemiekatastrophe, in der anderen wird ein Bahnhof gebaut, in einem Dorf in den Abruzzen wird einer, der es zum Kapitän gebracht hat, in seiner Ehre gekränkt. Es ist alles empörend. Am selben Tag sterben Tausende von Menschen, weil sie sich keine Medikamente leisten können. Leider schaffen sie es nicht bis in die Zeitung. Das Thema ist erst im Sommer wieder dran, wenn sonst nicht viel los ist.

Im Lokalteil geht es um das Programm der „Alten Spinnerei", in der Kurse für Folkloretanz, Handarbeit und Entspanntes Atmen angeboten werden. Die Zuschüsse wurden gekürzt, die Empörung ist groß. Die Meinung des Betreibervereines ist: Wenn die „Alte Spinnerei" stirbt, wird ein zentrales Element der örtlichen Kultur untergehen. Sollte die „Alte Spinnerei" aus finanziellen Gründen aufgeben müssen, wird den Menschen in der Umgebung die letzte Möglichkeit genommen, sich sinnvoll zu betätigen.

Schon jetzt sei zu beobachten, dass die geistige Leere unter den Menschen zunehme und Folkloretanz, Handarbeit und Entspanntes Atmen gäben den Menschen Gelegenheit, in einer entfremdeten Welt ihre Mitte wiederzufinden. Viele Menschen atmen flach und ohne Tiefe, dies sei Ursache vieler Konflikte, so der Geschäftsführer des Vereines. Dies mache die Menschen krank und ließe sie spirituell veröden. Die Besucher der angebotenen Kurse äußern die Vermutung, dass Profitinteressen in diesem Land über dem berechtigten Interesse der Bürger nach

Selbstverwirklichung und entspanntem Atmen stehen. Und die Kurse dürften auf keinen Fall teurer werden, da man sonst mehr bezahlen müsste.

Das Argument der Stadtverwaltung, Folkloretanz, Handarbeit und Entspanntes Atmen seien zwar schön und gut, aber Privatsache, und wer daran teilnehmen wolle, solle es doch auch bitte selbst bezahlen, wird als typischer Zynismus der politischen Klasse abgetan. Folkloretanz, Handarbeit und Entspanntes Atmen seien wichtige Teilbereiche der Reproduktion, der Mensch sei mehr als ein Werkzeug im Rahmen der Produktionsprozesse, und überhaupt, warum solle Folkloretanz, Handarbeit und Entspanntes Atmen nicht bezahlt werden, so lange unsere Truppen in Afghanistan stünden? Für das Töten sei Geld da, aber an der Kultur würde gespart. Folkloretanz, Handarbeit und Entspanntes Atmen aber seien friedlich und deshalb der herrschenden Klasse ein Dorn im Auge! Der entspannt atmende Mensch sei selbstbewusst und dadurch kein beliebig manipulierbarer Untertan, weshalb die Herrschenden versuchen würden, Kurse für entspanntes Atmen zu sabotieren. Dies alles sei Teil einer perfiden und zynischen Herrschaftstechnik, der alltäglichen Repression, gegen die wir uns wehren müssten! Ein Kulturzentrum gehöre in den Bereich Bildung und Kultur, und Bildung müsse per se umsonst sein und Kultur erst recht!

Eine kleine Gruppe baut einen Sarg aus Pappe, auf dem die Aufschrift „Folkloretanz, Handarbeit und Entspanntes Atmen“ steht. Sie formen einen kleinen Protestzug. Die These der Demonstranten lautet: Ohne Folkloretanz, Handarbeit und Entspanntes Atmen würden wahrscheinlich viele Menschen ihren Lebensinhalt verlieren, wenn nicht sogar ihren Lebensmut und Lebenswillen. So lautet die Frage, um die es wirklich geht: „Muss es erst Tote geben, bis die Politik bereit ist einzulenken? Ist denn ein Menschenleben heute nichts mehr wert?"

Die Stadtverwaltung legt in der Folge Wert auf die Feststellung, dass die Streichung von Workshops in den Bereichen Folkloretanz, Handarbeit und Entspanntes Atmen nicht gleichzusetzen sei mit Mord und Totschlag, worauf die Kulturinitiative kontert mit dem Hinweis: Wehret den Anfängen! Die Fronten sind verhärtet.

Die Stadtverwaltung hat auch noch andere Sorgen. Die Bürger sind unzufrieden mit der Abfallentsorgung, der Ampelanlage an der Schiefergasse und einem im Winter ungestreuten Waldweg am Dickelsbach. Die Verwaltung verweist auf ökologische Gründe, während die Bürger geltend machen, dass bereits alte Menschen und Behinderte hätten sterben können, wenn sie bei einem Spaziergang am Dickelsbach in Blitzeis geraten wären. Gott sei Dank verirren sich niemals alte Menschen und Behinderte an den Dickelsbach. Es ist dort noch nie ein Alter oder Behinderter gesehen worden, schon weil der Dickelsbach tief im Wald liegt, wo er von Alten oder Behinderten kaum erreicht werden kann. Man müsse deshalb auch fragen dürfen, ob der Verlauf des Dickelsbaches nicht als behindertenfeindlich beurteilt werden müsse und was deshalb zu tun ist.

Man stelle sich vor, es würden dort trotz alle Widrigkeiten Mitbürger mit Rollstuhl oder Rollator auftauchen, vielleicht weil sie dort mit dem Hubschrauber abgesetzt wurden. Was dann? Muss es erst Unfälle geben? Nur das vergleichsweise milde Wetter hat bisher Schlimmeres verhindert! Eine schnelle und preiswerte Lösung müsste her, was immer sich die Bürger darunter vorstellen, vielleicht einen Fahrservice oder ein Schlechtwetterverbot. Die Verwaltung macht einen ratlosen Eindruck.

Die grüne Stadtratsfraktion sorgt sich außerdem noch jahreszeitbedingt um die Kröten im Landkreis. Der Umweltausschuss hat sich mit der Frage beschäftigt, wie die Amphibien sicher über die Straßen in und südlich von Priseberg kommen. Ein Tragedienst ist ebenso zu teuer wie eine Rolltreppe oder eine Klapp-, Hub-, Dreh-, Schrägseil-, Stahlbogen-, Vollplatten-, Rahmen-, Balken- oder Hängebrücke. Schwimm- oder Pontonbrücken wären billiger, stören aber den Autoverkehr. Eine Schwimmbrücke benötigt zudem Wasser unter sich. Die Straße müsste also zunächst geflutet werden. Dafür aber sei kein Geld da. Es läuft alles auf eine Umsiedlung der Tiere hinaus. Aktivisten reden von Vertreibung und stellen die Frage: Ist es schon wieder so weit? Diese Frage ist nie ganz unberechtigt.

Im Ausschuss denkt man, es komme im Wesentlichen darauf an, möglichst genau zu wissen, wo die Kröten die Straßen kreuzen werden. Ein Krötenbeirat wird gebildet, der ein Bewegungsdiagramm erstellen soll. Zusätzlich entscheidet sich der Ausschuss mehrheitlich dafür, dem Verwaltungsvorschlag zu folgen und die Raiffeisenenallee weiterhin präventiv zu sperren und auch in der Sohlstättenstraße ähnlich vorzugehen.

Aufregung bescherte die Tagesordnung dem Ausschuss dann gegen Abend, also kurz vor Ende des öffentlichen Teils der Sitzung: In Rudelsdorf wird offenbar wilder Müll abgelagert, und zwar in rauen Mengen, vor allem im Bereich des Hüttenweges. Ich ermüde. Morgens bin ich ohnehin nicht sonderlich wach, das Lesen des Ortsteiles aber verstärkt noch meine Schläfrigkeit und führt zu Lähmungserscheinungen. Ich beginne ein Nickerchen. Warum nicht?

Im Schlaf tanze ich im Kreis von Gleichgesinnten. Was aussieht wie Bewegungsversuche einer Gruppe herzkranker, bewegungseingeschränkter Rentner, ist in Wirklichkeit ein Workshop Folkloretanz. Eine dicke Frau mit tiefschwarz gefärbten Haaren und Warze auf der Nase lehrt Menschen in Leggings und Sportschuhen die Anmut fremdartiger Choreografien. Vergeblich.

Wie alle anderen habe ich Probleme, mich auf die Schritte zu konzentrieren, schon weil ich dabei stricke. Auch die Handarbeit darf in unserer Kulturinitiative nicht zu kurz kommen. Dabei soll entspannt geatmet werden. Leider sind die Kursteilnehmer außer Puste. Sich im Takt zu wiegen ist schwierig, während man in den Händen Stricknadeln hält und Zopfmuster werkelt. Ein Beutel mit Alpakawolle baumelt um meine Schultern. Kreativ sein ist wunderbar, aber anstrengend. Wir schnaufen.

Hinzu kommt, dass wir ständig ausweichen müssen, um nicht auf die Frösche zu treten, die unseren Weg kreuzen. Es war ungeschickt, den Workshop ausgerechnet in Priseberg zu veranstalten, wo jeder weiß, dass hier das Reich der Frösche ist. Priseberg ist voll von Fröschen, kaum ein Stück Boden, dass man betreten könnte, ohne Gefahr zu laufen, einen der kleinen grünen Freunde zu zerquetschen. Frösche haben Vorfahrt in Priseberg.

Ein bratschendes Geräusch durchdringt die Luft. Alle blicken mich an. Ich bin während meiner tänzerischen Bemühungen auf eine Kröte getreten, ohne Absicht, aber in nicht zu verzeihender Nachlässigkeit. Während der Hinterleib des Tieres die Form eines Fladens annimmt, aus dem an allen Seiten Innereien triefen, entfährt dem Kopf des Tieres ein lautloser Schrei im Bewusstsein des baldigen Todes. Die eben noch voller Lebensfreude stolz vor sich hin quakende grüne Amphibie erbleicht, dann sinkt sie hin wie ein vom Indianerpfeil Getroffener in Filmen, die am Rio Grande spielen. Entsetzen macht sich breit. Alle Blicke sind auf mich gerichtet. Die Musik verklingt. Stille. Dann ein vielstimmiges Schluchzen. Trauernde Frösche heulen mit den Kursteilnehmern um die Wette.

Meine Beteuerungen, nicht in Absicht gehandelt zu haben, verhallen ohne Antwort. Mein Frevel lässt sich nicht entschuldigen. Die Stimmung ähnelt der in einem Dorf in Zimbabwe, wenn ein weißer Farmer das Kind einer afrikanischen Dienstmagd überfahren hat. Trauer schlägt um in Wut und Aggression. Der Mob schließt sich zusammen, Frosch und Mensch, Seit an Seit. Man beschließt, mich zu lynchen. Ich bekenne meine Schuld und sehe ein, dass nur mein eigener Tod das Unheil lindern kann, dass ich über die Gemeinschaft aus Mensch und Tier gebracht habe.

Man beschließt, mich in Rudelsdorf zu entsorgen. Ich werden auf dem Dachgepäckträger eines 15 Jahre alten Fiat Panda festgebunden. Die Fahrt ist nicht lang. Dann wirft man mich am Hüttenweg einfach in die Landschaft. Ich überlebe, werde aber aufgrund meiner ungesühnten Schuld melancholisch. Ich beschließe, das gegen mich verhängte Todesurteil selbst zu vollstrecken und mich im Dickelsbach zu ertränken, weiß aber nicht, wie ich hinkommen soll. Der Weg ist weit, steinig und voller Tücken. Außerdem ist es kalt, geradezu frostig. Das Eis auf den Waldwegen wird glatter und glatter, ich rutsche und schlage der Länge nach hin. Mein Schädel ist geplatzt, Hirn und Blut sickern aus dem zerbrochenen Schädel und bilden Pfützen, bevor der Sud am Boden aushärtet und festfriert. Von weitem höre ich die Sirene des Krankenwagens. Er ist nicht mehr weit entfernt, kommt aber nicht durch, weil Raiffeisenenallee und Sohlstättenstraße gesperrt sind. Er gibt auf. Ich auch. Mein letzter Gedanke ist: „Froschmörder! Du hast es nicht besser verdient!" Dann verscheide ich.

Nach 30 Sekunden ohne Atmung schrecke ich auf. Den Ortsteil habe ich durch. Als nächstes lese ich den Sportteil. Hoffentlich nicke ich nicht wieder ein.

0909 Ich mache mir einen Espresso, tiefschwarz unter braunem Schaum, der weckt die Lebensgeister und hilft, meinen Traum zu vergessen. Jetzt bin ich in der Lage, mich über den Lokalsport vom Wochenende zu informieren. Türkgüçu hat verloren, 0:5 gegen Grafendorf. Die Torschützen des FC Grafendorf lauten: Uhmud, Üzgür, Swereladse, Jawliçek und Ösütgür. Der Name des Schiedsrichters war Heinz Schmidt. Er hatte einen schweren Stand.

Vier rote Karten musste er zeigen, sehr zum Leidwesen der Spieler, die offenbar eine ausgesprochen individuelle Vorstellung von gesunder Härte hatten. Vielleicht wäre es für den Schiedsrichter gesundheitlich von Vorteil, wenn er jetzt bald umziehen würde. Im Ort könnte es Schwierigkeiten für ihn geben. Seinen Metzgereibetrieb wird er aufgeben müssen, ebenso seinen Vorstandsposten in einer besonders stramm deutschnationalen Lokalpartei. Er hätte wenigstens darauf verzichten können, den Spielern ein „Geht dahin, wo ihr hergekommen seid!“ hinterherzurufen. Die Multikulti-Aktion der UEFA unter dem Motto „Respekt“ hat sich im Lokalsport offenbar noch nicht richtig durchgesetzt.

Ohnehin spielt die Leibesertüchtigung bei der Entmenschlichung des Menschen eine große Rolle, nicht nur im Profisport, wo der Hooligan gerne das Angebot der großen anwesenden Menschenmasse annimmt und sich die Seele aus dem von Adrenalin zerfressenen Schädel prügelt, nein, auch bei den Amateuren, wo ansonsten unauffällige Bürger auf dem Spielfeld zu Kampfmaschinen mutieren und schwere Verletzungen des Gegners achselzuckend in Kauf nehmen, wenn es im Kampf um die Punkte in der örtlichen Bezirksklasse darum geht, den Ausgleich kurz vor Schluss zu verhindern. Tritte in die Beine, Griffe in den Unterleib, Ellbogen in die Magengegend, Finger ins Auge... Wozu gab uns Gott Extremitäten? Um Gegentore zu verhindern!

Wer einmal einen unterklassigen Handballspieler kennengelernt hat, weiß, wie schmal der Grat zwischen einem netten Kerl und einem Gewalttäter sein kann. Körperverletzungen, die im wirklichen Leben zu Recht mit Gefängnis bestraft werden, unterliegen hier der Sportgerichtsbarkeit und werden mit dem Zeigen einer gelben, maximal roten Karte geahndet. Blut läuft aus Nasen, Zähnen oder Augenbrauen. Der Sonntag geht dem Ende zu.

Ethnologisch interessierte Menschen sollten nicht nur an den Amazonas oder in die wilden Urwälder der Insel Flores fahren, sondern vor allen Dingen an die Ränder unserer Zivilisation, zu den Dorfsporthallen, Kunstrasenplätzen und Bolzwiesen.

Im Sport offenbart sich der Mensch in seinem ureigensten Wesen. Und im Geschlechtlichen. Aber beides ist für viele Menschen in erster Linie: Wettbewerb. Es gibt Statistiken, die sich damit beschäftigen, wer weltweit am meisten Geschlechtsverkehr hat. Und wer hat gewonnen? Die Österreicher! Und Walfische haben die größten Hoden im Tierreich. Da frage sich der Laie: Ist da ein Zusammenhang? Ich werde im Laufe des Tages darüber nachdenken.

0914 Zwischendurch gehen mir immer wieder allgemeine Gedanken über das Leben durch den Kopf. Es war, so glaube ich zumindest, Mario Vargas Llosa, der gesagt hat: „Das Leben ist ein Sturm aus Scheiße und die Kunst der einzige Schirm, den wir dagegen haben." Das muss metaphorisch gemeint gewesen sein. Zumindest in Mitteleuropa regnet es nur selten Scheiße – und wenn dann nur, wenn man hinter einem Güllewagen herfährt, dessen Besitzer den Hahn nicht richtig verschlossen hat. Vorsicht! Dann wird es glatt! In ländlichen Gebieten nennt man das „Bauernglatteis". Sehr gefährlich!

Ich habe eine andere Theorie als Herr Llosa. Ich glaube, das Leben ist ein Showroom. Man zeigt, was man hat, hofft auf gute Geschäfte und geht entweder pleite oder vererbt den Laden. Spätestens die Enkel werden dann das Erwirtschaftete wieder versoffen haben, weshalb unser Erbrecht so hervorragend funktioniert und nicht zur Dynastiebildung führt.

Man könnte also auch sagen: Das Leben ist ein auf und nieder. Allerdings ist eine solche Definition ziemlich unscharf. Es ist wie in der Quantenphysik. Je schärfer die Aussage, je kleiner der Ort, an dem sie zutrifft. Und umgekehrt. Je allgemeiner die Aussage, umso mehr Orte gibt es, an denen sie gilt. Dann aber ist sie meist nichtssagend. Beispiel: Die Aussage „Das Leben ist kurz“ ist immer und überall zutreffend, weil sie an nicht zu widerlegen ist. Sie stimmt überall, wo die Menschen das Leben nicht als „lang“ empfinden. Allerdings sagt die Aussage deswegen auch so wenig aus. Was bedeutet schon die Information, dass das Leben kurz sei? Sie besagt, dass die objektive statistische Lebenserwartung nicht als übermäßig großzügig angesehen wird, was angesichts unserer Sterblichkeit verständlich ist.

Ich kenne niemanden, der behaupten würde, dieses Leben sei aber unglaublich lang. Ich habe noch nie gehört, wie jemand vor sich hin brabbelt: „Scheiße, das zieht sich aber alles hier auf Erden! Mein Gott, das hätte man kürzer gestalten können, dieses ganze Leben ist von einer Dauer, das hältst du nicht aus!“

Ich kann mir aber vorstellen, dass es Leute gibt, die so denken. Wahrscheinlich ist dieser Jemand gerade 50 geworden und sagt zu seinen Freunden und Verwandten: „Leute, das habe ich mir anders vorgestellt. Ich lebe jetzt schon eine unglaublich lange Zeit! 50 Jahre! Das sind unvorstellbare 50 Sommer und 50 Winter! Wie lang geht das denn noch?!“ Dann würde er sich umdrehen, die Straße betreten und überfahren werden. „Flapp, flapp“ würde es machen, Vorderachse, Hinterachse. Das war’s. Man könnte auf den Grabstein dieses Mannes schreiben: „Er hat sich, die Dauer seines Lebens betreffend, geirrt.“ Vielleicht stimmt das aber auch gar nicht. Vielleicht hat der Mann seine 50 Lebensjahre wirklich als genug empfunden. Vielleicht hatte er chronische Schlafstörungen. Oder ein gestörtes Zeitempfinden. Oder vielleicht war er einfach lebensmüde. Oder ein Trottel. Es ist schwer allgemeingültige Aussagen über das Leben zu tref-

KÜCHENGERÄTE

Steckt das Haushaltsmesser in der Gattin, hat es vermutlich Ärger gegeben, den man endgültig und ohne Möglichkeit zur Wiederaufnahme der Diskussion beenden wollte. Allerdings fängt der Schlamassel mit der Bluttat oft erst richtig an. Polizei und Staatsanwaltschaft haben meist recht wenig Verständnis für plausible Ausreden wie: „Das ist mir noch nie passiert!" oder „Ich bin ausgerutscht, ehrlich!" Auch ein Satz wie: „Ich musste sie Messer machen. Sie war so scheiße!" hilft vor Gericht nur bedingt weiter. Selbst beim ersten Mord gibt es in vielen Fällen schon eine saftige kostenpflichtige Verwarnung plus Bewährungsstrafe! Das ist ja auch gut so. Wenn man jeden abstechen dürfte, der einem das Leben zur Hölle macht, hätten wir starken Bevölkerungsschwund. Allerdings hätte dies auch positive Effekte: Die Scheidungsraten würden zurückgehen. Lästige Unterhaltszahlungen würden dann durch die meist erheblich niedrigeren Kosten für die Grabpflege ersetzt.

fen, außer vielleicht diese: „Das Leben dauert oder es dauert nicht, an dem oder jenem Tag.“ Der Satz klingt wie von Brecht, ist er aber nicht. Und vermutlich wird er ihn auch nicht mehr sagen. Brecht ist tot. Aber Recht hätte er gehabt.

Für mich ist Langeweile etwas Unvorstellbares. Es gibt so viel zu tun! Die Garage muss aufgeräumt, Wäsche muss gewaschen, Zäune gestrichen, Fahrräder geflickt, Bücher gelesen und Gräber gegossen werden. Kranke müssen gepflegt, Frauen müssen geliebt, Urlaube müssen gemacht und Drecksäcke müssen verachtet werden. Das ist alles in einem Leben kaum zu schaffen! Zumindest nicht so, dass man am Ende, in der letzten, armseligen Sekunde dieses so kläglich kurzen Daseins, nicht denken würde: „Das war's schon? Hätte ich nicht noch einiges zu erledigen gehabt? Was soll's? Jetzt ist es auch egal.“

Dann verbraucht man noch ein bisschen Sauerstoff und scheidet dahin. Das klingt profan, geradezu lächerlich. Davor lagen aber, zumindest in den meisten Fällen, Jahre des unerklärlichen Daseins, einem Wunder, das wir viel zu selten als Chance begreifen, deren Sinn sich uns vielleicht nicht gleich in den ersten 100 Jahren erschließt, aber egal! Umso weniger wir wissen, was wir tun sollen, umso mehr sollten wir das Leben als Verpflichtung empfinden. Da unser Leben offenbar einem größeren Ganzen angehört, das wir nicht überblicken, sollten wir das Beste daraus machen. Mehr kann man nicht tun.

Was ist dieses Beste? Zunächst einmal: frühstücken! Wir sollten ausgiebig frühstücken! Ein Leben, in dem das Frühstück nicht mehr ist als eine in Hektik eingenommene Mahlzeit, also bloße Kalorienaufnahme zur Erhaltung der Lebensfunktionen, ist kein Leben!

Iss und trink ausgiebig! Wir sind nicht für Askese geboren worden! Wir haben fünf Sinne! Das sollte uns Verpflichtung sein! Wir sollten sie nutzen, unsere Riech-, Tast-, Schmeck-, Seh- und Hörorgane! Wir sollten fühlen, riechen, lecken, schmecken, gucken, hören und anpacken. Alles andere ist unnatürlich!

Wer doof in der Ecke sitzt, anstatt seiner göttlichen Verpflichtung zum genüsslichen Leben nachzugehen, begeht Sünde! Das ist meine tiefe Überzeugung. So tief, das ich den Satz wieder und wieder lesen und vortragen könnte: Wer doof in der Ecke sitzt, begeht Sünde!

Ich stelle fest, dass ich einen guten Messias abgeben würde. Ich bin in der Lage, Gebote zu formulieren, die jedem Trottel einsichtig erscheinen müssten. Tu dies! Lass das! Das gefällt mir. Die ganze Welt sollte verpflichtet werden, mir zu gehorchen. Ich würde diese Macht nicht ausnutzen! Ich würde sie gebrauchen, um unsere Erde zu einem angenehmeren Ort zu machen, einem Platz der Liebe und der Zärtlichkeit! Ich würde lange Gewänder tragen und barfuß laufen, um das Jesusartige meiner Existenz auch in Outfit und Lifestyle zu offenbaren.

Dann würde ich die Menschen bitten, mir zu Diensten zu sein, dienstlich und geschlechtlich. Jeder sollte etwas davon haben! Ich wäre ein guter König. Allerdings hätte ich dann sehr viel zu tun, und mein traditionell fauler Montag würde ausfallen. Ich müsste herrschen, anstatt mich in Ruhe von den Strapazen der letzten Woche zu erholen. So hat auch das Untertanendasein Vorteile. Ich lehne mich zurück. Man muss nicht stricken oder tanzen, um entspannt zu atmen. Es ist ein guter, fauler Tag.

0917 Ich habe die Sonntagszeitung noch nicht zu Ende gelesen! Das wird nun nachgeholt. Im Feuilleton setzt man sich mit der sozialpolitischen Zukunft auseinander und schlägt vor, künftige Generationen gesellschaftlich zu integrieren, indem man sie per öffentlichem Dekret der Elternschaft entreißt und in staatlich kontrollierten Anstalten hochzieht. Das nennt man Kita-Pflicht.

Ich muss dazu sagen: Ich habe nichts gegen Kindertagesstätten, im Gegenteil, sie sind eine sehr sinnvolle Einrichtung! Viele Eltern müssen ihre Kinder schon aus beruflichen Gründen in eine Kindertagesstätte geben, ob sie wollen oder nicht. Erst die Kita ermöglicht ihre Berufstätigkeit. Gut so! Viele behaupten auch, Kinder, die in Kitas aufwachsen, seien sozialer oder verantwortungsvoller oder sonstwie besser drauf. Das mag in Einzelfällen stimmen. Es gibt allerdings auch Kinder, die aufgrund ihrer Erziehung im Elternhaus sozialer oder verantwortungsvoller oder sonstwie besser drauf sind als andere. Den Eltern ihre Kinder per Gesetz zu enteignen erinnert an alte Traditionen der Vergesellschaftung des Menschen, wie wir sie aus dem fernen Nordkorea oder dem stalinistischen Albanien kennen.

Es war bisher das Privileg militärischer Zwangsstaaten, den Eltern die Aufzucht ihrer Kinder per Gesetz zu entziehen, im antiken Sparta beispielsweise. Dort diente Erziehung ausschließlich dem Wohl der Gemeinschaft. Der Spartaner gehorchte nicht sich selbst, sondern der Gruppe. Bis zum 8. Lebensjahr wurden die Kinder von einer Amme großgezogen, um zu verhindern, dass die Familienbande zu stark wurden. Anschließend erfolgte die Aufnahme in die Gemeinschaft mit straffer militärischer Erziehung. Das Leben im Zelt und die im Verbund eingenommenen kargen Mahlzeiten sicherten das Wir-Gefühl, es gab also eine Art Kita-Pflicht, die bis ins Rentenalter andauerte.

Feigheit vor dem Feind führte zum Ausschluss. Ein karges Leben, Verzicht auf Luxus und stete Übungen verhinderten die Verweichlichung der Bürger. Kein Wunder, dass Deutschland untergeht, denn eine solche Erziehung genießen höchstens noch Fußballkinder oder heranwachsende Tennisdamen.

Die Hitlerjugend versuchte, dem Untergang des Abendlandes die Volkserziehung unter Berücksichtigung spartanischer Ideale entgegenzusetzen. Und auch in der DDR wusste man, dass nichts den neuen sozialistischen Einheitsmenschen so verdirbt wie elterlicher Einfluss. Leider ist mir das egal. Ich würde um meine Brut kämpfen. Zu meiner Entschuldigung: Das ist von der Evolution so vorgesehen. Man sieht das beim Affen. Die Mutter schützt das Kind. Wenn es im Rudel ein Jugendamt gäbe, würde Mutter Pavian den Vertretern der Verwaltung ihre Reißzähne in den Hals stecken. Affen haben deshalb kein Jugendamt.

Auch das Jugendamt ist übrigens eine sehr sinnvolle Einrichtung. Allerdings sollte sich das Jugendamt nur dann in die Erziehung einschalten, wenn ein Verdacht besteht, dass Eltern ihren Kindern keine angemessene Erziehung bieten können. Das ist in der Regel entgegen ideologischer Befürchtungen nicht der Fall.

Ein beklemmendes Bild macht sich in meinem Kopf breit. Die Truppen des Jugendamtes stehen vor meiner Tür und fordern die Herausgabe meiner Nachkommenschaft. Um die Nachdrücklichkeit ihrer Forderung zu unterstreichen, haben sie ein paar Spartaner mitgebracht, Hopliten, in staatlicher Obhut erzogen, gewohnt, in Phalanx zu kämpfen. In der Phalanx kämpft der Krieger mit einem Schild, der seinen Nebenmann schützt. Er selbst wird wiederum vom Schild seines Nachbarn auf der anderen Seite vor den Treffern der feindlichen Speere bewahrt. Das Überleben des Einzelnen ist somit gewährleistet, solange er Teil der Truppe ist. Das Individuum ist der Masse ausgeliefert, wird aber von ihr geschützt. Die Phalanx ist die perfekte Metapher für das neue Erziehungsideal. Du bist nichts, dein Volk ist alles.

Sie wollen meine Tochter. Das Argument des Jugendamtes: Da es Familien gibt, die ihre Kinder missbrauchen und verwahrlosen lassen, haben meine Kinder aufgrund des Gleichheitsgrundsatzes nicht das Recht, besser aufzuwachsen. Alle Kinder sollen in staatlicher Fürsorge aufwachsen. Ich gucke skeptisch, daraufhin beginnen die Spartaner meinen Vorgarten niederzubrennen. Sie haben ihren Staat straff und streng auf das Gemeinwohl ausgerichtet und hassen es, wenn jemand ausschert. Der Tod ist ihm sicher.

Man teilt mir mit, dass viele Familien aufgrund materieller Zwänge nicht mehr in der Lage sind, ihren Kindern eine angemessene Erziehung zu gewährleisten. Man sehe sich deshalb gezwungen, alle Kinder zu konfiszieren und in den Sozialverbund zwangszuintegrieren. Mein Kind sei selbstverständlich wie jedes andere dabei. Diskussionen erübrigen sich. Wenn eine Sache ideologisch entschieden ist, kann man schließlich nicht jeden Einzelfall prüfen. Deshalb seien alle Kinder abzugeben und in die Verfügungsgewalt gutmeinender Angestellter zu verbringen; ausgebildete Leute, deren Aufgabe es sei, für Gleichheit zu sorgen.

Ziel sei der neue Mensch, der in der Lage sei, in absoluter Gerechtigkeit zu leben: eine Art Stalinismus ohne Stalin, mit menschlichem Antlitz.

Der Herr vom Jugendamt erklärt weiter, dass ich einsehen solle, dass mir im Sinne der sozialen Gerechtigkeit keine andere Wahl bliebe, als aufzugeben. Die Sache sei beschlossen und gerecht!

Wenn die Kinder die Schule verlassen, werden sie nicht nur gleich viel wissen, sondern auch exakt über die gleichen Fähigkeiten verfügen. Wenn einzelne Kinder Differenzial- oder Integralrechnung nicht begreifen, wird den anderen Kindern ebenfalls verboten, Kenntnisse in Differenzial- oder Integralrechnung zu erlangen. Der Grundsatz, der mantragleich von der Regierung wiederholt wird, lautet: Kein Kind soll zurückbleiben. Jahrgänge, die zu viel gelernt haben, weil nachfolgende Jahrgänge nicht mitgekommen sind, müssen sich verpflichten, das Gelernte zu vergessen. Eng wird es, wenn sich am Ende herausstellt, dass wirkliche Gleichheit nur durch allseitige völlige Kenntnislosigkeit zu erreichen ist. Dann geht es nicht anders: Ein ganzes Volk wird sich hirnamputieren lassen müssen.

Großes Glück macht sich breit. Die Menschen gackern und glucksen vor überschäumender Freude. Sie würden sicher etwas sagen, wenn ihnen nicht irgendwo auf dem Weg die Sprachkenntnisse verloren gegangen wären. Muss man immer gleich reden? Was niemals vergessen werden darf: Reden ist eine Kulturtechnik, die den Sprachgewaltigen Vorteile verschafft! Redefähigkeit ist also die Vorstufe zur Ungerechtigkeit. Während die Spartaner mein Haus stürmen, stoßen sie deshalb keine Worte hervor, sondern irre Laute, die man aus Indianerfilmen kennt. Schon brennt der Flur.

Man sichert mir zu, nur das Beste für mein Kind zu wollen. Es soll quasi aus meiner Herrschaft gerettet werden. Ein Staat, der Banken rettet, sei auch in der Lage, Kinder aus ihrer ausweglosen Individualität zu befreien. Die Hopliten kommen die Treppe herauf. Die Rüstung ist schwer, die Truppen marschieren im Gleichschritt, die Stufen beginnen zu schwingen. Als das Treppenhaus bricht, herrscht großes Tohuwabohu. Ich entkomme mit meiner Familie über den Balkon. In der allgemeinen Hektik des häuslichen Zusammenbruchs bemerkt niemand unsere Flucht, wir sind gerettet. Einige Krieger haben sich Arme gebrochen, andere Beine. Aus Gründen der Gerechtigkeit wird nun allen Unverletzten ebenfalls irgendetwas gebrochen. Auch eine verlorene Schlacht darf nicht in Ungleichheit münden.

Wir sind unterwegs und wissen nicht genau, wohin. Wohin kann man heute noch, wenn man entkommen möchte? Meiner Tochter ist es egal. Sie spricht aufgrund ihrer elitären Bildung ganze Sätze und beteuert, dass sie, wahrscheinlich aufgrund dauernder Gehirnwäsche durch ihre ideologisch schwachen Eltern, den Wunsch verspüre, bei uns zu bleiben, bei ihrer Familie, sie fühle sich hier geborgen. In staatsbürgerlicher Verantwortung sollte ich an dieser Stelle selbstkritisch fragen: Was haben wir nur falsch gemacht? Ich weiß es nicht.

0947 Gedankenverloren starre ich auf meine leere Tasse Espresso. Meine kriegerischen Visionen haben mich verunsichert und aus der Naivität meines behüteten Morgens geworfen. Es ist nicht schön daran erinnert zu werden, dass die Geschichte aller bisherigen Gesellschaften die Geschichte von Klassenkämpfen ist. Ein guter Satz! Muss ich mir merken! Egal.

Jedenfalls hat sich die Menschheit weiterentwickelt vom gehobenen Affenrudel zur bürgerlichen Gesellschaft. Nun geht es eben wieder zurück. Das ist wahrscheinlich normal. Die Saurier haben es schwerer gehabt. Deren Aussterben kam ganz plötzlich. Bei uns wird es langsam gehen. Dann gehen wir wieder auf vier Beinen und erinnern uns nicht mehr daran, wie man eine Zentralheizung baut oder wie eine Klospülung funktioniert.

Vielleicht war es von Anfang an ein Fehler, das Affenrudel zu verlassen und aufrecht durch die Welt zu laufen. Auch in der Affengroßfamilie gab es Hierarchien, aber der Clan war überschaubar. Leider lässt sich eine Welt mit sieben Milliarden Menschen so nicht organisieren. An diesem Punkt stellen sich exakt zwei Fragen: Wie groß darf die Erdbevölkerung sein, um eine befriedigende Sozialstruktur zu ermöglichen? Und: Wie beseitigen wir den Rest? Beziehungsweise: Wer? Wohin? Unter wessen Leitung? Wer bestimmt? Mit welchem Recht? Wann?

Es ist gut, dass ich montags morgens zu Hause sitze. Da muss ich die Fragen nicht anderen beantworten, sondern nur mir selbst. Das ist weniger peinlich als unorganisiertes Herumstottern in der Öffentlichkeit.

Montags morgens dürfen auch naive Fragen gestellt werden: Warum können sich die Starken und die Schwachen auf dieser Welt nicht einfach auf eine Zusammenarbeit verständigen? Das liegt daran: Die Welt ist keine Wohngemeinschaft. Und schon in der Wohngemeinschaft klappt das Zusammenleben nicht ohne Konflikte. Schon bei den Reinlichkeitsvorstellungen beginnen meist die Streitigkeiten.

Socken auf dem Couchtisch, Tomatensoße auf dem Sofa. Das Leben kann so niederträchtig sein! Das ist die normative Kraft des Faktischen. Der Mensch ist leider nicht zum zivilisierten Zusammenleben geschaffen, sondern im Rahmen der Evolution entwickelt worden, also nicht zum Ziel der Schaffung einer gerechten und geordneten Welt, sondern im strategischen Kampf ums Überleben. Wenn es einen Gott gäbe, würde ich ihm dies zum Vorwurf machen. Leider ist er nie da, wenn man ein gutes Argument hat. Das kann zwei Ursachen haben: Entweder er existiert nicht oder er geht Streitigkeiten gerne aus dem Weg. Ich hätte für beides Verständnis.

0948 Ich nehme mir eine Banane, um meiner äffisch-evolutionären Vergangenheit Respekt zu zollen. Meine Gedanken drehen sich immer noch um die Weltordnung. Ich frage mich, was ich tun würde, wenn ich Weltherrscher wäre. Montags wäre der ideale Tag für eine Machtübernahme, viel einfacher als freitags, wenn alle in Ruhe ins Wochenende wollen und der Bundesligaspieltag vor der Tür steht, weshalb Umsturzversuche häufig unbeachtet bleiben.

Ich wäre gerne König! Das wäre auch für mein Volk besser als beispielsweise direkte Demokratie, wie sie heute vielerorts propagiert wird. Mein Volk will sich nicht ständig entscheiden müssen. Es will einen König, der ausgiebig frühstückt und dann gestärkt den Tag beginnt und sich über das Wohl der Allgemeinheit Gedanken macht. Es will nicht jeden Tag zur Volksbefragung laufen. Das ewige Diskutieren ist so mühselig!

Wer einmal an einer Eigentümerversammlung eines Mehrfamilienhauses teilgenommen hat, weiß, wovon ich rede. Man muss dazu wissen: In jeder Eigentümerversammlung ist mindestens ein Wahnsinniger! Das ist ein Naturgesetz. Der Verrückte verhindert den neuen Außenanstrich, obwohl er nach Meinung eines unabhängigen Gutachters unbedingt notwendig ist. Feuchtigkeit zieht in den Putz, Balken verrotten, auf Dauer wird die Bausubstanz irreparabel geschädigt. Warum tut der Irre das? Weil er irre ist. Sein oberstes Ziel ist nicht der Erhalt seines Besitzes, er will lediglich Herrn Kuttke im Dachgeschoss schaden. Er will verhindern, dass sich Herr Kuttke durchsetzt. Er will ihn ärgern. Ihn in den Wahnsinn treiben. Er will seinen Spaß. Den Triumph. Die Vernichtung! Wer glaubt, mit solchen Menschen eine solidarische Gesellschaft formen zu können, sollte die Tabletten absetzen.

Direkte Demokratie ist wie eine sich ewig perpetuierende Eigentümerversammlung. Ständig werden wir entscheiden müssen, auch wenn wir keine Ahnung haben, worum es geht.

Dabei sind wir schon mit unseren alltäglichen Entscheidungen überfordert. Das geht morgens bei den Socken los. Rot oder schwarz. Ständig muss man sich entscheiden, Hose, ja oder nein. Kaffee oder Tee. Wurst oder Käse. Arbeit oder Flucht.

Schon als Kind musste man sich immer entscheiden, auf dem Spielplatz, wenn der Bodo kam, zwei Jahre älter als ich, stark wie eine Dampfwalze und auch geistig auf deren Niveau. Bodo stellte immer die gleiche Frage: „Ey! Wat willze!“ Ich wollte nichts. Aber ich musste mich entscheiden. Zur Wahl standen jeweils zwei Möglichkeiten: Erstens: Prügel. Oder zweitens: Mächtig auf die Fresse. Wie in der Politik. Ständig Entscheidungen. Ständig ungute Alternativen.

Irgendwann müssen dann die ersten politischen Entscheidungen gefällt werden. Die erste Teilnahme an einer Wahl steht an! Als junger Mensch steht man fassungslos vor dem Wahlzettel. Gefühlte 105 Parteien! Die Partei bibeltreuer Ökologen steht über den lila-grün Karierten, die für einen Marxismus-Leninismus mit spiritueller Prägung eintreten. Jeder Schrumpfkopf verfügt offenbar über einen eigenen Verein! Wie soll ich mich da entscheiden? Warum gibt es keine Partei Cappucino trinkender Agnostiker? Die dann koalieren könnte mit der sozialökologischen Warmduscherpartei?

Wahlplakate sind auch keine Hilfe. Sie wirken eher abschreckend! Grinsfressen! Lächeln aus dem Kostümverleih. Bettelnde Augen, die flehen: Nimm mich!

Künstliche Gesichter grinsen von Plakatwänden wie die Hollywood-Schönheiten, vom Bildverarbeitungsprogramm zur Karikatur unseres Schönheitsideales entstellt. Der Wähler findet das grotesk, ist aber selber schuld. Er fordert Authentizität, aber wenn jemand auf dem Plakat so aussieht, wie er eben aussieht, dann macht er sein Kreuzchen woanders. Dann sagt der Bürger: „Wie sieht das denn aus? So etwas kann ich doch nicht wählen!“ Natürlich will der Wahlberechtigte Ehrlichkeit! Aber wenn ihm jemand die Wahrheit zeigt, dann wählt er ihn nicht. Komisch.

Deshalb sammeln sich auf den Wahlplakaten die Zombies, die Meister der leeren Versprechungen, die Quacksalber. Und in der direkten Demokratie wird das alles nur noch schlimmer! Da werden uns die Fressen ganzjährig entgegengrinsen. Großmäuler der Welt werden sich mit Verschwörungstheoretikern, Wunderheilern, Paranoiden, Esoterikern, Religiösen, Stalinisten, Nazis, Verhaltensauffälligen und den ganzen anderen Geistesgestörten um den Titel des „Am-meisten-zu-sagen“ prügeln. Die kleine Kaste derer, die diskutieren und sorgfältig abwägen wollen, wird sich derweil wundern, dass sie im Getöse der Wortklauber nicht zu Wort kommt. Im Durcheinander der Stimmen siegt immer der Krawall über den Geist.

Das kann man wollen. Der Staat als Wohngemeinschaft. In meiner ersten WG wurde über alles basisdemokratisch abgestimmt. Da konnte der Kauf eines Joghurts schon mal in einer mehrstündigen Sitzung beschlossen werden, weil erst ausdiskutiert werden musste, ob linksdrehende oder rechtsdrehende Joghurtkulturen gekauft werden sollten. Am Ende siegte immer Ulrike, weil sie über eine nicht zu ertragende Quäkstimme verfügte, die alle das Ende der Tagung herbeisehnen ließ. Zustimmen hieß, das Prozedere abkürzen. Wunderbar! Das ist direkte Demokratie.

Im Grunde war es ohnehin egal, welcher Joghurt gekauft wurde, denn kaum befand er sich im Kühlschrank, war er auch schon wieder anonym weggefressen. Gerechtigkeit ist eine schwierige Sache.

0951 Klo. Zähneputzen. Rasieren. Das geht nicht ohne Blick in den Spiegel. Entsetzen.

Meine Fresse! Das ist kein Ausruf, sondern exakt das, was ich sehe: meine Fresse! Oder was ist das? Ein Gesicht? Oder was? Morgens im Bad zu stehen hat etwas Desillusionierendes. Wenn etwas schlechte Laune in das Leben der Menschheit gebracht hat, dann war es die Erfindung des Spiegels.

Der Übergang von der nächtlichen Bewusstlosigkeit in den Zustand der Vertikalität erfordert vom Körper offenbar unmenschliche Anstrengungen. Die Nacht hat Spuren hinterlassen. In der Horizontalen haben sich Flüssigkeiten unter der Haut gesammelt, die sich nur langsam wieder verteilen. Die Hautporen haben sich entspannt und bieten ein Bild, dass man von vulkanischen Landschaften kennt. Geschwollene Placken verzerren das, was Gesicht zu nennen eine hoffnungslose Übertreibung wäre. Das muss man alles erst mal verdauen.

Wer mit über 30 gut gelaunt in den Tag startet, ist entweder blind oder noch betrunken. Nein. Der Morgen ist die Tageszeit, um dem Leben ungeschminkt in die vergorene Fratze zu blicken.

Die größte Ungerechtigkeit auf dieser Welt ist die Schönheit. Schöne Menschen haben mehr Erfolg, verdienen mehr, werden bewundert und auf Händen getragen. Das ist ungerecht! Das ist gemein! Das ist Natur! Leider ist es deshalb kaum zu ändern. Selbst bei den Tieren pflanzt sich fort, wer das buntere Gefieder aufweist oder den schöneren Pelz. Starke Behaarung ist zwar beim Menschen eher zweitrangig, vor allem bei Mädchen, dennoch …

Die einzige Möglichkeit, die Diktatur der Schönheit zu durchbrechen, wäre, allen Menschen das Augenlicht zu nehmen. Aber selbst dann bliebe ja immer noch der Geruch, den man riechen, die Haut, die man ertasten, die

Stimme, die man hören kann, die klingt wie das Summen der Engel oder krächzt wie eine verrostete Hupe. In einer gerechten Welt müssten alle Sinne abgeschaltet sein. Dann allerdings könnte man auch nicht mehr hören, wenn der Postbote klingelt. Der müsste dann immer mehrfach kommen! Das wäre auch nicht gerecht, wenn ausgerechnet die Postboten unter der neuen Gerechtigkeit leiden müssten. Die Welt ist kompliziert.

0952 Zurück in die Küche. Noch ein Kaffee. Noch ein weißes Brötchen. Ich will jeden Morgen weiße Brötchen! Ich will immer noch diesbezüglich keine Belehrungen hören. Begriffe wie „Vollkorn“ oder „ausgewogene Ernährung“ haben am Morgen nichts zu suchen. Weiß und knusprig soll es sein. Nur der Aufschnitt wandelt sich. Das Wechselhafte im Leben ist der Belag. Strebt der junge Mensch nach Würsten mit Gesichtern, schreit das Alter nach rohem Fleisch! Mett, Tartar oder Schinken! Roher Schinken soll es sein! Dunkelrot wie Blut und reife Beeren! Mit einer weißen Kante, wie der Bikinirand einer Engländerin nach einem Tag am Strand von Cala d’Or! Geräuchert wie ein Süchtiger, der in der Smokerlounge eingeschlafen ist.

In der Zukunft werden Veganer und Vegetarier für eine schinkenfreie Zukunft werben. Blasse, pickelige und eiweißarme Fleischverächter werden uns Aasfresser und Mörder nennen! Ich werde das lächelnd hinnehmen und ihnen mit der Keule winken.

Die „Initiative für fleischloses und pflanzenfreies Essen – für eine steinbasierte Ernährung e.V.!“ wird alles daransetzen, das Gesetz zur Durchsetzung anorganischer Ernährung durchzudrücken. Es bleibt zu hoffen, dass die Fleischliebhaber als Traditionalisten der menschlichen Nahrungsaufnahme bei der Abstimmung genügend Gegenstimmen mobilisieren können. Sonst wird es eng für uns, die wir die Tradition des Jagens und der Zucht seit Menschengedenken von Generation zu Generation weitergeben.

Ich glaube, dass viele Vegetarier nur deshalb kein Fleisch essen, weil man sich mit Pflanzen besser unterhalten kann. Sie gucken nicht weg, wenn man mit ihnen spricht. Pflanzen sind genügsame Gesprächspartner, geben keine Widerworte und gucken nicht bettelnd in die Augen, wenn man sie erntet.

Deshalb stellt man an Pflanzen auch keine Fragen. Kein Mensch fragt eine Pflanze: „Ja, wo ist sie denn?“ Hunden stellt man solche Fragen: „Ja, wo ist er denn?“, fragt man im Notfall auch einen Dobermann, der aufgrund seiner körperlichen Ausmaße direkt vor den Augen des Fragenden die Sonne verdunkelt.

Wenn der Hund in der Lage wäre, die Frage zu erfassen, würde er sich wahrscheinlich fragen, ob sein Herrchen blind ist. Er würde ein kurzes, einfühlsames „Wuff“ andeuten, um dem Sehbehinderten seinen Standpunkt akustisch zu verdeutlichen. Leider sind Hunde dumm wie die Bodendielen und verstehen nichts von dem, was man sie fragt. Auch die Frage „Wo ist das Stöckchen?“ beantwortet ein Hund niemals mit einem souveränen „Dahinten, warum fragst du?“. Er unterlässt es ebenfalls, in der Folge ein lässiges „Du hast ihn doch selber gerade da hingeworfen!“ hinterherzuschicken, um dem Herrchen die exorbitante Dummheit der Frage noch einmal klar und unmissverständlich vor Augen zu führen. Niemals würde ein Hund so etwas sagen, und zwar nicht, weil er zu höflich wäre. Es ist Dämlichkeit, die ihn daran hindert.

Wenn Hunde schlau wären, würden sie nach Filet verlangen und ihren Menschen nahelegen, den Pansen zu fressen. Gerade größere Tiere mit den Ausmaßen einer Schrankwand hätten aufgrund ihrer unheimlichen Kräfte durchaus die Fähigkeit, auch unverschämt anmutende Forderungen mit latenter Gewaltandrohung zu untermauern.

Viele Hundebesitzer gieren nur nach Befehlen ihrer Tiere und würden nichts lieber tun, als dem Hund das Beste, was der Kühlschrank hergibt, zu überlassen, schon weil sie glauben, dass das Tier aufgrund seiner Unterwürfigkeit charakterfester sei als der Mensch. Das ist natürlich Unsinn. Hunde gehorchen. Hunde waren deshalb beliebte Schergen der Nazis. Sie sind undemokratisch und gehorchen dem Führerprinzip, ein verabscheuungswürdiges Verhalten!

Ich bin Humanist. Ich glaube an den Menschen als Krone der Schöpfung. Der Hund wird niemals mehr sein als des Menschen bester Freund. Wer seinen Hund als gleichberechtigten Partner begreift, sollte seinen Führerschein abgeben und sich ins Tierheim zurückziehen, wo man mit Gleichgesinnten lustig umhertollen kann.

0958 Am Ende des Frühstücks siegt die Vernunft. Ballaststoffe werden eingenommen. Sie sind ein weitgehend unverdaulicher Nahrungsbestandteil, bestehend meist aus Kohlehydraten. Die Darmflora kann Ballaststoffe nicht ordnungsgemäß verarbeiten. Sie quellen auf und verstärken das Sättegefühl.

Zudem verlangsamen sie die Aufnahme der anderen Nahrungsinhalte, die mit ihnen in den Magen kommen, und sorgen so für ein entschleunigtes Wiederabsinken der Blutzuckerwerte. Deswegen gibt es am Ende des Frühstücks immer Haferflocken. Hurra! Pampe schließt den Magen.

Der Kaffee, der dann folgt, ist nicht mehr Teil der ersten Mahlzeit. Er ist autark. Er läutet den Morgen ein und beendet den Zwischenzustand zwischen Nacht und Tag, den das Frühstück im Tagesablauf markiert. Das Frühstück ist die Kreuzblende zwischen den großen diametral entgegengesetzten Zuständen des irdischen Seins, Dunkel und Tag, Tod und Auferstehung! Der Kaffee aber ist die Himmelfahrt! Der Messias des Tages. Er ist Aufstieg zu den Gestirnen und Aufbruch in eine Zeit der Erlösung.

Die Kaffeemaschine prahlt mit ihrer Chromhaftigkeit. Sie weiß, dass sie den Charme einer alten Dampflokomotive mit der Ausstrahlung eines Sportwagens aus den Fünfzigern verbindet. Sie wirkt ein bisschen arrogant, wenn sie den Kaffee auswürgt wie eine Amselmutter den Wurm. Ihre unabhängig voneinander zu benutzenden Heizkreisläufe wirken wie ein Doppelsportauspuff an einem alten Carrera 911. Ihr blaffendes Schnorcheln duldet keinen Widerspruch. Es läuft. Es läuft! Es läuft!

SCHLAFZIMMER

Wenn es noch Disziplinen gibt, in denen Deutschland führend ist in der Welt, dann sind das die Fachbereiche:

- *Pumpentechnik*
- *Angst*
- *Daunendecken*

Andere sind vielleicht besser in Matratzen, die Amerikaner zum Beispiel, die gleich zwei bis sieben Federkernboliden übereinanderlegen. Aber sie drapieren darüber minderwertige Pferdedecken und klemmen sie an den Füßen ein, damit wehrlose Schlafende das Gefühl haben, in einem Sarg zu liegen. Verachtenswert! Wir aber, die wir das Glück haben, in Mitteleuropa, der Wiege der modernen Zivilisation, aufgewachsen zu sein, finden es selbstverständlich, unter der Königin der Bettbeläge einzuschlummern, dem Daunenüberbett, weich wie eine Fruchtblase, wärmend wie die brütende Vogelmutter und leicht wie das Kleid der Elfe. Leider bleibt das nicht immer so. Das Gewicht der Plumeaus nimmt mit der Zeit zu, weil Milben darin millionenfach ihren Darm entleeren. Ab und zu sollte man die Dinger also waschen, um den Drecksviechern den Garaus zu machen!

10

MORGEN

13

1013 Das Telefon klingelt. Endlich! Sicher mein Arzt, der mir mitteilen will, dass ich noch 14 Tage zu leben habe, falls ich es bis dahin vermeiden kann, pinkeln zu gehen! Mein lebensbedrohlicher Prostatatest! Fast hatte ich ihn verdrängt. Nun gilt es, Würde zu bewahren und nicht in Tränen auszubrechen, wenn die lebensbedrohliche Nachricht eintrifft, die mir mein Horoskop vorhergesagt hat.

„Hallo!" Auf der anderen Seite meldet sich ein Mitarbeiter der Firma BMW, der wissen möchte, ob ich mit dem Service meiner Werkstatt zufrieden bin und ob er mir diesbezüglich einige wenige Fragen stellen könnte. „Natürlich!", antworte ich, ich hätte mir den Vormittag extra freigehalten, damit ich Zeit habe, falls jemand möchte, dass ich ihm bei der Verbesserung seiner Werkprozesse helfe. Ironie wird von Mitarbeitern unserer Servicehotlines nur selten verstanden. Eine kleine Frage hätte ich allerdings vorher: „Wissen Sie, wie es um meine PSA-Marker steht? Sie wissen schon: Prostata." „Wie bitte? Nein." Und: Das müsse ein Missverständnis sein. „Keinesfalls.", antworte ich. „Wieso soll ich meine Telefonleitung blockieren, um Ihnen bei der Arbeit zu helfen, wenn Sie sich nicht mal in der Lage sehen, mir in Fragen um Leben und Tod beizustehen? Mein Arzt wartet nur darauf, mir mein Todesurteil mitzuteilen, während Sie mich zur Denunziation Ihrer Mitarbeiter auffordern! Die Servicebefragung ist die Pest des 21. Jahrhunderts! Kaum hat man etwas gekauft, wird man gefragt, ob es einem gefallen hat. Wenn man ‚nein' sagt, wird der zuständige Mitarbeiter entlassen, wenn man ‚ja' sagt, wird der Preis erhöht. Warum sollte man sich freiwillig in eine solche *lose-lose*-Situation begeben? Können sie mir das sagen?“ Klick. Eingehängt. Wunderbar. Die Leitung ist frei. Nun kann der Totengräber anrufen.

1014 Der Montag muss kein Rohrkrepierer sein. Er war bis 1976 übrigens der zweite Tag der Woche! Erst dann stellten die Wissenschaftler fest, dass eine Woche erheblich besser aufgenommen wird, wenn sie positiv verläuft, also mit einem freien Tag endet, anstatt mit einem Feiertag zu beginnen, um dann in endlosen Zeiträumen siechender Arbeitsamkeit zu verenden.

Der arbeitsfreie Samstag ist in Deutschland eine Erfindung der Sechzigerjahre des letzten Jahrhunderts. Seitdem es ihn gibt, haben deutsche Arbeiter endlich Zeit, den „18. Brumaire des Louis Bonaparte“ zu lesen oder die „Grundrisse der Kritik der politischen Ökonomie“. Dass sie das meist unterlassen, ist ein Beweis für die Freiheit, die in unserem Lande herrscht. Jedem das Seine, sprich: „Jeder nach seinen Fähigkeiten, jedem nach seinen Bedürfnissen“, so sagte Marx. Da hatte er so was von Recht!

Ich surfe ein bisschen durchs Internet, denn ich will wissen, ob es auch schon politische Bewegungen gibt, die einen arbeitsfreien Freitag anstreben. Ich finde nichts. Die DKP-Darmstadt, also die Fraktion „Die Linke“, erklärt auf ihrer Website www.dkp-darmstadt.de immerhin, warum wir heute überhaupt noch arbeiten müssen. Wir sind versklavt, damit uns die Herrschenden die ganze Woche versauen können. Deshalb haben sie auch die Konterrevolution in der DDR durchgezogen, um schlechte Laune verbreiten zu können und dem kleinen Mann von der Straße ins Feierabendbier zu spucken. Das gilt im Übrigen ebenso für große Männer von der Straße wie auch für kleine sowie große am Weg, in der Gasse und am Zubringer! Und für die woanders ebenfalls! Warum der kleine Mann bis heute meistens von der Straße kommt, ist bis heute nicht geklärt, aber mit Sicherheit dem Klassenkampf geschuldet! Sonst käme er ja aus dem Palast, wo alle wohnen sollen, wenn die DKP in Darmstadt die Revolution ausruft.

Leider ist schon in der DDR kein Platz für so viele Paläste gewesen, schon weil ein großer Teil der Welt immer noch von Konterrevolutionären beherrscht wird, die sich weigern, dem Fortschritt Platz zu machen, einem Fortschritt, der beispielsweise in China sehr erfolgreich war, zumindest zu Beginn des kommunistischen Weges. Noch streitet man sich, ob es 40 oder 50 Millionen Menschen waren, die durch ihren selbstlosen Tod Lebensraum für die Kommunisten schafften. Auf ein paar Leute kommt es wirklich Fortschrittsorientierten auch gar nicht an. Wichtig ist, dass auch weiterhin nach Wegen zum Kommunismus gesucht werden kann. Da kann schon einmal was danebengehen. Wo gehobelt wird, da fallen auch schon mal Genossen.

Die Herren Kommunisten aus dem Rhein-Main-Gebiet wissen jedenfalls objektiv zu berichten, dass sich die Menschheit auf dem Weg des Fortschritts befindet. Jede Gesellschaftsform in der Geschichte, so die kommunistische Recherche, war eine Verbesserung der vorherigen. Dabei unterscheiden unsere Darmstädter Genossen folgende Entwicklungsstufen:

Urgesellschaft/Urkommunismus
Sklavenhaltergesellschaft
Feudalismus
Kapitalismus
Sozialismus/Kommunismus

Islamismus, Katholizismus, Vandalismus, Exhibitionismus und Optimismus wurden ausgespart oder übersprungen. Bleiben fünf große Entwicklungsstufen! Immerhin mehr als vier, wenn auch weniger als sechs. Man hätte vielleicht den Buddhismus noch hinzuziehen können. Er sieht in seiner tibetischen Ausrichtung eine Zwischenzeit zwischen zwei Leben von mehr als 40 Tagen vor, einer Zeit, in der sich die Seele in körperlosem Zustand befindet, ein Zustand, in dem sie weder Nahrung noch Kleidung benötigt, also auch in einer Gesellschaft gut klarkäme, wie sie der DKP in Darmstadt vorschwebt.

Ich beginne zu begreifen, wo die Herren und Herrinnen hinwollen. Das Ganze ist zwar harter Tobak für einen Montagmorgen, aber nicht uninteressant. Schließlich geht es ja um unsere gesellschaftliche Zukunft, also um den Dienstag, und, wenn es nach den revolutionären Hessen geht, noch weit darüber hinaus.

Heute, also diesen Montag, befinden wir uns im kapitalistischen Stadium – und im Holozän, also nach der Kreidezeit, aber das nur nebenbei. Die Saurier sind ausgestorben, auch wenn es immer wieder Leute gibt, die behaupten, welche gesehen zu haben. Im Nachhinein stellt sich dann aber meistens heraus, dass es sich nicht um amtliche Saurier handelte, sondern um Yetis oder Einhörner oder was sonst noch so in Frage kommt. Natürlich kann niemand beweisen, dass es auf der ganzen Welt keinen einzigen Saurier mehr gibt. Sollten Sie gerne nach ausgestorben Geglaubtem suchen, hätte ich einen Tipp für Sie: Beginnen Sie Ihre Suche bei der DKP in Darmstadt!

Erdgeschichtlich aber steht fest: Wir stecken fest im Kapitalismus. Wir befinden uns also nach Darmstädter Zeitrechnung quasi am Donnerstag der menschlichen Entwicklungswoche. Wochenende ist nicht vorgesehen, da der Kommunismus immer Wochenende hat, weil er keinen Mangel kennt und deshalb jeder Tag immer ist. Im Arbeiterparadies ist am 7. immer gleichzeitig der 5. und der 26. Und Sonntag, Dienstag und Donnerstag. Wie es der Werktätige will, denn er ist souverän! Meist ist ohnehin immer der Wochentag, an dem der große Parteilenker geboren wurde – zu Ehren der Revolution. Dann herrscht ohnehin eine neue Zeitrechnung.

Im Kommunismus wird jede Zeit immer sein. Es herrscht Freiheit ohne Ende. Nicht nur der Wochentag richtet sich nach dem Willen der arbeitenden Bevölkerung, sondern das ganze Leben! Jeder parkt, wo er möchte, auch an Werktagen. Trotzdem gibt es immer genügend Parkplätze, denn das Auto wird immer bedürfnisgerecht abgestellt, also vor der Tür, wo sich andere Autos sofort entmaterialisieren, wenn Parkraum benötigt wird. Im Kommunismus darf niemand dem allgemeinen Wohlfühlklima im Weg stehen. Kommunismus ist Wellness für Autofahrer. Natürlich kann man dann nicht einfach mit dem entmaterialisierten Auto weiterfahren. Aber man kann ja ein anderes Auto nehmen! Egal! Hauptsache ist, dass alle Autos in einer kommunistischen Weltgemeinschaft allen gehören, wie der Joghurt, der in der Wohngemeinschaft allen gehört und deshalb auch von allen gegessen wird, notfalls mehrfach. Kommunismus ist Wellness, auch für Joghurtesser, vorausgesetzt, man ist in der Partei und dadurch der Erste am Löffel.

Ich esse einen Joghurt. Gut, dass ich nicht in einer Wohngemeinschaft lebe. Mein Kühlschrank ist mein Eigentum, also irgendwie auch ein Symbol meiner bürgerlichen Gesinnung. Bin ich ein Volksfeind? Eher nicht. Ich freue mich über den Arbeiter, der meinen Joghurt so prima hergerichtet hat, und hoffe, dass er keine Scherze damit gemacht hat. Er ist gelblich, schmeckt aber einwandfrei nach Bananenaroma, das zwar Bananenaroma heißt, aber mit Banane so viel zu tun hat wie ein weißes Gummibärchen mit einer Ananas, deren Geschmack es angeblich verkörpern soll. Wahrscheinlich schmeckt Bananenaroma einfach viel mehr nach Banane als eine Banane.

Während ich den im Rahmen der internationalen Ausbeutung produzierten Becher leere, denke ich darüber nach, woher Darmstädter Sozialisten wissen, dass es in der Urzeit Kommunismus gab.

Vielleicht gibt es in Darmstadt jemanden, der damals schon gelebt hat. Wenn, dann ist er sicher in der Partei.

Löffelnd stelle ich mir vor, wie das Leben im Urkommunismus ausgesehen haben könnte. Leider weiß die Wissenschaft nicht so viel wie unsere Darmstädter Sozialismustheoretiker, aber wenn ich mich recht erinnere, gibt es Hinweise, die daran zweifeln lassen, dass es sich damals um ein Arbeiterparadies handelte. Man starb häufig mit 23 an Karies. Der Bohrer wurde ja erst viel später erfunden, übrigens im Kapitalismus!

In der Urzeit war das Leben ein Kampf. Weisheitszähne wurden durch Enthaupten entfernt. Dann trank man aus dem Schädel Honigbier und wunderte sich des Lebens. Ab und zu massakrierte man Schwächere, wenn sie noch etwas zu essen übrig hatten. Der Begriff „Urkommunismus" spiegelt diese Verhältnisse nicht wirklich wider!

Im wirklichen Kommunismus herrscht Vollkommenheit. Alle sind gleich und frei! Fußballspiele haben unentschieden zu enden, auch wenn die Freiheit den Sieg ermöglicht! Da aber die Niederlage nur die Antithese des Sieges ist, gilt der Sieg als These, nicht aber als Synthese, die bei Punktgleichheit alle zum Meister erklärt; auch die Schwächeren, die es aber gar nicht gibt, denn in vollkommener Gleichheit sind alle stark.

So glaubt man in Darmstadt. Allerdings ist fundamentaler Bestandteil des Glaubens, dass er irren kann. Aber was das Unfehlbarkeitsdogma für den Papst, ist die Dialektik für den Kommunisten. Katholizismus und Kommunismus sind eben gleichermaßen Erlöserreligionen, der eine mit auferstandenem, der andere mit einem verstorbenen Messias: Karl Marx, nicht von Nazareth, aber immerhin von Trier. Und wahrscheinlich bald schon von Darmstadt. Man wird sehen. Mein Joghurt ist leer.

1017 Immer wieder gleite ich gedanklich ab. Dann sackt mir der Kopf zur Seite, und das Licht verschwimmt. Ich sinke hinab ins Körperinnere. Die Arbeiterschaft im Magen ist viel unzufriedener, als ich dachte. Sie fluchen und schimpfen. Nie hätten sie Ärger gemacht, immer ihren Dienst zur allseitigen Zufriedenheit verrichtet, nun aber sei Sabbat! Diese Ansicht ist verzeihlich, woher soll man da unten wissen, dass Montag ist?

Unzufriedenheit ist der beherrschende Zustand. Die Bakterien und Körperteile fühlen sich unter Wert verkauft und zetteln einen Aufstand an. Sie wollen den Mageninhalt durch die Speiseröhre nach oben pumpen und anschließend auf den Parkettboden in der Küche erbrechen. Woher wissen sie, dass in der Küche Parkett liegt? Sie scheinen Verbündete zu haben, vielleicht im Hirn, vielleicht auch in der Nähe der Augen. Die Lage ist prekär. Das Unwohlsein des Gesamtorganismus nimmt zu.

Im Verdauungstrakt haben Kommunisten das Zepter übernommen. Sie sind der Meinung, dass der Darm ein ebenso wichtiges Organ sei wie das Gehirn und dass der hierarchische Aufbau des Körpers, also die Unterteilung in Befehlsgeber, Befehlsübermittler und Befehlsempfänger historisch rückständig sei. Ein Körper sei ohne Darm nicht lebensfähig, deshalb müsse der Darm auch in finanziellen, medizinischen, allgemein lebensplanerischen Fragen sowie bei der Auswahl der Speisen und des Fernsehprogramms gleichberechtigt mitreden dürfen, also auf Augenhöhe mit dem Hirn, wenn man das in diesem Fall so ausdrücken darf.

Einzelne Intellektuelle verweisen auf die Existenz eines sogenannten Darmhirnes, einem Konglomerat aus Abermillionen Nervenzellen, die mit dem Hirn in regelmäßigem Informationsaustausch stehen und synapsenartige Strukturen bilden, also scheinbar ähnliche Funktionen ausüben wie Hirnzellen. Ich google und stelle fest: Es stimmt! Man sollte viel öfter auf seinen Bauch hören!

Ein Organ, eine Stimme, so der leicht abgewandelte Slogan aus dem Kampf der Völker gegen Kolonialismus, Rassismus und Antiorganismus.

Wirklich wütend ist die Milz. Sie sieht sich in ihrer Funktionalität unterbewertet und besteht darauf, dass auch Organe, deren Funktion von der Medizin noch nicht endgültig geklärt sei, lebenswichtig sein könnten, dass also schon die Potenzialität einer angenommenen Lebenswichtigkeit ein emanzipiertes Mitspracherecht erfordere. „Schlussendlich" seien wir alle gleich, so ihr emotionaler Appell! (Schlussendlich! Meine eigene Milz drückt sich offenbar gerne verquast aus!)

Die schlummernde Unzufriedenheit weicht der Aggressivität eines zielgerichteten Kollektivs. Vor allem das Fluchen der Darmbakterien schwillt an. Es wirkt grimmig. Ich begebe mich aufs Klo. Keine Einzelheiten, nur so viel: Den Furor der abhängig Beschäftigten sollte man niemals unterschätzen!

1024 Ich bin wieder wach. Was war das? Sucht mich vielleicht eine der großen Plagen des 21. Jahrhunderts heim, Laktoseintoleranz? Woher der Aufruhr in meinem Inneren, der mich kurze Zeit dahinsiechen ließ?

Milchprodukte stehen im Verdacht, für alle Übel dieser Welt verantwortlich zu sein, nicht nur für Unwohlsein, Verdauungsprobleme und Reizdarm, sondern auch für Krebs, Osteoporose, Übergewicht sowie Verspätungen im öffentlichen Nahverkehr durch Kühe auf den Gleisen. Angeblich macht Kuhmilch durch ihren starken Fett- und Cholesterinanteil sogar aggressiv. War der Zweite Weltkrieg in Wirklichkeit eine Folge der Milchwirtschaft? Im Dritten Reich wurde der Milchkonsum gefördert. War der Euter die Quelle des nazistischen Machtwahns?

Viele Veganer trauen sich indessen, auch öffentlich zu fragen: Wie konnte es überhaupt zur Milchwirtschaft kommen? Was hat der erste Mensch, der jemals eine Kuh gemolken hat, da unten vermutet? Kann es sein, dass das angeblich so gesunde Nahrungsmittel Milch aus einer perversen Neigung heraus entdeckt wurde? Sicher! Wie sonst?

Der Mensch ist ein neugieriges Wesen. Er sieht einen Euter und fragt sich: Was ist das? Er piekt zwei oder drei Mal mit dem Finger in die seltsam freihängende Blase und denkt sich: Vielleicht ist da was drin, aus dem man später einmal Eiskrem machen könnte oder Tiramisu.

Vielleicht hat aber auch irgendjemand einfach aus Langeweile an den Zitzen gezogen. Man darf nicht vergessen: Die Leute hatten damals viel weniger Möglichkeiten bei der Freizeitgestaltung. Also begannen die Menschen, den Tieren Drüsensekrete zu stehlen. Es gab ja sonst nicht viel zu tun, selbst samstags abends.

Wahrscheinlich war noch nicht einmal der Geschlechtsverkehr erfunden. Die Menschen pflanzten sich durch Zellteilung fort, und die einzige Freude, die sie sich in ihrem tristen Alltag gönnten, war die Ausrottung der Nachbarsippe oder das immer am Wochenende stattfindende Handabhacken für Diebe. So vermute ich jedenfalls. Humanistisches Gedankengut war damals noch nicht allzu sehr verbreitet.

Unsere romantische Vorstellung vom edlen Wilden, der im Einklang mit der Natur lebte, erscheint mir da ein wenig naiv. Es mag sein, dass aufgrund der immensen Menschenmassen, die heute auf unserer Erde existieren, Gewaltakte in absoluten Zahlen häufiger sind als früher. Außerdem gab es in der Urzeit keine U-Bahn, in der man sich als Opfer zum Prügeln darbieten konnte. Die Gefahr für den Einzelnen aber, Opfer einer Bluttat zu werden, war noch nie so gering wie heute. Bei Naturvölkern wird bis heute gern getötet, hingerichtet oder geopfert, in unserer Gesellschaft dagegen ist das Verbrennen von Familienmitgliedern zur Gnädigstimmung der Allmächtigen nahezu ausgestorben, selbst in den alpinen Gebieten.

In der Regel wird darauf verzichtet, anderen die Fresse zu polieren, selbst wenn sie kleiner sind und dumm gucken. Selbst in Neukölln wird einem oft nur ins Gesicht gespuckt. Das ist natürlich auch das Ergebnis der grassierenden Faulheit. Man will nicht immer nur Opfer machen, man will auch mal ausspannen. Selbst leidenschaftliche Gewalttäter geraten irgendwann in eine demotivierende Routine. Sogar Fußballderbys gehen heute vielfach ohne größere Massaker zu Ende, weil den Hooligans der Antrieb fehlt. Burnout ist die große Krankheit unserer Zeit, wahrscheinlich kommt das alles von der Milch.

1028 Wäre es nicht wunderbar, wenn alles Übel dieser Welt nur eine einzige Ursache hätte? Laktose? Geld? Oder Wasseradern unterm Bett? Oh ja! Das wäre schön! Deshalb bilden sich so viele Menschen ein, es wäre so. Die DKP Darmstadt hält das Kapital für den Urheber alles Bösen, die katholische Kirche den Satan, der Islamist den Ungläubigen und der Dortmunder den FC Schalke. Veganer glauben, dass alles Widerwärtige in dieser Zeit im Fleischkonsum begründet ist. Verschwörungstheoretiker glauben, die Illuminaten seien schuld, möglicherweise aber auch Außerirdische, der CIA, der KGB oder der ADAC.

Die meisten Leute aber glauben, die Amerikaner seien schuld. Richtig ist: Der Imperialismus hat alles erst ins Laufen gebracht. Aber wer hat denn Schuld am Imperialismus? Kolumbus! Wäre Amerika nicht entdeckt worden, könnte es auch nicht schuld sein. Und die Naturvölker in Peru oder Mexiko könnten sich weiter gegenseitig massakrieren, ohne Einmischung von außen.

Bei den Maya spielte man Fußball, nicht um zu gewinnen, sondern weil man den Verlierer nachher schlachten durfte. Das würde auch bei unseren Hooligans sehr gut ankommen. Sie müssten nur beteuern, nicht aus kranker Gewaltsucht gehandelt, sondern den Göttern geopfert zu haben. Es sind bei uns schon Menschen mit schlechteren Ausreden auf Bewährung frei gekommen, auch weil bei uns oft nicht der Einzelne schuld ist, sondern das Ganze, die Gesellschaft und nicht zuletzt der Imperialismus.

Der Imperialismus ist im Grunde an allem schuld, auch am Widerstand gegen ihn selbst. Wer beispielsweise im Rahmen des Dschihad von einem durchgeknallten Konvertiten in die Luft gesprengt wird, sollte sich ernsthaft fragen, ob er den Gewaltakt nicht durch seine Zugehörigkeit zum westlichen Kulturkreis selbst herbeigeführt hat – und dadurch sogar eine gewisse Mitschuld am Tod des Attentäters trägt. Der macht das ja auch nicht aus Spaß! Spaß ist für ihn erst im nächsten Leben vorgesehen, denn dort wartet das Paradies. Eine Selbstsprengung ist im Grunde eine nicht monetäre Investition in die Zukunft mit Aussicht auf zeitnahe Rendite im Spaßbereich.

Ohne den Imperialismus der westlichen Welt würden sich die Völker im Nahen Osten weiter selbst bekriegen, wie es jahrhundertelang üblich war. 40 Prozent der Mädchen gehen heute in Afghanistan in die Schule! Auch daran ist der Imperialismus Schuld. Ohne ihn hätten die Girlies da unten weiter Ferien. Dieser Zustand wird erst wieder eintreten, wenn der Westen abgezogen ist. Dann wird der amerikanische Imperialismus in Afghanistan Geschichte sein, die Mädchen werden wieder Eigentum der Männer, und alles wird, wie es früher war.

Auch wenn es Anhänger einfacher Geschichtsbilder schockieren, ja zutiefst erschüttern wird: Der Imperialismus ist nicht die letzte Ursache für alles! Tataaaa! Tusch! Entsetzen! Leider ist es wahr.

Imperialismus ist ebenso wenig der Ursprung alles Bösen wie die Globalisierung, die Banken, die Juden, der Muslim, die Bakterien, die Gier, die Großwetterlage, der Fleischkonsum, die Wikinger, der Satan, der FC Bayern oder das Geld. Im Prinzip hat alles begonnen mit dem aufrechten Gang. Nur dadurch bekam der Mensch die Hände frei, um in der Folge zur Landwirtschaft und zur Erfindung des Eigentums überzugehen. Der aufrechte Gang aber war die Folge evolutionärer Selektion. Also ist die Evolution schuld. Irgendwo in der Entwicklung von der Aminosäure zur ersten Zellteilung muss etwas schiefgegangen sein. Aber wer ist schuld?

Keine einfache Frage.

Leider muss die Schuldfrage aber (schon aus versicherungsrechtlichen Gründen) grundsätzlich geklärt werden. Der große Kringel bei mir an der Wand in der Küche beispielsweise rührt von einem Wasserschaden infolge extremen Gewitterregens letzten April her. Ein Gewitterregen aber gilt vor Gericht nicht als schuldfähig. Deshalb muss eine juristische Person die Verantwortung übernehmen, damit die Versicherung jemanden hat, auf den sie zeigen kann. Wer aber kann das sein? Wer übernimmt den Schaden? Die untere Wasserbehörde, die sich bei der Kanalpflege zu viel Zeit gelassen hat? Das internationale Großkapital, weil es den Regenschauer durch seine fortlaufende Schadstoffemission und die daraus resultierende Klimaveränderung herbeigeführt hat? Oder gar Adam Opel oder Carl Benz, die mit ihren atemberaubenden Erfindungen im Bereich des Automobilbaus den modernen Verkehr und damit die für einen Großteil der Klimaveränderung verantwortliche Industrie erst ermöglicht haben? Können deren Erben für die Schadensersatzforderungen meine Küche betreffend, Aktenzeichen VF-107-377846530952-JK2013, herangezogen werden?

Man muss als Jurist natürlich auch noch hinterfragen, ob Opel und Benz aufgrund schwerer Kindheiten oder psychischer Vorerkrankungen überhaupt schuldfähig sind. Hatten die beiden vielleicht in der Kindheit Schlüsselerlebnisse und gerieten deshalb auf die schiefe Bahn? Dann sollte man möglicherweise deren Eltern belangen, vielleicht aber gleich die Fugger in Nürnberg oder die Bankhäuser der Renaissance in Italien, die Medici, die mit der Einführung von Zins und Wucher erst die Strukturen schufen, die Jahrhunderte später die finanziellen Voraussetzungen der Industrialisierung bildeten. Aber auch die frühe Finanzwirtschaft ist nicht der Anfang von allem.

Was ist mit dem Urknall? Leider ist der Schöpfer ohne juristische Nachfolger, so dass eine gerichtliche Aufarbeitung schwierig werden könnte. Am Ende werde ich für den Fleck an meiner Wand selber aufkommen müssen. Gott und die von ihm angestoßene Evolution haben ihn verursacht. Von den ersten Zellen zum komplexen Organismus,

fn

ARBEITSZIMMER

Dieses Buch ist an meinem heimischen Schreibtisch entstanden. Dort erfolgt nicht nur das kreative Schaffen, sondern auch Nahrungsaufnahme, Verdauung sowie interne zerebrale Alarmauslösung, wenn die Ausscheidung ansteht. Die wird allerdings in einem externen Raum durchgeführt, zumindest zurzeit noch. Vielleicht wird sich auch das ändern, wenn die passende App dafür programmiert und erhältlich ist. Das kann aber noch dauern.
Am Schreibtisch werden weiterhin vegetative Aktivitäten ausgeführt: Blutdruckregulierung, Ausstoß von Gallenflüssigkeit, Pointen-Produktion. Ein Buch zu schreiben ist eine zwar rein geistige, aber im Grunde primitive Tätigkeit. Ziel der schriftstellerischen Arbeit ist, die 29 Buchstaben und Umlaute des Alphabetes so lange einzugeben, bis alle Seiten gefüllt sind. Es ist ausschließlich die Reihenfolge, die über den Erfolg des Projektes entscheidet.

vom Säugetier zum Primaten, vom Nomaden zum sesshaften Hausbesitzer. Ohne Haus keine Wand. Ohne Wand kein Fleck. Vielleicht hätten wir alle Bakterien bleiben sollen.

1030 Ich stelle mir vor, dass meine Marmelade sprechen kann. Sie fordert mich auf, die Beendigung des Frühstücks zurückzunehmen, das letzte halbe Brötchen zur Hand zu nehmen, nicht sparsam mit dem Himbeergelee zu sein und ordentlich aufzutragen, wo sind wir denn hier, was soll der Geiz? Selbstverständlich komme ich der Aufforderung nach. Ich bin ja ein höflicher Mensch.

Dick verschmiert auf meinem Brötchen fühlt sie sich wichtig und beginnt, ihre Lebensweisheiten vor mir auszubreiten: Nicht viel sei bedeutend auf dieser Welt, die Früchte aber, die Gottes Natur hervorgebracht habe, seien eine unabdingbare Grundlage der Ernährung allen Lebens und damit das Wichtigste, was auf diesem Planeten existiere. Leider seien Früchte schnell verderblich, weshalb Gott den Menschen in seiner unendlichen Güte die Gabe verliehen hätte, sie einzukochen, Himbeeren, Erdbeeren, ja sogar Quitten oder Pfirsiche. Die Marmelade sei so als haltbarer Vitaminträger der König der Nahrungsmittel, da den Früchten in gelierter Form, vorausgesetzt sei sachgemäße Lagerung, die Gabe der Unsterblichkeit verliehen worden sei.

Ich verschlinge mein Brötchen. Das Geschwätz blubbert noch ein paar Minuten aus meiner Speiseröhre weiter, dann kommt der ganze Kladderadatsch, inzwischen in Brei gewandelt, im Magen an und versinkt in der Salzsäure. Ein letztes Glucksen, Stille. Die Sache mit der Unsterblichkeit dürfte sich damit erledigt haben. Es ist das Wesen des Hochmuts, dass er seine Grenzen nicht erkennt.

Ich stelle das Frühstück in den Kühlschrank zurück, schließe die Tür und meine, ein Genörgel zu vernehmen. Spricht da die türkische Salami zur Marmelade? „Alder, bün isch Wurst! Korrekte Wurst! Ey, bist du süß und klebrig, bist du schwul oder was?“ Lacht da der Schafskäse? Nein, ich glaube, ich habe mich geirrt. Es war sicher nur das Kühlaggregat, das gerauscht hat … Ich nehme mir vor, morgen einmal richtig auszuschlafen. Ich fürchte, es ist dringend …

1034 Ein freier Tag ist etwas Wunderbares. Wie ein Loch in der Zeit. Keine Termine, keine Verpflichtungen. Auf der Terrasse wartet die Tatenlosigkeit. Gartenmöbel stellen sich lustlos zur Verfügung, bereitwillig, aber ohne übertriebenen Eifer, sie wirken apathisch. Wie wunderbar! Apathie schmückt den freien Tag. Im Zeitalter des Aktivismus aufgewachsen, machen mir aktivitätsfreie Tage normalerweise ein schlechtes Gewissen. Heute wische ich das beiseite. Es reicht, wenn die Sonne arbeitet. Unter ungeheurem Druck fusionieren die Wasserstoffkerne zu Helium, eruptive Protuberanzen schießen ins All. Dennoch scheint unser Stern durchgehend frühlingshaft gelassen. Die Sonne erzeugt keine drückende Hitze, sondern sorgt für angenehme Wärme.

Im Frühjahr ist unser Zentralgestirn wie ein perfekt angeheizter Kamin, gemütlich und entspannend. Wölkchen bewegen sich über den Himmel wie spielende Albinohamster. Laue Lüftchen adeln die feudale Atmosphäre! Es riecht nach edlem Hochdruckwetter. Die Frische des frühen Morgens ist vergangen.

Ich sinke in den Gartenstuhl. Von ferne höre ich, wie die Mittelklassewagen TÜV-geprüft und abgasreduziert, ja geradezu geruchlos ihrem Ziel entgegenschnurren. Das postmoderne Automobil ist ein Sinnbild unserer Zeit. Physikalische Prozesse und chemische Reaktionen treiben es vorwärts, sehr gefährlich, denn das Auto ist ein Teufelsgerät, in dem hochexplosive Flüssigkeiten durch gezielt herbeigeführte Detonationen Kolbenkraft erzeugen! Wahnsinn! Aber wir haben das im Griff. Tonnenweise Stahl und Dämmung zähmen das Raubtier und machen es zum elegant dahintrabenden Lipizzaner. Unsere Ingenieure sind Teufelskerle, meistens zumindest, denn Frauen sind in technischen Berufen unterrepräsentiert.

Früher war man froh, wenn man lebend das Reiseziel erreichte. Im Wald, da waren nicht nur sprichwörtlich die Räuber. Man wurde überfallen, entführt, als Sklave verkauft oder erschossen, erstochen, erwürgt oder gelyncht, gern auch alles zusammen. An der Zollstelle wurde man ausgenommen, bevor man ohne Geld mit letzter Kraft am Hafen ankam, wo man sich für die Neue Welt einschiffte. Dann verlor man erst das Land aus den Augen, dann die Zähne aus dem Mund und am Ende den Verstand, bevor man an einer Insel strandete und von den Einheimischen gehäutet wurde. Ein paar kamen auch durch, erzählten maßlos überzogene Heldengeschichten und vergaßen zu erwähnen, dass die Hälfte der Besatzung nicht nur ums Leben gekommen, sondern auch noch vom Rest der Belegschaft verzehrt oder als Mätressen missbraucht worden war, mangels Südfrüchten oder Damen.

Heute gilt auf Reisen eine kaputte Klimaanlage als Gefährdung der Existenz. Rentner verklagen die Bahngesellschaft auf Schmerzensgeld, weil sie durch den Luftzug einen Schnupfen davongetragen haben, Studenten nörgeln, weil ihr Grundrecht auf unbegrenzte Mobilität Geld kostet, und Damen verzweifeln, weil sie im Glauben an die Unversehrbarkeit ihres fahrbaren Untersatzes ohne Jacke losgefahren sind und nun eine halbe Stunde bei 18 Grad im Schatten auf den ADAC-Pannenservice warten müssen. Das Leid auf der Erde ist vielleicht ungleich verteilt, aber es wird überall gleich stark empfunden. Andere Generationen lebten im Krieg. Wir haben Stau.

Rot-weiße Baken zeugen davon, dass unser Verkehrsminister der oberste Seelsorger der Bürger ist. Er sorgt dafür, dass die Wege des Herrn gepflastert werden. Leider muss deshalb immer öfter und länger gearbeitet werden. Der Normalzustand einer Straße ist nicht mehr das „Fertigsein". Die Fahrbahn an sich definiert sich durch ihre Instandsetzung. Gelbe Linien schmälern den Fahrstreifen und betonen durch bloßes Dasein ihre Allmächtigkeit.

In wenigen Monaten wird hier ein Arbeiter vorbeischauen und nachsehen, wo man anfangen könnte. Wann er kommt, liegt in der Hand Gottes – oder der Verkehrsbehörde. Nicht wenige vermuten deshalb, dass Gott und die Verkehrsbehörde identisch sind. Ich glaube das nicht. Ich glaube, dass Gott in der Verkehrsbehörde Dezernent ist, maximal Staatssekretär.

Gottes Wege sind wundersam, die Straßen aber, über die die Verkehrsbehörde wacht, unterliegen steter Überwachung. „Padumm! Padumm!" Mein Freund mit der Dampframme hat sein ausgiebiges Frühstück beendet und meldet sich zurück. Wenn Gott wirklich der Schöpfer aller Dinge ist, dann hat er die Dampframme eigenhändig erschaffen. Männer mögen so etwas. Und Gott ist ein Mann. Sonst würde er ab und zu vorbeischauen und seine Sozialkontakte besser pflegen.

Mir fällt auf, dass das Vorgehen der Straßenbauer dem Gottes diametral entgegengesetzt ist. Gott setzt im Universum auf Expansion, also das Gegenteil von Verdichtung. Der Kosmos expandiert, der Mensch aber komprimiert das Erdreich, um in der Folge eine weitere Schicht aufzutragen, die am Ende mit Asphalt himmelwärts verschlossen wird.

Deshalb werden die Baken Monate vorher über die gesamte Strecke verteilt. Der Verkehr wird heruntergebremst auf Tempo 20. Es ist der oberste Ehrgeiz der Verkehrshüter, den Verkehrsfluss so weit herunterzubremsen, dass er faktisch zum Erliegen kommt. Dann rufen alle nach der Verkehrsbehörde, die sich als Retter in der Not zur Verfügung stellt – und irgendetwas neu baut.

Auch auf Autobahnen wird gerne wegen Nichtigkeit ein Tempo 60-Schild installiert, eine Bake daneben, ein gelber Strich, fertig. Das führt zu weniger Unfällen dort, wo langsam gefahren wird. Allerdings nimmt die Anzahl der Unfälle dort zu, wo heruntergebremst wird. Das passiert aber vor der Baustelle und fällt deshalb nicht in den entsprechenden Zuständigkeitsbereich. Man kann dann sogar darauf hinweisen, dass statistisch gesehen (und wer würde die Wirklichkeit nicht in erster Linie statistisch sehen?) die Zahl der Unfälle außerhalb von Baustellen zunimmt, ein gutes Argument, um überall Baustellen einzurichten. Erst wenn überall Tempo 0 gilt, wird es keine Verkehrstoten mehr geben. Kinetische Energie ist gefährlich. Wo aber keine Bewegung ist, da ist auch keine Energie.

Wenn aber die Zahl der Verkehrstoten steigt, wächst auch die Nervosität der Überlebenden. Das Rudel der Politiker ist in Aufregung, Alarmismus breitet sich aus. Da der Politiker gewählt wird, weil er etwas tut, ist er froh, wenn er einen Grund findet, etwas zu machen. Natürlich kann er an den Verkehrstoten nichts ändern. Aber er kann der Regierung vorwerfen, sie hätte nichts getan – oder der Opposition, dass sie das Falsche fordert.

Natürlich liegt die gestiegene Anzahl der Verkehrsopfer in Wirklichkeit einfach an den vielen schönen Frühlingswochenenden. Wenn das Wetter am Wochenende gut ist, schwirren die Motorradfahrer aus und wickeln sich um die Laternen. Das ist eine gute Zeit für alle, die ein Spenderorgan brauchen. Statistisch gesehen sollte man ein Organ am besten im Frühling brauchen.

Wenn die Zahl der Organspender steigt, fordern die Politiker den Sturzhelm für Klappradpiloten. Und einen Abgasfilter für Gartengrills wegen der Klimaerwärmung. Ein Popelverbot an der Ampel. Oder ein Tempolimit für Rollatoren. Alles im Sinne der Sicherheit! Am Ende wird das Ableben verboten. Das ist ärgerlich für Selbstmörder und Bestatter, ansonsten aber eine gute Idee.

Weg mit dem Tod! Und mit Krankheit sowieso! Gespaltenen Fußnägeln, Haut auf dem Pudding oder Lochfraß in der Waschmaschine. Alles verbieten! Die deutsche Sprache verfügt über großartige Worte: Lochfraß! Auch Bindegewebsschwäche ist ein großartiges Wort – und sollte ebenso verboten werden! Genau wie Nagelpilz. Oder Verkehrsinfarkt.

Wenn die Politik weiterhin aktiv bleibt, wird es irgendwann keine Verkehrstoten mehr geben, schon weil es keinen Verkehr mehr gibt. Dann bleiben die Leute zu Hause und fallen von der Leiter. Die meisten Unfälle passieren im Haushalt. Deshalb wird bald auch Haushaltsführung verboten.

Hausfrauen werden angeleint kochen müssen. Hausmänner werden im Schutzanzug staubsaugen. Die Kinder werden per Internet in die Kita upgeloadet. Es wird eine saubere sichere Welt, in der man nur dann stirbt, wenn man sich nicht an die Gesetze hält.

Deswegen werden Friedhöfe zum Sammelplatz für Outlaws, Gestrandete und Unterprivilegierte. Man wird dort lediglich zur Resozialisierung eingelagert. Tote heißen dann aus Gründen der politischen Korrektheit auch nicht mehr einfach „Tote“, sondern „Temporeduzierte“ oder „Verkehrsberuhigte“. Dies soll das soziale Stigma des Versterbens aufheben. Politisch Unkorrekte haben immer wieder behauptet, der Tod sei „nur was für Asis!“. Das soll ein Ende haben! Es wird alles immer besser!

Ein kleiner Wermutstropfen noch. Wir haben zwar ein paar tausend Verkehrstote, aber mehr als fünf Mal so viele Menschen sterben jährlich an Geschlechtskrankheiten. Man wird also auch Geschlechter verbieten müssen. Oder zumindest den Verkehr zwischen ihnen. Oder einfach die Krankheit. Also die Bakterien, die sie auslösen. Aber wer sind wir, dass wir uns über die Einzeller stellen? Veganer werden protestieren und gemeinsam mit der PETA für die Gleichberechtigung alles Lebenden eintreten. Antibiotika gelten bei Naturschützern als Lebensvernichter. Sie schreiben auf ihre Plakate: „Bakterien sind kein unwertes Leben!“

„Antibiotika = Nazis!" Es wird immer etwas geben, wofür Menschen kämpfen werden.

Meine Zukunftsvisionen geraten in eine Sackgasse. Ich merke, dass ich mir die Welt der Zukunft ausschließlich als Irrenhaus vorstellen kann. Warum? Zumal schon der gedankenlose Gebrauch des Wortes „Irrenhaus" politisch unkorrekt sein könnte. Kurzes Nachdenken – ja. Das ist er. Der Irre ist in der Tat lediglich ein Andersdenkender. Er denkt nicht wie der Rest der Gesellschaft und wird durch die Schlüsse, die er aus seinem Denken zieht, zum Außenstehenden, der, wenn er gefährlich ist, abgesondert werden muss. Gesund dagegen ist, was die Mächtigen in der Gesellschaft dazu erklären. Huh! Eine gute gesellschaftskritische Theorie, nicht ganz neu, aber ganz wunderbar! Das klingt nach Pflicht zum Widerstand. Ich merke, dass ich den Heldenmut in mir geweckt habe. Muss ich gleich aufbrechen in den antifaschistischen Kampf? Oder hat es Zeit bis zum Nachmittag?

Tatsache ist doch: Wer seinen Nachbarn zum Abendessen verzehrt, muss nicht notwendig krank sein. Vielleicht hat er lediglich seltene kulinarische Gelüste, verbunden mit einer geringen Fähigkeit zum Triebaufschub und fehlender sozialer Empathie.

Dass ich meinen Nachbarn nicht aufessen darf, ist nicht mehr als eine gesellschaftliche Norm. Man muss doch auch mal über die Stränge schlagen dürfen! Jeder, wie er mag. Der Nachbar sollte allerdings zustimmen und über die Zutaten aufgeklärt werden.

Ich würde meinen Nachbarn niemals essen. Er wäre mir zu fettig. Und mit Sicherheit zäh wie ein altes Fensterleder. Bah! Wer sich vornimmt, vegetarisch zu leben, sollte sich meinen Nachbarn in einem Kochtopf vorstellen. Selbst ich, und ich bin begeisterter Fleischesser, kann mehrere Tage ohne Wurst und Hühnercurry leben, wenn ich mir den teigigen Herrn in einem Römertopf vergegenwärtige.

Ich möchte gar nicht wissen, was alles in einer Wurst landet, wenn in der großindustriellen Fertigung niemand zusieht. Und ich wette, dass sich die Mitarbeiter dort schon manchen Spaß erlaubt haben, vor allem wenn es darum ging, einer Leberwurst, die nur zu 30 Prozent aus Leber besteht, noch weitere Zutaten hinzuzufügen. Es ist unglaublich, welche Freude es geringbezahlten Arbeitskräften macht, überraschende Ingredienzen aus Rache für ihre schlechte Bezahlung in einem großen Bottich unwiederbringlich verkochen zu lassen.

Die Wurstfachkräfte sind sich ihrer Sache sicher. Sie wissen, dass sie nie erwischt werden. Und schon manch ein Wurstfachhersteller ist mit Sicherheit auf Ideen gekommen, die sich der Verbraucher gar nicht vorstellen kann – und will!

Meine Fantasie beginnt zu arbeiten. Von Nägeln, Münzen oder ganzen Fingern in der Wurst hat man schon oft gehört, das ist nicht originell. Viel spannender sind Dinge, die rückstandslos verkochen, also nie wieder gefunden werden können. Auch der Joghurt, den ich gerade zwischendurch verzehre, könnte solche Dinge enthalten. Er ist gelb. Und auf seiner Packung steht: Enthält Farbstoffe. Was ist ein Farbstoff? Ein Stoff, der färbt. Eine Flüssigkeit? Pulver? Glibber? Schmand? Gekröse?

Die beste Diät ist, sich vorzustellen, was sich im Inneren des Essens befindet, das man gerade zu sich nehmen möchte. Man schiebt die Mahlzeit auf, genießt die Stunden zwischen den Speisen und nimmt nur noch das Nötigste zu sich. In wenigen Monaten sieht man aus wie eine dieser lebenden Kleiderstangen, die sich zu Idolen unserer Minderjährigen hochgearbeitet haben: schlank, geradezu klapprig, skelettös. Der leere Gesichtsausdruck der Models ist selten Ausdruck von Coolness, sondern meist ein Zeichen für mangelnden Stoffwechsel. Auch den Gesichtsmuskeln fehlt die Versorgung mit Nährstoffen. Sie versuchen, Bewegung zu vermeiden. Die Haut spannt sich über hervorstehenden Wangenknochen. Viele Teenager fragen sich: Wie schaffe ich es, auch so auszusehen? Die Antwort ist einfach: Stellt euch vor, was in eurem Essen ist!

Ernährt euch von Gummibärchen. Das machen die Supermodels auch. Sie schwillen im Magen langsam an und zermürben so das Hungergefühl. Gummibärchen werden aus der Unterhaut von Rindern gefertigt. Das Glibberige unter der Haut der Viecher wird abgeschabt und in einem Schleimkochtopf zu Gelatine verarbeitet. Prionen tummeln sich und sehen einer blendenden Zukunft als Auslöser der Creutzfeldt-Jakob-Krankheit entgegen. Wunderbar. Auch sie sind Gottes Kinder.

1042 Ich blättere in einer Zeitschrift. Meine Nachbarin pflegt seit Jahren die Gewohnheit, mir alte Illustrierte zum Lesen in die Hand zu drücken, ausschließlich Blätter, die ich nie und nimmer freiwillig lesen würde, Damenware. Dafür nimmt sie das Recht für sich in Anspruch, mir morgens die Zeitung zu klauen. Heute hat sie auch dies vergessen. Sie wird alt.

In einer Anzeige hält eine bekannte Parfümeriekette folgendes Angebot für mich bereit: „nails hands feet basics € 9,95“. Vorbildlich! Um Kosten einzusparen und den Preis von 9,95 Euro halten zu können, hat der Händler auf Großschreibung, Kommata und Übersetzung verzichtet. Er verspricht weiterhin: „Geschmeidige Füße Luftig-leichter Fußschaum mit Blaualge und Seeseide.“

An dieser Stelle gerate ich ins Grübeln. Warum das alles? Natürlich ist es gut, wenn mein Fußschaum nicht zu schwer ist. Wir alle kennen das Problem: Der Fußschaum lastet tonnenschwer auf den Quadratlatschen! Die Beine sind schwer wie eine Reisegruppe japanischer Sumoringer. Es ist keine Bewegung mehr möglich. Man schafft es nicht einmal mehr in die Dusche, um ihn abzuspülen. Wahrscheinlich wird man ihn mit dem Bohrhammer entfernen müssen. Den hat man im Bad nicht immer zur Hand. Am Ende verharrt man am Ort wie festgenagelt und verhungert, wenn keine Hilfe kommt.

Natürlich möchte auch ich, dass mein Fußschaum federleicht und meine Füße geschmeidig sind. Wenn Sie hart sind oder klapprig oder zäh oder irgendwie matschig, sind sie als Füße nicht zu gebrauchen, höchstens im Sitzen. Sind die Füße aber geschmeidig, gleiten sie ohne Widerstand in die Schuhe und sind eine verlässliche Grundlage zum Stehen, Gehen oder gar Tänzeln.

Warum aber kommen zum Erreichen dieses Idealzustandes Blaualge und Seeseide zur Verwendung? Ich fahre im Urlaub lieber in die Berge als an die See. Hätte man nicht genauso gut Enzian und Edelweiß nehmen können? Oder Akelei und Huflattich? Vielleicht auch Gemswurz und Sterndolde? Stendelwurz und Knabenkraut! Beides übrigens Orchideengewächse! Während Nabelmiere und Leimkraut zu den Nelkengewächsen gehören. Auch nicht schlecht. Für die Füße? Warum nicht?

Immer noch besser als Handkäs mit Musik oder Grünkohl mit Mettwurst, leckere Sachen aus Großmutters Hausapotheke, aber zur äußerlichen Anwendung völlig ungeeignet.

Wieso aber Blaualge und Seeseide? Vielleicht beruht das Rezept auf jahrelanger Erfahrung. Vielleicht führten erste Versuche mit Brennesseln und Himbeersträuchern zu eitrigen Verletzungen. Dann versuchte man Tulpen und Narzissen: Gut! Aber zu teuer in der Herstellung. Dann Alkohol und Dieselöl. Gefährlich wegen Brandgefahr. Man war kurz davor, aufzugeben, als plötzlich ein bis dahin völlig unbekannter Fußsalbeningenieur sein „Heureka" ausrief! „Blaualge und Seeseide! Das ist es!" Und so soll es bleiben.

Ich beginne mich zu interessieren für die angepriesenen Produkte. Ich stelle mir die Frage, ob ich den Errungenschaften des deutschen Drogeriewesens bisher zu wenig Beachtung geschenkt habe. Vielleicht war es bloßer Zufall, dass mich meine Füße bisher nicht in die Fänge unserer Parfümerieketten getrieben haben. Vielleicht habe ich meine Aufsichtspflicht verletzt und meine Steh- und Gehorgane schmählich vernachlässigt. Schon bald werden sie aufgrund mangelnder Pflege dahinwelken wie die Mehlprimel aus der Familie der Primelgewächse oder das Täschelkraut, ein Kreuzblütler. Dann werden Drogerieprodukte nicht mehr ausreichen.

Ich werde einen Podologen aufsuchen müssen, der mich mit seitenlangen Rezepten in die Apotheke jagen wird. Vielleicht muss aber auch gleich operiert werden. Meine angefaulten Füße werden amputiert und in der Altorgantonne des örtlichen Krankenhauses entsorgt, wo sie ein frustrierter Mitarbeiter eines wurstverarbeitenden Betriebes heimlich entwendet, um sie aus Menschenhass und Boshaftigkeit in seine Leberwurst zu stopfen. Ich beschließe, meinen Füßen mehr Aufmerksamkeit zu schenken.

Aufmerksamkeit ist immer gut. Man sollte allen Körperteilen mehr Aufmerksamkeit schenken. Was ist zum Beispiel mit meinen Ellenbogen? Oder der Kniekehle? Wieso gibt es luftig-leichten Schaum mit Blaualge und Seeseide für die Füße, nicht aber für die Kniekehlen? Wie viele Menschen da draußen pflegen mit Hingabe ihre Füße, landen dann aber aufgrund ihrer Nachlässigkeit beim Kniekehlenchirurgen, der ihnen die Amputation der außerhalb des Fußbereiches völlig ungepflegten Extremitäten nahelegt? Wie viele sind es? Wenn man eine Statistik braucht, hat man sie nie zur Hand. Wahrscheinlich zu wenig, um noch heute in Panik zu verfallen. Ich versuche mich zu beruhigen.

Da ich gerade am Computer sitze, beschließe ich zu googeln. Kniekehlenamputation scheint keine häufige Indikation zu sein. Es gibt jedenfalls diesbezüglich kein einziges Handbuch für Hobbychirurgen im Internet. Das bedeutet, dass Menschen, die ohne Krankenversicherung durchs Leben gehen, niemals einen Freund fragen können, ob er eine solche Operation am Feierabend erledigen könnte. Wie denn, ohne Anleitung? Ich würde selbst eine Blinddarmentfernung nicht ohne Gebrauchsanweisung selber durchführen. Ich wüsste nicht einmal, wie man eine Küchenarbeitsplatte fachmännisch desinfiziert. Muss man das überhaupt? In vielen Teilen der Welt glauben die Medizinmänner, dass vor der Operation feuchtes Durchwischen als Säuberungsmaßnahme völlig ausreicht. Da muss auch nicht immer der Lappen frisch sein. Den kann man auch noch zum Blutaufwischen verwenden.

Manchmal meine ich, dass mich mein Perfektionismus blockiert. Vielleicht wäre ich längst ein erfolgreicher Chirurg, wenn ich meine Sorgen beiseitegeschoben und einfach einmal angefangen hätte. Ruck, zuck ist er weg, der Appendix. Oder die Fistel. Die Zyste. Und das Karzinom. Alles ein Abwasch …

Ich wette, dass es Menschen gibt, die so etwas einfach ausprobieren, sorglose Leute, die das Leben nicht als Risiko, sondern als Chance begreifen. Vorbildlich!

Wenn man wach durchs Leben geht und die Gesichter der sogenannten Mitmenschen da draußen betrachtet, kommt man schnell zu der Erkenntnis, dass viele Bürger wahrscheinlich auch schwere Operationen an Fremden jederzeit in Eigenarbeit durchführen würden, wenn sie darum gebeten würden, vorausgesetzt, das Ganze würde gut und vor allem bar bezahlt und die Ersatzteile gäbe es billig bei Hornbach.

Man muss das positiv sehen. Die Menschen heute sind offen für neue Erfahrungen. Allerdings fehlt ihnen häufig die Begabung zur realistischen Einschätzung ihrer Fähigkeiten. Ein Großteil unserer Mitbürger würde auch Lungen transplantieren oder eine Nephrektomie im Kreise der Familie selber machen, wenn dadurch eine signifikante Beitragsermäßigung zu erreichen wäre. Dass so etwas nicht erlaubt ist, liegt ausschließlich daran, dass die Ärztekammer gnadenlosen Lobbyismus betreibt. Außerdem wäre die Heimwerkerchirurgie aufgrund der Folgekosten für die Kasse auch keine wirkliche Ersparnis. Vielleicht ist es besser so.

Wenn man sieht, wie häufig Menschen ihre Gliedmaßen verlieren, durch Krankheit, Rauchen oder Landminen, dann muss man feststellen: Jeder Tag ohne Amputation ist ein guter Tag! Nicht unbedingt perfekt, dazu braucht es noch mehr, zum Beispiel die Abwesenheit von Giftschlangen im Schlafzimmer oder die Unterlassung kriegerischer Handlungen mit Massenvernichtungsmitteln in der näheren Umgebung. Aber amputationsfrei sollte ein Tag schon sein, wenn es ein guter Tag sein soll, vor allem, wenn man bereits ein Bein verloren hat. Der Volksmund sagt: Auf einem Bein steht man schlecht. Ganz ohne Beine aber ist alles noch viel schwieriger.

Damit Sie nicht in die Lage geraten, sich etwas amputieren lassen zu müssen, empfehle ich übrigens die „Fußmaske mit 10 % Urea und Panthenol 11 €/100ml“. Da brennt auch untenrum nichts mehr an.

1049 Ich lege die illustrierten Blätter der letzten Monate beiseite und setze mich an den Computer, um die aktuellen Meldungen zu studieren. Während die Zeitungen in ihren papierbasierten kommerziellen Produkten die Meldungen von gestern als Neuigkeiten verkaufen – ein mutiges Geschäftsmodell – stellen dieselben Medien ihre von professionellen Journalisten teuer recherchierten aktuellen Informationen umsonst ins Internet. Das verstehe, wer will. Aber schön ist es!

Die New York Times titelt: „Polarized on Health Care, United on Ruling Drama“ Warum nicht?

Will man die Welt begreifen, muss man sich überall umschauen. In Bulgarien berichtet die „24chasa“:

„Чужденци се опиват с водка и сок за 3 лева - не им пука за качеството." Und weiter: „Алкохол без бандерол и пушене в закрити обществени места са само някои от нарушенията, засечени от контролните органи при проверка по нощните заведения в Слънчев бряг, показа репортаж на bTV." Wer will dieser Deutung widersprechen?

In China ist alles komplizierter. „Xinmin Wanbao" schreibt „欧锦赛速递". In Shanghai bringt man die Dinge eben gerne auf den Punkt.

Interessant ist, dass Europa in chinesischen Zeitungen faktisch gar nicht mehr vorkommt, außer im Zusammenhang mit Berichten über den Niedergang der Alten Welt. Kopfschüttelnd nimmt man dort zur Kenntnis, dass sich die Menschen in der Demokratie ihrer Wohlstandsgrundlage berauben, indem sie jeden Trottel über Sachverhalte abstimmen lassen, die er gar nicht überblicken kann.

Der Demokrat, so denkt der Chinese, betrachtet den Staat als Fürsorgeanstalt. In Asien versteht man die Zentralmacht als militärische Absicherung der ökonomischen Prozesse. Man freut sich über enorme Wachstumsraten und arbeitet in 180 Meter Höhe ungesichert auf Bambusgerüsten. Dann fällt man hinunter und wird durch zahllos nachwachsende Arbeitskräfte ersetzt. Man möchte dem Asiaten an dieser Stelle entgegnen, dass auch sein Gesellschaftssystem, das den Menschen als Verbrauchsware betrachtet, nicht ausschließlich erfreulich ist, ethisch gesehen.

Leider richtet sich die Weltgeschichte nicht nach ethischen Gesichtspunkten. Es ist wie beim Fußball: Nicht wer am schönsten spielt, gewinnt, sondern wer die meisten

Tore schießt. Und kein Mensch fordert deshalb die Einführung von Haltungsnoten in der Champions League.

Wir Deutsche werden gemeinhin als Romantiker verspottet, weil wir den Gang der Dinge stets moralisch statt ökonomisch beurteilen. Wir bedauern den Sieg derer, die egozentrischer sind als wir, weil wir uns ihnen moralisch überlegen fühlen. Wir sind wie die Mäuse, die davon überzeugt sind, den Katzen ethisch voraus zu sein.

„Clarín" aus Argentinien schreibt: „Un tema doloroso y preocupante: el hambre y la desnutrición." Mangelernährung wird in Staaten, deren Wirtschaft zusammengebrochen ist, häufig zum Problem. In Mitteleuropa sind diese Dinge nur deshalb noch kein Thema, weil ihr letztmaliges Auftreten 80 Jahre her ist und sich die Bevölkerung einen wirklich dramatischen Wandel ihres Lebensstandards gar nicht mehr vorstellen kann. Der Deutsche glaubt an ein Grundrecht auf ein angenehmes Leben. Ich unterstütze das! Jeder soll es gut haben! Man muss auch gönnen können! Leider lässt sich dieses Recht nirgendwo einklagen, in Deutschland nicht, in China ebenso wenig, erst recht nicht in Bulgarien oder Argentinien.

Oder in Afghanistan. Man kann es natürlich versuchen. Man reicht Klage am Gerichtshof in Kabul ein, weil man feststellen musste, dass die letzten Jahre irgendwie vom Lebensstandard her nicht den Erwartungen entsprachen. Man sollte allerdings bedenken, dass man in Afghanistan zum Gerichtstermin persönlich erscheinen muss. Das ist ein Nachteil! Vielleicht bekommt man Recht vor Gericht, ist aber bereits am Tag vor der Urteilssprechung von Justizkräften oder freiberuflich arbeitenden Exekutoren geköpft worden. Oder gehängt. Erschossen. Gesprengt.

In Afghanistan unterliegt die Rechtsprechung außerhalb der Gerichte der individuellen religiösen Empfindung. Es gibt zwar eine offizielle Justiz, aber die meisten Hinrichtungen finden auf privater Ebene statt. Man muss dort immer damit rechnen, dass man Personen begegnet, die sich selbst für Richter und Henker in einer Person halten – und dementsprechend handeln.

Es ist vielleicht einer der schönsten Fortschritte in der Entwicklung unserer Zivilisation, dass körperliche Gewalt in unserem Justizwesen keine Rolle mehr spielt, zumindest nicht offiziell. Inoffiziell sollte man längere Gefängnisaufenthalte schon deshalb meiden, weil die Mitinsassen oft ein ziemlich lockeres Verhältnis zum Recht auf körperliche Unversehrtheit haben. Zumindest sollte man in der Strafanstalt immer mit dem Rücken zur Wand stehen, es sei denn, man verfügt über einen exzellent definierten Schließmuskel.

1100 Nachrichten im Radio. Dann Verkehrshinweis. Stau! Na sowas!

1104 Ein Besoffener hat es in das morgendliche Magazin des Lokalradios geschafft, weil er aus dem vierten Stock gefallen ist, ohne sich auch nur einen einzigen Knochen zu brechen. Wie kann das sein? Sein Sturz wurde offenbar erst von einem Baum und dann von einer Markise gebremst. Herzlichen Glückwunsch, nicht nur ihm, sondern auch dem Lokalradio! Wäre er ungebremst auf dem Bürgersteig aufgeschlagen, hätte man ihn nicht mehr interviewen können. Alle sind glücklich. Das ist schön, denn es ist bei uns nicht die Regel.

Woanders muss man nicht aus dem Fenster fallen, um glücklich zu sein. Ich habe gestern in der Sonntagszeitung gelesen, dass es in Bhutan sogar einen verfassungsrechtlich garantierten Anspruch auf Glück gibt. Allerdings ist damit nicht gemeint, dass man aus dem Fenster fallen dürfte und dann ein Grundrecht darauf hätte, dass der Sturz von Bäumen und Markisen gebremst würde. Verfassungstechnisch festgelegt ist vielmehr das „Mandat des Staates zur Schaffung einer Umgebung, in der die Bürger mentaler Gelassenheit nachgehen können". Man erstrebt dort also nicht die Steigerung des Bruttosozialproduktes, sondern des „Bruttonationalglücks".

Während mir dies alles wieder in den Sinn kommt, greife ich noch einmal zur Sonntagszeitung. Tatsächlich, dort steht „Bruttonationalglück". Dieser Begriff gibt mir Rätsel auf. Es stellt sich die Frage, wie es dann mit dem Nettonationalglück aussieht, also mit dem Glück, das man am Ende tatsächlich herausbekommt. Wichtig ist ja nicht so sehr, wie viel Glück man bekommt, sondern wie viel man davon behalten darf.

Muss man in Bhutan einen Teil seines Glücks an den Staat abführen? Dann wäre das System gar nicht so viel anders als bei uns. Auch bei uns sorgt die Finanzbehörde gerne per Lastschrift für eine signifikante Abschwächung der Lebensfreude. Allein das Ausfüllen einer Steuererklärung ist derartig kompliziert, dass niemand in der Lage ist, ein Steuerformular zu beschriften, ohne einen Teil seines Wohlbefindens aufzugeben.

Schaut man im Finanzamt aber in die Gesichter der Beamten, so scheint dort wenig davon anzukommen. Ob es in Bhutan genauso ist? Man überweist ein bisschen

Lebensglück, aber der Glückssteuereinzieher wird es sogleich wieder abgeben müssen. Er profitiert nicht persönlich. Das wäre ja auch noch schöner!

Er kann sein eingezogenes Glück ja nicht einfach für sich selbst behalten! So ist es auch bei uns: Die Steuerlast fließt zwar dem Finanzamt zu, der Finanzbeamte aber darf das Geld nicht einfach an Verwandte weiterleiten oder vor Ort versaufen, schon gar nicht während der Dienstzeit. Deshalb sorgen auch horrende Steuerzahlungen in der Finanzbehörde nur sehr selten für übermäßig gute Laune.

Meine letzte Steuerprüferin war allerdings eine so freundliche Frau, dass ich zunächst vermutete, sie sei als externe Kraft gemietet worden. Dies war nicht der Fall. Das Glück sitzt oft da, wo man es am wenigsten vermutet, teilweise sogar in unseren Behörden. Normalerweise hatte ich bisher Steuerprüfer als Menschen kennengelernt, deren oberstes Ziel es ist, den Steuerzahler dorthin zu bringen, wo er ihres Erachtens nach per se hingehört: in Armut oder ins Gefängnis. Dass mir der Herrgott, beziehungsweise das Finanzamt (wo ist der Unterschied?), nun eine faire Kraft schicken würde, hat mein Weltbild erschüttert. Wie viele Erwartungen werde ich in meinem Leben noch über Bord werfen müssen?

1121 Es geht auf die Mitte des Tages zu. Bald wird die Sonne im Zenit stehen. Der Zähler meiner Solarpaneele rattert. Natürlich rattert er nur metaphorisch. Es handelt sich um eine Digitalanzeige, die den Strom, den mein Solarkraftwerk erzeugt, gleich teilweise wieder verbraucht.

TÜRKLINKE

Eine Klinke ist der erste Gruß eines Ortes, den man betreten möchte. Sie sollte deshalb nicht einfach achtlos in Standardausführung mitgekauft, sondern bedächtig ausgewählt werden. Sie ist ein kosmisches Wunder! Sie eröffnet neue Räume, stellt also etwas Ähnliches dar wie ein Wurmloch, das den Übergang von einem Teil des Universums in einen anderen ermöglicht, ohne dass man auf die Straße hinaustreten und durchs Fenster wieder eindringen müsste. Das ist erstaunlich! Wir müssen erst wieder lernen, die Wunder des Daseins gebührend zu würdigen.

In weniger als 40 Jahren wird sich die Anlage amortisiert haben, wenn nicht vorher etwas kaputtgeht. Ich bin stolz. Nicht dass ich die Klimaerwärmung dadurch persönlich aufgehalten hätte. Dafür war die Herstellung der Paneele viel zu energieintensiv. Aber ich habe das Gefühl, etwas getan zu haben. Und darauf kommt es an.

Man kann auch sparsam Auto fahren. Auch das gibt dem umweltbewussten Menschen ein gutes Gefühl. Natürlich wird auf dieser Welt dennoch genau so lange Öl verbraucht, bis es zur Neige geht und dadurch die Nutzung der letzten Reste für die Verbrennung zu teuer wird. Ob das 40 oder 45 oder 105 Jahre dauert und ob ich bis dahin einen Kleinwagen oder ein Geländewagenmonster fahre, ist völlig unerheblich. Aber das Gefühl gibt den Ausschlag.

Sollte die Menschheit wirklich irgendwann so viel Öl sparen, dass ein klimatechnischer Effekt spürbar werden könnte, würde dadurch lediglich eins erreicht: Die Nachfrage nach fossilen Brennstoffen würde sinken, das Öl mithin billiger und der Verbrauch in der Folge angeheizt. Wenn wir aber genug Öl verfeuern, wird das Öl bald so teuer sein, dass sich die Verbrennung nicht mehr lohnt. Am Ende kommt alles auf dasselbe hinaus.

Wir dämmen unsere Häuser, bis sie schimmeln und Frischluft künstlich zugefügt werden muss, wir bauen Pflanzen an, aus denen wir Ökokraftstoff gewinnen, und wundern uns über den Anstieg der Nahrungsmittelpreise, wir essen PCB-verseuchte Freilandeier und fliegen mit dem 30 Jahre alten Airbus in den Ökourlaub. Ein gutes Gefühl.

1144 Es klingelt. Es ist einer der vielen Paketbriefträger, die bei uns ihre Runden drehen, ein Russe. Wir haben viele Paketdienste bei uns. Offensichtlich sind passend zur Thematik des Berufes (globale Logistik) auch die Zusteller aus aller Herren Länder. Wir haben auch einen Ghanaer, einen Letten, einen Polen, einen Kölner und einen, der sich selbst als Jugoslawen bezeichnet, er war wohl länger nicht mehr daheim.

Der Zusteller bringt die im Internet bestellten Gewürzdosen. Sein Gesichtsausdruck deutet an, welche Zumutung auch leichtere Pakete für einen Menschen darstellen, der seinen Wunschberuf verfehlt hat. Ich verstehe das. Auch ich hätte als Paketzusteller häufig schlechte Laune!

Allerdings ist die Paketzustellung ein wichtiges Puzzleteil im Rahmen der weltweiten Warenzirkulation. Bei über sieben Milliarden Menschen auf diesem Planeten kann nicht jeder eine herausragende Rolle spielen, aber jeder Einzelne ist Teil des Ganzen!

Jeder Mensch ist ein Künstler, sagte der große Josef Beuys. Jeder sollte seine Teilhabe am großen Ganzen im Rahmen seiner Tätigkeit als Paketzusteller als kreative Mitarbeit am Gesamtkunstwerk Menschheitsgesellschaft begreifen! Recht so! Beuys war allerdings der Meinung, dass für ein amtliches Kunstwerk auch Honigpumpen gebraucht würden sowie Fett, Filz, Paketband, Straßenbahnschienen, Hasenpelze, Schäferstöcke, Hüte und Gold. Ich glaube nicht, dass mein schlecht gelaunter Päckchenzusteller schon einmal unter dem Fehlen von Honigpumpen in seinem Leben gelitten hat. Die gesellschaftlichen Utopien gehen oft an den realen Lebensumständen russischer Paketboten vorbei.

Ich sage ihm, dass ich diesen Tag für einen ganz wunderbaren Tag halte, und verleihe meiner Hoffnung Ausdruck, dass er das genauso sehe. Er antwortet: „Ö." Das ist kurz, drückt aber eine souveräne Gleichgültigkeit aus. Ich bin mir nicht sicher, ob er sich umschauen würde, würde hinter ihm eine Granate explodieren.

Er könnte auch Buddhist sein und erleuchtet. Allerdings funkelt in dieser Erleuchtung keine Heiterkeit. Vielleicht hat er auch einfach eine Muskelschwäche im Gesichtsbereich. Seine Maske verzeichnet keinerlei Muskelkontraktionen, seine Mimik verharrt bewegungslos und straff, wie bei sibirischen Lagerwächtern. Ich habe keine Ahnung von der Mimik sibirischer Lagerwächter. Aber ich habe eine Vorstellung. Man spürt, dass auch dieses Gesicht irgendwann Veränderung erfahren wird. Es wird eine Zeit kommen, da wird die Schwerkraft ihr Recht fordern. Dann werden die Lefzen nachgeben und Richtung Erdmittelpunkt streben. Dann wird er den Gesichtsausdruck des Schmerzensmannes tragen, wie wir ihn aus der Gotik kennen. Dann wird sein Äußeres das Innere perfekt illustrieren. Das ist durchdachtes Design, wenn die Form der Funktion folgt und das Wesen des Gestalteten verkörpert.

Es wird nicht mehr lange dauern, bis es so weit ist, der Mann ist um die Vierzig, aber geschätzt trotz seiner Tätigkeit als Fahrer erst seit 15 oder 20 Jahren Alkoholiker. In diesem Alter arbeitet noch die Zunahme der Fettpolster gegen die zunehmende Schlaffheit der Muskulatur. Das wird nachlassen. Dann wird das griesig Graue, was früher ein Gesicht war, zerfließen, erst Falten bilden wie ein alter schmutziger Vorhang, dann vollends verwelken. Der Gang des Lebens. Er scheint sich in sein Schicksal ergeben zu haben. Gut so. Was bringt es, sich dem Unvermeidlichen zu verweigern?

Den Kräften, die auf einen einwirken, nachzugeben, sie aufzunehmen und zu absorbieren, das ist die hohe Kunst des Lebens! Das Leben ist wie eine japanische Kampfsportart. Optimistisch ruft man „Ajai!“, schlägt zu, bricht sich die Hand, unterdrückt das Weinen und verlässt den Saal. Irgendwann lässt der Schmerz nach. Glück ist Abwesenheit von Leid. Bedürfnislosigkeit, würde der Dalai Lama sagen. Leider trägt der Dalai Lama keine Pakete aus. Warum eigentlich nicht?

Ich glaube nicht, dass unser Paketbote leidet. Er wirkt nicht so, als hätte sich eine Emotion in sein Leben verirrt. Die große Gleichgültigkeit, mit der er seinen Paketkarren hinter sich herzieht, wirkt wie aus einem Stück von Beckett. Was ihn von Godot unterscheidet? Godot kommt nicht, denn er hat kein Paket mehr, das er bringen könnte. Nicht einmal eine Postwurfsendung. Nichts. Überall nichts! In unserem System der Logistik schlummert überall ein Stück des großen Existenzialismus.

Ich öffne meine Gewürzdosen. Sie sind verbeult. Was für eine Symbolik! Ich bedanke mich bei meinem Schöpfer, dass er mir ermöglicht, das Große im Kleinen zu erkennen. Sind wir nicht irgendwie alle zerbeulte Dosen auf dem Weg zum Recyclinghof? Nicht? Dann nicht.

1158 Jetzt erst mal sitzen. Ich bin erschöpft. Vielleicht denke ich zu viel nach. Es gibt einfach zu viele ungeklärte Fragen: Gibt es einen Gott? Sind wir Monaden? Was juckt da so? Was soll's, wo bin ich, wer klingelt? Auf den Stufen zum Hauseingang sitzend beginne ich zu dösen.

Ich träume, ich wäre ein Paket. Gerade wurde ich abgegeben. Eine Frau hat mich angenommen, sie sieht aus wie meine Ex, nein, sie ist es, und sie ruft mir zu: „Du versuchst dich durch dein Paketsein deiner Verantwortung zu entziehen! Sei ein Mal im Leben ein Mann, und stehe zu dem, was du getan hast!“ Ich würde etwas sagen, bin aber völlig verklebt. Überall unzerreißbares Paketband, mehrere Lagen. Ich muss mir meine Antwort denken. Selbstbewusst, unerschrocken und in geradezu leuchtender gedanklicher Klarheit formuliere ich: „Du hast mich so lange kleingemacht, bis ich von einem stattlichen Kerl zu einem beigebraunen verklebten Kubus mutiert bin! Nun konfrontiere ich dich mit dem Ergebnis deiner Unmenschlichkeit, und du versuchst, von deiner Schuld abzulenken, indem du Vorwürfe ausspuckst. Das ist typisch! Das ist die Kontinuität in deinem Leben, dass du die ganze Niedertracht deiner eigenen Existenz nur aushältst, indem du die Schuld bei anderen suchst und denjenigen, die dich am meisten lieben, die Schuld an deiner Nichtigkeit aufbürdest! Deine Vorwürfe sind bittere Schreie nach Zuneigung, die du aufgrund deiner charakterlichen Missbildung niemals erhalten wirst. Du bist so armselig!“ Leider kann sie mich nicht hören. Wer hört schon, wenn Pakete sprechen?

Es gab eine Zeit, in der mir Menschen glaubhaft machen wollten, Postsendungen seien gute Gesprächspartner, aber das ist lange her, und diese Menschen rauchten Pflanzen.

Die Frau beginnt, mich mit einem stumpfen Teppichmesser aufzuschneiden. Kaum hat sie es geschafft, einen Ritz in mich zu machen, beginne ich zu bluten. „Klar!“, denke ich, „was hat sie erwartet?“ Ich sehe vielleicht aus wie ein Paket, aber ich lebe. Ich wusste, dass alles irgendwann einmal gewaltsam enden würde. Gott sei Dank ist der Mensch, wenn er erst einmal zum Paket geworden ist, nicht mehr in der Lage, Schmerz zu empfinden. Es gefällt mir, wie die trübe Flüssigkeit aus mir herausrinnt und den Teppichboden meiner Exfrau versaut. Das wird sie nie wieder herausbekommen. Infantile Freude macht sich breit.

Meine Ex schreit: „Was ist das?“ Wahrscheinlich hat sie das Paket nur aus Gewohnheit beschimpft, weil sie quasi reflexhaft Vorwürfe ausstößt, eigentlich aber erwartet, dass es sich um die übliche Sendung handelt, die alle paar Wochen ihre Rohstoffe bringt, Perlen, Lederbänder, Steine, bronzene Anhänger, die sie auf Frauenfädelabenden zu herrlichen Schmuckstücken verarbeitet. Frauen können so kreativ sein! Aber sie hassen es, wenn ihre Pakete bluten.

Sie spürt, wie sich der Herzschlag im Paket beschleunigt. So wie das Ding suppt, muss es bald leer sein. Ist das ein Gurgeln oder ein Stöhnen? Sie trägt das Ganze ins Badezimmer, wo die letzten roten Tropfen in der Duschtasse ablaufen. Es macht „Pfffff“, der letzte Seufzer eines Opfers, das sich hingegeben hat. Sie spürt, dass hier etwas zum Ende gekommen ist, und beginnt mit der Obduktion. Sie klappt das Paket auf und findet Lunge, Magen, Darm, Nieren, Leber und alles, was dazugehört, sowie meinen Personalausweis. Leider kann ich ihre Reaktion nicht mehr richtig erkennen, weil sich meine Augen im aufgeklappten Deckel befinden. Außerdem bin ich tot, was der Sehkraft nicht zuträglich ist. Ich falle. Ich wache auf. Blut auf meinem T-Shirt. Ich bin beim Träumen mit dem Kopf gegen das Türschloss gekippt und habe mir eine kleine Wunde an der Schläfe zugezogen. Nichts Schlimmes. Ich werde meine Pakete in Zukunft fragen, ob sie einverstanden sind, bevor ich sie öffne.

1159 Immer noch bin ich dösig. Ich denke an einen Strand. Kinder graben, Väter stehen dabei und blicken stolz auf die herausragenden architektonischen Fähigkeiten ihrer Thronfolger, die offenbar in der Lage sind, in einem Sandhaufen das statische Konzept einer Burg zu erkennen. Mütter schwimmen.

Ich wundere mich darüber, wie wenig die Menschen darüber nachdenken, wie vollständig sinnlos ihre ewige Reproduktion ist, die automatisierte Weitergabe von Erbinformation von Generation zu Generation, in alle Ewigkeit, ziellos und reiner Selbstzweck. Ein Schüppchen für Opa, ein Schüppchen für Papa, ein Schüppchen für den kleinen Bruder, dieses nervende Bündel, dessen Existenz ein guter Gott verhindert hätte.

Spüre ich gerade ein misanthropisches Lebensgefühl in mir? Eine tief im Inneren verborgene Menschenverachtung? Warum nur? Wo kommt das her? Ich bin doch eine Frohnatur!

Nur weil sich der Mensch seit Jahrtausenden massakriert, übervorteilt und betrügt, weil er unfähig ist, mit seinesgleichen in Frieden zu leben, weil er ein Drecksack und Gauner ist, ein Kriegstreiber, ein Mörder, ein Dieb und Folterknecht, muss man den Menschen doch nicht niedrig schätzen. Man muss doch auch das Positive sehen.

Immerhin erfand der Homo sapiens die Teflonpfanne, das künstliche Kniegelenk und den Birnengeist!

Außerdem gibt es auch liebenswürdige Zeitgenossen, meist auf vier Beinen und deshalb der Gattung Mensch nicht zu 100 Prozent zugehörig, aber immerhin! Viele Menschen sind anständig und verzichten darauf, alten Mütterchen das Ersparte zu rauben oder ins Becken zu pinkeln, behaupten sie jedenfalls, obwohl hinter ihnen eine zartgelbe Wolke schwimmt. Habe ich vergessen zu erwähnen, dass der Mensch auch lügt?

Man sollte nicht vergessen: das Unvollkommene am Menschen ist manchmal auch sympathisch, ein kleiner Sprachfehler, ein Haken als Ersatz für eine irgendwo in der Hektik des Tages verlorene Hand oder einfach geistige Umnachtung. Es gibt Menschen, die nicht einmal wissen, dass Meeresströmungen auf der Südhalbkugel andersherum kreisen. Na und?

Ich will den Rest des Tages positiver denken! Man sollte am Menschen nicht verzweifeln! Gut, Ameisen sind fleißiger, Wellensittiche bunter, und das Fell der Otter hat bis zu 100.000 Haare pro Quadratzentimeter. Dafür kann der Mensch Zeitung lesen oder falsch parken. Jeder kann irgendetwas. Die einen scharren mit den Hufen, die anderen käuen wieder, der Mensch aber ruft „Scheiß die Wand an, bin ich kaputt!", zieht sich die Westernstiefel aus und legt sich vollgesoffen in Klamotten schlafen. Das sollte man respektieren!

Zu verzweifeln hätte ja auch gar keinen Sinn. Was sollte man auch tun? Man kann ja nicht schon mittags anfangen zu saufen – beziehungsweise: kann man schon, sollte man aber nicht.

1230 Irgendwann habe ich mir vorgenommen, jeden Mittag alles am Tage bisher Vorgefallene zu rekapitulieren und das Positive hervorzuheben. Wohlan! Die Zeugen Jehovas haben nicht geschellt. Kein Islamist hat versucht, mich als Konvertiten zu gewinnen. Ich habe Kaffee getrunken, mich in der Zeitung über die Geschehnisse des letzten Tages informiert, den Straßenbauer ignoriert, ein bisschen Menschenhass herausgelassen und geträumt. Alles in allem: ein guter Tag bisher.

1231 Wenn man tief in sich hineinhorcht, wird einem schnell bewusst, dass unser Hirn andauernd damit beschäftigt ist, Wahrnehmung, Erinnerung und Fantasie zu vermengen. Vermeintlich objektive Realität verspinnt sich mit subjektiv Wahrgenommenem, Erinnertes wird umgeformt, bis Dichtung und Wahrheit nicht mehr zu trennen sind. Das Hirn ist ein lyrisches Talent zwischen Poesie und Trash.

Gerade gerät ein Vorgang aus meiner Vergangenheit in mein geistiges Blickfeld, warum auch immer. Ich erinnere mich an ein Wissensquiz im Fernsehen. Ein Kandidat wird mit der Frage nach Singvögeln seiner Heimat konfrontiert. Es ist ganz offenbar das erste Mal, dass er sich fragt, wie die fliegenden Federträger heißen, die da in den Lüften oberhalb seines Hauses ihr Unwesen treiben und ab und zu aus purer Boshaftigkeit vor seine frisch geputzte Wohnzimmerscheibe kacken.

Seine Gedanken kann ich nicht lesen, aber assoziieren. Sie stehen ihm auf der Stirn geschrieben und kehren sich nach außen. Er fragt sich, warum die Viecher überhaupt Namen haben sollen, als würden sie verstehen, wenn jemand nach ihnen ruft. Sie sind dumm wie Wurstbrote! Sie verdienen es nicht, mit Namen genannt zu werden! Vögel sind charakterlos. Dennoch tragen sie, obwohl es ganz offenbar sinnlos ist, Namen und sind deshalb in der Lage, unserem Quizkandidaten seinen wohlverdienten Gewinn zu versauen. Der Kandidat interpretiert dies als stille Aggression gegen seinen naturgegebenen Anspruch auf ein reiches und sorgloses Leben und wird zunehmend schlecht gelaunt.

Er schüttelt den Kopf, als hätte er die Antwort eben noch gewusst. Dabei ist seine Erinnerung leer wie die Rub Al Chali, die Wüste, die das Zentrum der arabischen Halbinsel bildet, also sehr leer, ein Vakuum geradezu, denn nicht umsonst heißt „Rub Al Chali" übersetzt das „leere Viertel".

Er war auf vieles vorbereitet. Er hat gebüffelt, sich noch einmal die größten Städte Chinas vergegenwärtigt und die Zehn Gebote auswendig gelernt. Mit Vögeln war nicht zu rechnen. Und es ist sehr unwahrscheinlich, dass die von irgendeiner Naturschutzorganisation zusammengefassten 30 häufigsten Singvogelarten unseres Vaterlandes die Namen chinesischer Millionenstädte tragen. Niemals, so erinnert sich unser Kandidat, hat jemand in seinem Beisein zum Himmel geschaut und ausgerufen: „Was fliegt da? Ist das nicht ein Shanghai? Ein Chengzhen? Oder der buntgefiederte Chongquing?"

Vögel sind Todgeweihte. Sie mögen ein Existenzrecht haben, aber dieses Recht beruht nur auf der allseits akzeptierten Willkürlichkeit der Vielfalt alles Lebenden. Unsere gefiederten Freunde existieren ausschließlich, weil sich niemand erbarmt, gegen ihr Dasein zu revoltie-

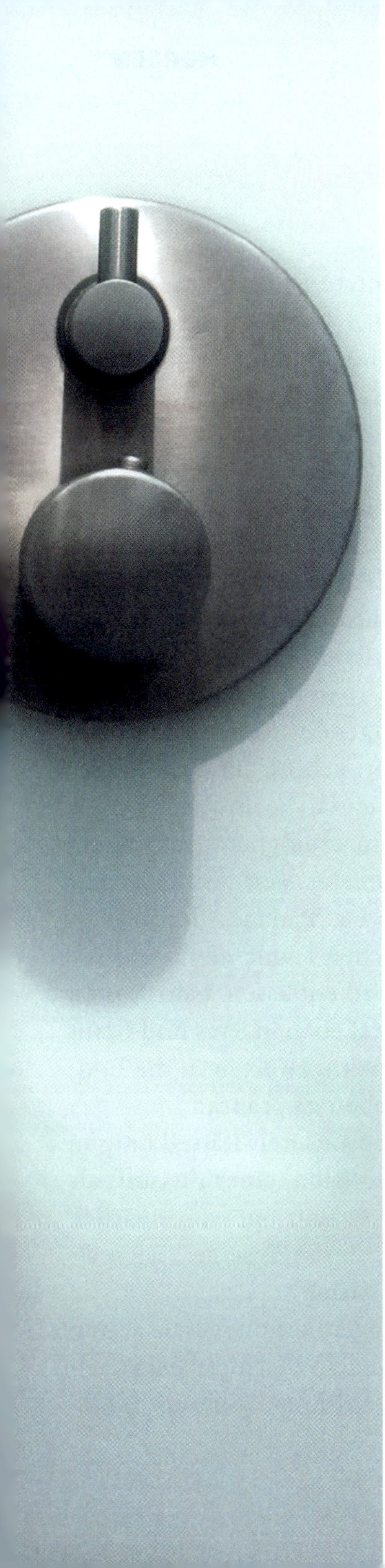

BADEZIMMER

Was uns wirklich vom Tier unterscheidet, ist unsere Fähigkeit, beim Duschen das Warmwasser auf exakte Wohlfühltemperatur einzustellen. Das kann sonst niemand im uns bekannten Universum. Selbst hochentwickelte Menschenaffen drehen mit ihren stark behaarten Pfoten das Thermostat immer wieder viel zu grobmotorisch hin und her und bewirken so, dass der Wärmegrad des Wassers ständig zwischen 89 und -2 Grad Celsius wechselt. So verbrühen sie sich zunächst die Birne, um sich im nächsten Moment zu wundern, dass ihnen Eiswürfel auf den Schädel prasseln. Dann fragen sie sich, ob schon wieder Eiszeit ist. Tiere sind manchmal blöder, als man glaubt.
Wechselbäder sind, wenn man Dr. Kneipp Glauben schenkt, vielleicht gesund, aber ungemütlich. Der Homo sapiens, die Krone der Schöpfung und der Badgestaltung, steht 40 Minuten unter exakt 41 Grad warmem Wasser, erhöht dann noch einmal kurz auf 42, verfeuert dabei einen halben Klafter fossiler Brennstoffe und freut sich seines Daseins. Das Leben ist schön.
Katzen säubern sich, indem sie sich das Fell lecken. Das geht auch, ist sogar umweltfreundlicher, aber für den gepflegten Mann keine Alternative.

ren, indem er nach oben gerichtete Selbstschussanlagen installiert, die alles vom Himmel holen, was nicht von Menschenhand gesteuert ist. Und wenn es doch einmal einen Hubschrauber erwischt oder ein Kleinflugzeug, was soll's? Hauptsache, die Tauben sind weg! Drecksviecher! Und Tauben singen nicht mal!

All dies geht unserem Kandidaten genau in jenem Moment durch den Kopf, in dem er daran erinnert wird, dass er sich in Kürze entscheiden muss. Er zermartert sich das Hirn. Einheimische Singvögel! Er entscheidet sich für den Kolibri. Eine gute Idee. Keine chinesische Großstadt jedenfalls.

Die Antwort ist falsch. Die Drossel wäre ein guter Vogel gewesen, ein heimischer, singender dazu. Der Kolibri aber kommt nur in Amerika vor, gehört zur Familie der Trochillidae und verfügt über einen beeindruckend effektiven Stoffwechsel, der es ihm ermöglicht, mit einem viertel Gramm Nektar 100 Kilometer weit zu fliegen. Er verbraucht damit weniger als ein Fiat Panda! Allerdings ist er kein Vogel, der in der heimischen Fauna den Beruf des Sängers ausübt. Der Kandidat wird entlassen. Fahrtkosten werden erstattet. Sein Traum vom Leben in Saus und Braus ist geplatzt! Wir sind alle nur hineingeworfen in die Endlichkeit unserer Existenz. Das Leben ist grausam.

Nur ein paar Fragen trennten unseren Rätselkönig in spe von der Realwerdung seiner Vision, einer Zukunft als Bewohner eines Swimmingpools, umringt von spärlich bekleideten Damen, Cocktails schlürfend, seine Vision einer lebenswerten, würdevollen Existenz.

Dieses Bild hatte sich ihm eingebrannt und, wie er nun leidvoll feststellen musste, die Namen der hiesigen Vogelwelt aus seinem Scheitellappen verdrängt. Nur zum Schlafen hätte er das Becken verlassen, um sich in sein riesiges Bett zurückzuziehen, fußballfeldgroß! Mit einem Seufzer stellt er fest: Ich habe den Beruf des Millionärs verpasst!

Kandidaten überschätzen häufig den Wert einer Million. Schon das Haus mit Swimmingpool und die ersten vier Wochen mit den ukrainischen Schönheiten hätten seinen Gewinn aufgefressen. Dazu wären weitere Bedienstete gekommen, Kellner beispielsweise. Man kann ja nicht für jeden Caipirinha das auf 34 Grad erhitzte Becken verlassen. Am Ende ist man reich, aber erkältet!

Und Putzhilfen! Teure Mätressen bringen keine Getränke und sind auch zum Putzen nur bedingt geeignet. Sie nehmen Feudel und Tablett nur deshalb in die Hand, weil sie beim Rollenspiel die Figur der Sklavin übernommen haben. Ein Palast aber braucht Pflege! Was tun, wenn ein einheimischer Singvogel auf die Teakholz-Liege kackt? Selbst wegmachen? Wie würdelos!

Es müsste ein Fernsehquiz geben, das nicht nur grenzenlosen materiellen Wohlstand ermöglicht, sondern ein sorgloses Leben im Allgemeinen, beispielsweise auch endlose Gesundheit. Was nützt mir ein Palast mit 50-Meter-Becken, wenn mir ein verbogener Knorpel oder eine empfindliche Blase das Schwimmen verbieten? Oder wenn die frischerworbene osteuropäische Lebenspartnerin die Freuden ihres rechtsstaatlich garantierten Unterhaltes kennen- und schätzen lernt? Endlose Sorglosigkeit – ist dieser Zustand überhaupt zu erreichen? Nicht mit einheimischen Singvögeln!

Wissen ist überschätzt. Rohstoffe! Das ist die Zukunft! Kein russischer Milliardär hat jemals seine Fotomodelle und Schmuckdesignerinnen mit der Kenntnis der heimischen Fauna in die Kiste gelotst. Öl! Das ist es!

Wer eine 179-Meter-Yacht mit 80 Bediensteten sein Eigen nennen möchte, sollte sich nicht darauf verlassen, dass er das Geld gewinnen wird, selbst wenn er weiß, dass Norwegen und Russland über eine gemeinsame Landgrenze von 196 Kilometern verfügen.

1255 Natürlich ist Wissen ein wichtiger Rohstoff. Dem Wissenden gehört die Welt. Oder um es weniger pauschal zu sagen: Dem gehört die Welt, der weiß, wo das Geld ist und wie man drankommt. Genau! So ist es! Schweinerei! Die Welt ist schlecht!

Ich stutze und denke: Aha! Die alten Reflexe sind noch da! Der alte Glaube an die Gemeinheit der Welt, die einzige Erklärung dafür, dass ich nicht der reichste Mann der Welt oder wenigstens König oder Diktator geworden bin. Da nur sehr wenige Menschen in den Zustand geraten, wirklich leitende Positionen zu bekleiden, müssen die anderen ihren Zustand mit der Ungerechtigkeit der Welt erklären, wollen sie vermeiden, die Schuld bei sich selbst suchen zu wollen. Und wer will das schon?

Deshalb ist am Ende immer das Geld schuld sowie dessen Besitzer, die Gesellschaft, der Zufall oder die Niedertracht. Natürlich ist das eine primitive Vereinfachung, eine Verballhornung der komplexen Realitäten und deshalb nicht die Wahrheit, aber heutzutage die populärste Perspektive auf das Weltgeschehen. Überall sind Oligarchen, deren einziger Vorteil es ist, skrupellos zu sein.

Leider ist es nicht so einfach. Sonst könnte man den Beruf des Oligarchen wahrscheinlich auf der Berufsschule lernen. Leider ist dort alles voller angehender Metzger, Maurer, Maler, Mechatroniker, Messerschmiede, Metalldesigner, Modisten und Molkereifachfrauen. Um am Ende Oligarch zu werden, muss man aber sehr viel melken. Sind wir ehrlich: zu viel.

Es ist eine interessante Frage, ob man, um reich zu werden, automatisch ein Drecksack werden muss. Und die Antwort auf diese Frage lautet: natürlich nicht. Es gibt viele verschiedene Möglichkeiten, reich zu werden. Man kann Lottogewinner werden, Witzeerzähler, Fußballer, Musiker, Unternehmer, Erfinder oder Raubmörder. Interessanterweise ist die moralische Integrität in all diesen Berufen exakt gleich hoch wie unter Metzgern, Maurern oder Molkereifachfrauen. Einzige Ausnahme unter den Aufgezählten: der Raubmörder. Der Raubmörder ist ein zu Recht von der Industrie- und Handelskammer nicht anerkannter Lehrberuf und erfordert eine starke charakterliche Missbildung ähnlich der von Erpressern, Kriegstreibern oder Trickdieben. Die Ergreifung dieses Berufes ist moralisch abzulehnen!

Wenn man aber von den Kriminellen absieht, sind Charakter und Liebenswürdigkeit der Menschen über Berufs- und Klassengrenzen gleich. Natürlich gibt es Drecksäcke unter den Multimillionären, aber es gibt auch ausgemachte Arschgeigen unter Maurern oder Maronenverkäufern. Und wie es nette Hartzer gibt, so existieren da draußen auch ausgesprochen angenehme Milliardärserben, die nicht nur das Geld ihrer Ahnen versaufen, sondern Stiftungen gründen und sich der Entwicklung von Kinderdörfern im Süden von Tribakktistanien widmen.

Erstaunlich, wie kompliziert das Sein ist, jedenfalls zu vielschichtig, um es mit einfachen Vorurteilen durchblicken zu können. Das ist schade für die Mehrheit, weil es sie von der Welterkenntnis ausschließt. Und das Lustige ist: Das glauben alle! Und alle glauben, die Mehrheit seien die anderen.

Das Universum ist ein undurchschaubarer Moloch. Und es beginnt gleich vor der Haustür! Trilliarden von Sternen beleuchten das große Nichts. All dies existiert ausschließlich, weil nach dem Urknall mehr Materie als Antimaterie übrig geblieben ist, eine bis heute unerklärte Asymmetrie. Wahnsinn! So wie der Mittag den Tag immer in zwei exakt gleiche Hälften teilt, so sollte doch auch bei der Entstehung des Seins Materie und Antimaterie einer perfekten Gleichverteilung unterliegen. In einer schönen Welt gäbe es überhaupt nichts, denn symmetrisch verteilte Materie und Antimaterie würden sich gegenseitig auslöschen.

Stattdessen haben wir exakt zwölf Materieteilchen, die sogenannten Fermionen, also sechs Leptonen und sechs Quarks, die durch den Austausch von Bosonen aufeinander reagieren, das Photon, das für die Übertragung der elektromagnetischen Kraft verantwortlich ist, sowie die schwache Kraft, die durch das neutrale Z- beziehungsweise die beiden W-Bosonen übertragen wird. Das heißt, es gibt masselose Teilchen und Bosonen. Die Lücke dazwischen aber füllt das Higgs-Teilchen, das wir nun endlich gefunden haben. Nicht wir, sind wir ehrlich, sondern die Forscher. In der Schweiz. In der Schweiz ist es so sauber, dass sogar planlos herumfliegende Elementarteilchen sofort auffallen. Dann muss man nur noch darauf aufpassen, dass sie nicht von übereifrigen Putzhilfen aus dem Kosovo entsorgt werden.

Im Fall des Higgs-Bosons ist alles gut gegangen! Hurra! Es war schwer zu finden, nicht nur weil es klein ist und sogar Sofaritzen praktisch ohne Widerstand durchdringt, selbst wenn dort ein verwester Hamster als zusätzliche Bremse eingebaut wurde, sondern auch weil es so schnell zerfällt, praktisch in Abermilliardstel Sekunden. Das Higgs-Boson ist insofern wie ein Autoschlüssel, eine Lesebrille oder eine Fernbedienung – immer weg. Nur dass die Fernbedienung nicht zerfällt, sondern einfach so in der Sofaritze steckt. Oder im Kühlschrank, aus dem man eigentlich nur das Bier holen wollte.

Wenn man dem Volksmund Glauben schenkt, dann ist an all dem nicht die Teilchenphysik, sondern immer nur das Geld schuld. Und die Politiker! Wenn ein Higgs-Teilchen in einem Milliardstel einer Millionstelsekunde zerfällt, dann „muss man doch was machen!". „Aber es macht ja keiner was!". Vor allem die Politiker sitzen rum und „halten Maulaffen feil". Was immer auch Maulaffen sind, sie werden ständig feilgehalten! „Nie macht einer was!" Und wo etwas gemacht werden müsste, macht schon gar keiner irgendwie etwas. Da kann man sagen, was man will, „am Ende passiert nichts!". Nada. Niente! Schlafen die da in Berlin?

Nein, tun sie nicht. Beziehungsweise schon, aber meist ganz normal nachts und nicht über Gebühr. Auch Politiker müssen schlafen, denn sie sind – Achtung! – Menschen. Das allgemein übliche Bild vom parasitären Politiker ist natürlich auch nur populäres Geschwätz. Aber es ist schön, es zu benutzen. Man fühlt sich einig mit der Masse. Es ist schön, wenn alle über ein gemeinsames Feindbild verfügen. Das schweißt zusammen. Wer ist also schuld? Das Geld, die

Politiker und die Fermionen. Weil sie alle keinen Charakter haben, den ihnen nur Bosonen verleihen könnten, die aber viel zu schnell verfallen. Im Grunde ist alles Physik. Auch das ist gut. Dann hat der Schöpfer Schuld. Prima.

13 00 Es ist Mittag! Wahnsinn! Die Zeit vergeht. Was soll sie auch sonst tun? Sie kann ja nicht einfach um den Block laufen.

Jahrtausendelang war der Mensch der Meinung, die Sonne stünde am Mittag im Zenit, also exakt um 12:00 Uhr. Dann kam die Sommerzeit. Wäre die Sommerzeit ein Mensch, würde sie rufen: „Wer ist diese Sonne, dass sie mir Vorschriften machen möchte! Ich bin die Zeit, die sagt, was es geschlagen hat! Ich bin der Bestimmer!" Ein gewisser Hochmut wäre bei einer personifizierten Sommerzeit nicht zu vermeiden. Sie darf keine Zweifel haben und kann nicht mit den Leuten diskutieren, ob die Uhr Ende März nun vor- oder zurückgestellt wird. Sie müsste kompromisslos sein, auf den Tisch hauen und sagen: „Die Stunde zwischen zwei und drei fällt weg! So ist es! Feierabend! Wem das nicht passt, der kann sich ja im Keller einschließen und auf den Herbst warten! Er kann sich ein paar Fermionen und Bosonen kaufen und den Urknall nachstellen! Da ist man ein paar Monate beschäftigt."

Ich sitze immer noch rum und stelle fest, dass es Spaß macht, sich vorzustellen, wie Phänomene als Personen aussehen würden. Der Winter wäre dick und irgendwie gemütlich, allerdings auch illusionslos und hart. Er duldet keine Widerworte. Sein Wahlspruch wäre „ora et labora", schon weil er sich noch an die Gründerzeit der benediktinischen Klöster erinnern kann, die diesen eher freudlosen Grundsatz im Spätmittelalter als Lebensregel kultivierten. Der Winter kann berichten, dass die Benediktiner nicht so empfindlich waren wie die Bischöfe vor allem im kirchlichen Stammland südlich der Alpen, diese verweichlichten Südländer, die in der kalten Jahreszeit in überheizten Räumen hockten und dem Rotwein frönten, während die benediktinischen Asketen nach dem Motto lebten: „Im Schweiße deines Angesichts sollst du dein Brot essen, bis du zurückkehrst zum Ackerboden; von ihm bist du genommen. Denn Staub bist du, zum Staub musst du zurück." Solche Sätze gefallen dem Winter. Er mag es hart.

Ich persönlich finde eine gewisse Verweichlichung sehr sympathisch. Ich habe nie verstanden, wie das Wort „Warmduscher" zum Schimpfwort werden konnte. Ich dusche immer warm, gerne sogar heiß, auch wenn es draußen 30 Grad sind. Jahreszeiten, die mit den harten Zeiten, mit Mönchtum und „ora et labora" sympathisieren, können mir gestohlen bleiben. Ich mag den Sommer, von dem der Winter immer behauptet, er sei „wahrscheinlich schwul". Mir ist die sexuelle Orientierung einer Jahreszeit egal. Der Sommer ist freundlich! Fertig. Frühjahr und Herbst sind gerade noch zu akzeptieren. Der Winter gehört entmachtet. Leider ist er wie die internationale Finanzwirtschaft. Ob man ihn mag oder nicht, er ist kaum wegzukriegen.

Der große Vorteil der warmen Jahreszeit ist: Im Sommer kann man draußen Geschlechtsverkehr haben. Leider passiert das viel zu selten. Man fragt Umstehende, wird aber häufig abschlägig beschieden. Das ist verständlich, vor allem, wenn man beim Antrag vergessen hat, sich vorzustellen. Wenigstens der Vorname des Partners sollte vor geschlechtlicher Aktivität bekannt sein. Ich weiß, dass das altmodisch ist. Kenntnis des Namens ist heute nicht mehr unbedingt Voraussetzung für Körperkontakt. Aber ein bisschen Etikette sollte doch sein! Man sollte wenigstens nach dem Befinden fragen, bevor es losgeht.

Viele Menschen haben gar keinen Geschlechtsverkehr. Dann ist es egal, ob Sommer oder Winter ist. Für die anderen gilt in der warmen Jahreszeit: Raus jetzt und den Kaninchen nacheifern!

Kaninchen sind die Sinnbilder ungehemmter Sexualität. Das ist nicht unbedingt gerecht. Viel rastloser sind nämlich die Bonoboäffchen, die den ganzen Tag sexuell aktiv sind, die sogar ihre sozialen Konflikte in der Gruppe lösen, indem man sich gegenseitig die Geschlechtsorgane schubbert, reibt, knödelt und ineinandersteckt. Deswegen heißen die Tiere ja „Tiere", weil sie sich wie solche benehmen, gut so! Jeder sollte tun, was er kann.

Bonoboäffchen sind übrigens unsere nächsten Verwandten. Sie sind genetisch zu 99 % mit uns identisch. Leider hat sich ihre Kulturtechnik bei uns nicht durchgesetzt. Und ich sage „leider", obwohl ich mir über die Nachteile des Bonobo-Lifestyles durchaus im Klaren bin. Bei denen paart sich jeder mit jedem. Und wer ab und zu Bus fährt oder mit der S-Bahn, der weiß: Das will man gar nicht. Aber es gibt auch Fälle, in denen die Vorteile überwiegen würden. Beispiel:

Eine junge, schöne Frau wandelt in traumwandlerischer Sicherheit auf hohen Schuhen vor mir her. Der kurze Rock schwingt bei jedem Schritt im Wind. Das ebenmäßige, wohlgeformte Gesicht, leicht gebräunt, wird umspielt von blonden, langen Haaren, die immer wieder keck um ihre

Augen wehen. Da! Ein kleiner Rempler, keine Absicht, aber sie stolpert. Ich entschuldige mich! Wie konnte das passieren! Tut mir leid! Sooo leid! Als Akt der Wiedergutmachung wird ein kurzer Geschlechtsverkehr ausgeübt. Die Sache ist wieder im Reinen. Wir gehen unseres Weges, heiter und erleichtert – wie unsere äffischen Verwandten …

Wir Menschen haben zu meinem in diesem speziellen Fall größten Bedauern andere Strategien gemeinschaftlicher Problembewältigung. Wir gehen zum Psychologen und zahlen viel Geld dafür, dass man von einem gut ausgebildeten Seeleningenieur zu Rollenspielen aufgefordert wird, eine Art Kindergartenspiel auf Krankenkasse. Man soll sich in die Rolle der ehemaligen Lebenspartnerin versetzen, ekelt sich, bekommt einen veritablen Herpes und geht ein paar 100 Euro ärmer und schlecht gelaunt nach Hause.

In der Gruppe sind die Problemlösungsstrategien des Menschen noch primitiver. Man schaut bei andersartigen Kulturen im Streitfall mit dem Panzer vorbei oder sprengt sich auf dem Marktplatz in die Luft, weil man glaubt, dadurch zum Märtyrer zu werden und ein reiches Leben im Jenseits führen zu können. Wie schaffen es die Bonobos, mit 99 Prozent unserer Gene so viel intelligenter zu leben als wir? Ich weiß es nicht.

1307 Auch bei mir ist der Mittag die Zeit, an dem ich gerne durch ungehemmte Sexualität meinen Beitrag zum Weltfrieden leisten würde. Leider bin ich allein zuhause. Sex ist erheblich angenehmer, wenn er zu zweit ausgeübt wird. Alleine kommt immer schnell Langeweile auf. Man weiß irgend-

LICHT

Goethes letzte Worte waren nicht: „Mehr Licht!"
Es handelt sich bei dieser Überlieferung um eine Legende. Es gibt noch weitere Sätze, die Goethe nicht direkt vor seinem Tod sagte. Hier einige Beispiele:

- *Der Letzte macht das Licht aus!*
- *A small step for a man but a giant leap for mankind.*
- *Ich bin ein Berliner.*
- *Sagen Sie jetzt nichts, Hildegard.*
- *Bin weder Fräulein weder schön, kann ungeleitet nach Hause gehen.*

Angeblich verlangte der Geheimrat kurz vor seinem Ableben als Letztes nach einem Nachttopf. Dies allerdings als letzte Amtshandlung unseres größten Dichters zu berichten, war sowohl den persönlichen Sekretären des Meisters als auch den Literaturwissenschaftlern zu profan, weshalb die Geschichte gefälscht wurde.
Es erstaunt uns Nachgeborene, dass Goethe über eine Verdauung verfügte, wie jeder andere Mensch auch. Aber warum sollte es auch anders sein? Im zeitgenössischen Kölschen Liedgut heißt es: „Ob jetz einer Krim-Sekt drink oder nur noh Wermut stink, ess ahn der Pissrinn spätestens ejal." Das ist biologisch gut recherchiert. Die Geschichte von Goethes Forderung nach „mehr Licht" ist wahrscheinlich dem Nationalstolz geschuldet, der uns Goethe als einen selbst im Todeskampf nach der Wahrheit Suchenden verkaufen möchte. Sollte Goethe irgendwann eine Forderung dieser Art gestellt haben, war dies wahrscheinlich einfach der damals üblichen Sehnsucht nach mehr Beleuchtung geschuldet. Da es noch keine Elektrizität gab, wurde es nachts dunkel. Das ist zwar auch heute noch teilweise der Fall, lässt sich aber abmildern, indem man beim Smartphone das Blitzlicht per App zur Taschenlampe umfunktioniert. Goethe konnte nicht mal SMS schreiben.
Wenn heute jemand mehr Licht benötigt, betätigt er einen Schalter. Es ist deshalb heute nicht mehr notwendig, das Licht in metaphorischer Art und Weise auf dem Totenbett zu suchen. Erleuchtung, die beispielsweise der Buddhist mühsam durch Meditation und asketisches Leben zu erreichen sucht, ist heute ein Akt, der beim Betreten des Raumes ohne weitere Beachtung per Fingerdruck erledigt wird. Unglaublich!

wann einfach, was der Sexualpartner als Nächstes machen wird. Sex allein ist zu berechenbar.

Ich denke kurz darüber nach, hinauszugehen, um ein Weibchen ins Haus zu locken, das irgendwo in freier Wildbahn nur darauf wartet, von einem kräftigen Artgenossen begattet zu werden. Dann verwerfe ich den Gedanken wieder. Heute ist nicht der Tag der Brautschau, keine Zeit für Balz und Protzgehabe. Heute ist der Tag der Kontemplation! Heute lebe ich zölibatär. Jawohl!

Mein inneres Gleichgewicht gestattet heute keine Aufregung. Wie das Löwenrudel erst nach Tagen wieder jagen muss oder das Kamel ohne zu trinken die Wüste Sahara durchschreitet, so werde ich diesen Tag verleben, ohne auf das Drängen meiner in Hoden und Hypophyse gebildeten Botenstoffe zu hören. Dem buddhistischen Mönch gleich oder dem Priester der katholischen Kirche nacheifernd werde ich den Tag in Askese verbringen. Ich halte es wie ein mittelalterlicher Klosterbruder am Sonntag und sage mir: Gebumst wird morgen wieder (ein Kloster ist eine Männergemeinschaft, da geht es verbal auch schon einmal etwas rustikaler zu).

Sollte man am Tag der Kontemplation nicht wenigstens ein paar sexuelle Träume kultivieren? Ich beginne nachzudenken, zu fantasieren. Eine Frau in Lack und Leder erscheint und winkt mich mit dem Reitpeitschchen heran. Ich rufe ihr ein beherztes „Nein, danke“ zu. Ich merke: Dies ist nicht meine eigene Fantasie. In meinen Träumen möchte ich meinen eigenen Sehnsüchten folgen, nicht denen, die mir von wichtigtuerischen Artgenossen aufgetischt werden, Menschen, die ihre existenzielle Langeweile mit Geschichten vom wilden Leben kompensieren. Im Leben trifft man immer wieder Menschen, die genau wissen, wie ein richtiger Mann Sex haben sollte. Meist teilen sie einem das auch ungefragt mit. Sie geben gerne Tipps, weil sie ganz selbstverständlich davon ausgehen, dass alle anderen dieselben Neigungen haben wie sie, diese aber nur deshalb nicht ausleben, weil sie verklemmt sind.

Man muss nicht immer glauben, der eigene Lebensweg sei der einzig wahre. Ich glaube nicht, dass eine bestimmte Form der Sexualität höherstehend als eine andere ist. Es gibt immer wieder Leute, die vehement behaupten, ihre eigene Art der sexuellen Ausschweifung sei die Krone der Ekstase. Vor allem in klebrigen Gazetten mit dicken Buchstaben kommen solche Leute zu Wort. Sie stehen mit dicker Plauze spärlich bekleidet im Swingerclub und behaupten, sie seien die Einzigen, die ehrlich ihre Fantasien auslebten. Ich habe in meinem Leben schon viele krude Fantasien gehabt, aber in keiner war ich in einem Raum mit plauzigen Typen, die ohne jede Selbstdistanz ihre eigene Neigung verherrlichten.

Männer kommen in meinen sexuellen Fantasien ohnehin nicht vor, nicht weil ich das irgendwie ablehnen würde, sondern einfach so, aus Neigung eben. Meine Fantasien drehen sich um Damen. In meinen Träumen dürfen die Damen übrigens gerne auch sauber sein, und nicht nur dort, sondern auch in der Realität. Das würde ich jedoch nie öffentlich zugeben, weil der, der ein solches Bekenntnis äußert, sofort zum letzten Vertreter des Biedermeiers abgestempelt wird. Und wer will das schon?

Buchautoren setzen uns Leser häufig unter Druck, indem sie behaupten, dass man nur dann eine reiche Sexualität besäße, wenn es auch mal ungewaschen, ja geradezu schmierig zugeht. Beschreibungen der Einzelheiten sorgen dann für lange Verbleibzeiten in den Bestsellerlisten. Viele kaufen sich sogar das Hörbuch und merken in ihrer Gier viel zu spät, dass eine Audio-CD keine Bilder enthält.

Mir ist das egal. Ich mag es gerne frisch gewaschen. Und ich will jetzt keine Belehrungen hören! Das ist meine Sache! Ich kenne zahlreiche Damen, die, genau wie ich, gerne eine Dusche nehmen und es auch keineswegs abtörnend finden, wenn der Kerl nicht riecht wie ein altes, von der Herde zurückgelassenes Erdferkel.

Ich habe auch, und betrachten Sie dies bitte nicht als billigen Hinweis für Voyeure, sondern als aufrichtige Beichte, noch nie Sex in einem öffentlichen Verkehrsmittel gehabt, weder in Bussen noch in Bahnen, ja nicht einmal im Taxi, schon weil mir der zu erwartende Hinweis des Fahrers auf die nun fällige Polsterreinigung zu peinlich gewesen wäre. Außerdem verfügt er über einen Rückspiegel, der meist auch den Fond überblickt. „Sexuelle Handlungen" (Bill Clinton) führe ich grundsätzlich ungern im Beisein Fremder durch.

Es gibt viele Orte, an denen ich ebenfalls niemals Sex hatte: auf der Zugspitze, in der Rub-Al-Khali, einer Gardinenfabrik, einer Miettoilette oder im Heidepark Soltau beispielsweise. Ein Bergwerksmuseum war allerdings dabei und ein Glockenturm in Italien, ansonsten nichts Besonderes. Ich habe auch noch nie sieben unersättliche Damen gleichzeitig beglückt. Meine Leistungsfähigkeit ist ebenso begrenzt wie die Anzahl meiner Extremitäten, die in der Lage wären, Reibung zu erzeugen. Und liebe Kinder, dieser Hinweis richtet sich an meine Leser zwischen elf und 17: In der richtigen Welt ist es keineswegs das Ziel eines gemütlichen Beisammenseins, am Ende Samenflüssigkeit über dem Partner auszugießen, wie es die Filme auf euren Handys zeigen. Diese kleinen Clips sind keine Dokumentationen, schon gar keine Lehrvideos!

Ich glaube nicht, dass man dem Spießertum der 1950er Jahre das Wort redet, wenn man jungen Leuten rät, Pornodarsteller nicht als Identifikationsfiguren zu betrachten. Mein Ratschlag an das Jungvolk lautet: Macht es, wie ihr wirklich wollt, und nicht, wie es diese hirnentleerten Pornoproppen tun! Aber mich fragt ja keiner, was eigentlich ganz angenehm ist. Dann kann man auch nicht für schlechte Tipps in Regress genommen werden.

Im Übrigen wird die komische Seite des pornografischen Geschäftes häufig gar nicht wirklich wahrgenommen. Schade! Da versammeln sich Geschlechtsteilprotzer und Nahrungsergänzungsmittelkonsumenten, deren exorbitante Asihaftigkeit in poetischen Ergüssen kulminiert wie: „Ja! Du willst es doch auch, du kleine Schlampe, du. Ja!" Damen lutschen an ihren Zeigefingern, lecken sich über die aufgespritzten Lippen und spielen ihre Lasterhaftigkeit in einer Perfektion, die jede Schülerschauspielgruppe als Burgtheaterensemble erscheinen lässt. Wer da nicht mitlacht, hat keinen Humor!

Ich stelle mir vor, wie ein solcher Film entsteht. Als Erstes werden die Mitarbeiter gesucht. In der Bundesagentur für Arbeit blättert ein Angestellter durch die Kartei der Filmkünstler. Gesucht werden jugendlich wirkende Darsteller, die an einem Filmprojekt teilnehmen möchten, dessen Konzept es ist, die Tätigkeit von Geschlechtspartnern im Rahmen des interkorporalen Sekretaustausches zu dokumentieren.

Die Handlung: Ein Paketbriefträger schellt und findet zu seiner großen Überraschung die Hüterin des Hauses tanzend vor. Sie räkelt sich aufreizend und steckt sich dabei den Zeigefinger in den Mund. Dazu hat sie sich ein bisschen Musik angemacht und trägt Unterwäsche, die man aus den Vierzigerjahren des 20. Jahrhunderts kennt, also aus der Zeit kurz nach der Erfindung der Nylonkunstfaser.

Da sich unser Bote als Dienstleister versteht, ist es sein Bestreben, die Wünsche der Kundschaft zu erfüllen. Er beginnt, die Hausherrin zu begatten.

Als die Haushälterin hinzustößt (wie passend formuliert!), offenbart sich die Zuneigung zwischen Arbeitgeberin und häuslicher Hilfskraft. Sie lassen den Postboten Postboten sein und schubbern sich. Die Logistikfachkraft sitzt derweil im Ohrensessel und schaut zu.

Ein Kfz-Mechaniker klingelt. Er hat einen Gehilfen dabei. Beide sind sehr gut trainiert, mehrfach tätowiert und sexuell stark bedürftig. Die Damen trennen sich und wenden sich den neuen Gästen zu, während sich der liebenswerte und -würdige Herr von der Päckchenlieferung neugierig durchs Haus schleicht und, wie es der Teufel will, das Schlafzimmer findet, in dem sich noch eine willige Cousine räkelt, vielleicht auch eine Freundin oder eine sonstwie ins Haus geschneite Person, deren Identität aus dramaturgischen Gründen nicht weiter erklärt wird. Vielleicht wollte sie den Strom ablesen, wogegen allerdings ihre Bekleidung spricht. Lingerie ist im wirklichen Leben unüblich bei den Stadtwerken, zumindest ohne etwas darüber zu tragen. Dieses Haus ist vermutlich ihr Lebensraum, so wie sich der Leopard in der Savanne heimisch fühlt oder die Kopflaus im Kindergarten.

Die opulente Oberweite der jungen Frau verweist in ihrer Ballonhaftigkeit auf das Bild der Urmutter, in deren riesenhaftem Busenmassiv ein in der Stillphase vernachlässigter Junge gerne versinken möchte. Offenbar gibt es auch unter plastischen Chirurgen Menschen mit Humor, viel Humor, gigantisch viel Humor.

Die junge Dame mit den Mördermöpsen liegt einfach da, trägt rote Spitze und Corsage und hat sich bereits selber stimuliert, da sie ahnte, ein Briefträger könnte kommen und den Weg ins Schlafzimmer finden. Sie schleckt an einem Gummiproppen. Warum nicht? Wir leben in einem freien Land. Dann widmet sie sich dem Besucher. In diesem Haus ist man ganz offenbar immer auf den Besuch paarungsbereiter Zuchtbullen vorbereitet.

Erst gestern war der Klempner da. Eine kurze Rückblende, die uns in die Erinnerung der offenbar hormonell stark überversorgten Dame entführt, verdeutlicht uns die Umstände des gestrigen Tages. Zum Sanitärfachmann war der Elektriker hinzugestoßen, während die Nachbarin zum Eierleihen vorbeikam. Zwei Stück hätte sie gebraucht, sie bekam vier.

Das Ende der Traumsequenz läutet den dramatischen Höhepunkt des kommenden Blockbusters an. Ich will den Rest des Dramas nur kurz zusammenfassen: Während Klempner und Elektriker zum letzten Schraubenanziehen überraschend wiedergekommen sind und alle Freundinnen, Verwandten, Haushaltshilfen, Gärtner, Dienstleister und Handwerker sowie weitere nicht benannte Personen nackt oder in Reizwäsche den Raum betreten haben, kommt es zum allgemeinen Verknoten. Zahlreiche Geschlechtsakte werden in der Folge zur allgemeinen Zufriedenheit zu Ende gebracht. Der Mörder wird nicht verraten, schon weil es auch keine Leiche gegeben hat. Wichtig: In Pornofilmen wird am Ende nicht geheiratet. Das war's.

Für die Besetzung haben sich bei der Agentur für Arbeit 450 Männer aus dem Großraum Köln gemeldet, aber nur zwei Frauen und eine Person, bei der die geschlechtliche Zuordnung offen ist. Ich bin enttäuscht und drohe aus meinem Tagtraum zu erwachen.

Da öffnet sich die Tür, und mehrere Busladungen blonder, brünetter und dunkelhaariger Vollbusiger drängeln sich an den Tresen. Sie wollen mitmachen. Große Überraschung, aber auch riesige Erleichterung! Die Damen rufen: „Wir wollen es auch! Wir sind Luder! Ja! Ja! Ja!" Es kann losgehen. Die Dreharbeiten sollen gleich losgehen, gleich jetzt, gleich hier. Der Film könnte im „Im Blowjobcenter" heißen. Eine solche Orgie hat die Agentur für Arbeit seit der letzten Weihnachtsfeier nicht mehr gesehen, und sind wir ehrlich, wahrscheinlich war sie nicht halb so aufregend. Man weiß es nicht und kann ja auch niemanden fragen. Die Kerle übertreiben nachher immer ganz furchtbar! Die Damen schweigen.

Da klingelt es. Ich schrecke hoch. Herausgerissen aus meinen Gedanken gehe ich zur Tür, um nachzuschauen. Ich blicke durch den Spion. Ein Handwerker. Natürlich! Ich habe auf den Termin mit dem Klempner lange gewartet, aber heute bin ich irgendwie nicht in Stimmung. Ich beschließe, so zu tun, als wäre ich nicht zu Hause. Ich weiß, es geht nur um den Schlauch der Waschmaschine, der gewechselt werden muss, aber ich bin jetzt seelisch einfach nicht in der Lage … Nach zwei Mal klingeln zieht er ab. Erleichterung macht sich breit. Ich werde beteuern, meine

Klingel sei kaputt gewesen, einen neuen Termin festmachen und dann besser vorbereitet sein, seelisch ausgeglichen, hellwach und mit einem Pfefferspray für Notfälle bewaffnet. Hoffentlich kommt er dann nicht gleich mit dem Elektriker. Pornografie ist nicht gut für die Psyche.

BODEN

Das Wichtigste in einer Wohnstatt ist der Boden. Ohne untere Raumbegrenzung wäre eine Wohnung gar nicht vermietbar. Man würde ungebremst in den Keller stürzen – oder schlimmer noch, den Mietern im Erdgeschoss in die Küche, wo man auf dem Mittagstisch einschlagen und dann zwischen Sauerbraten, Klößen und Rotkohl aufplatzen würde wie eine zu heiß gekochte Brühwurst. So etwas führt schnell zu Mietminderungen und gerichtlichen Auseinandersetzungen.

14

NACHMITTAG

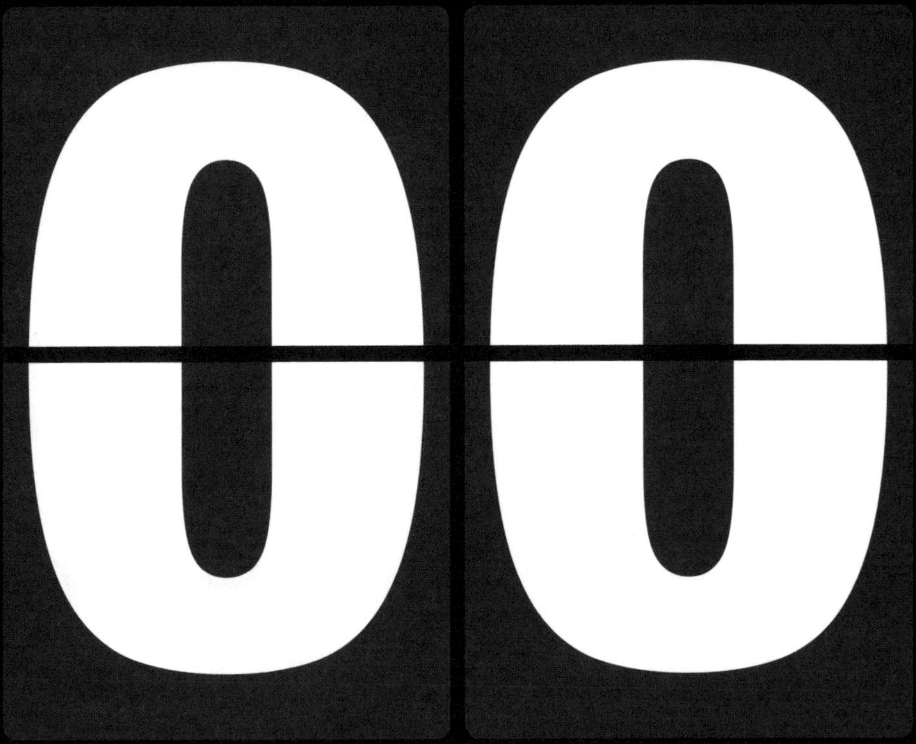
00

1400 Ein Kfz-Mechaniker klingelt. Er hat einen Gehilfen dabei. Seine Frage, ob bei mir ein Film gedreht würde, muss ich verneinen. Er hat sich in der Hausnummer geirrt. Ich schließe die Tür wieder.

Von dieser Anstrengung muss ich mich erst einmal erholen. Ich setze mich vor meinen Computer und schaue im Internet nach, ob es Neuigkeiten gibt. Leider keine guten Nachrichten. Wirtschaftlich sieht es wieder einmal übel aus. Die Märkte haben uns fest im Griff. Sie greifen an, sie fordern, sie sind unruhig.

Wer sind eigentlich diese Märkte, die uns immer wieder bedrohen und unter Druck setzen, manchmal volatil sind und harte Sparmaßnahmen erzwingen? Heute lese ich, dass der Markt nervös ist. Was macht ein nervöser Markt? Steht er an der Ecke, raucht eine Kippe nach der anderen und kaut Fingernägel?

Viele sagen: Wir sind ihm ausgeliefert. Das stimmt. Deshalb wollen sie ihn abschaffen. Das ist nicht einfach. Der Markt ist global. Wenn wir ihn abschaffen wollen, müssen wir zuerst den Rest der Welt eingemeinden. Das wird woanders nicht gut ankommen. Hitler war der letzte Deutsche, der sich um die Weltherrschaft bemüht hat, aber die Geschichte hat gezeigt: Am Ende kommt man immer vor Moskau in winterliches Wetter. Und dann war's das.

Wir könnten natürlich auch einfach sagen: Wir nehmen am Markt nicht mehr teil. Es gibt Leute, die fordern das. Und es gibt Länder, die haben es versucht. Nordkorea zum Beispiel nimmt am globalen Markt nicht mehr teil. Das könnten wir genauso machen. Dann leben wir wieder von dem, was die bäuerliche Krume so hergibt. Dann gibt es statt Döner wieder anständige deutsche Kartoffeln. Und zwar mit Kartoffeln und Kartoffeln. Jeden Tag. Und sonntags mal ein Huhn. Wenn man einen Balkon hat. Also Platz für Hühnerzucht.

Ich persönlich esse auch ganz gerne einmal etwas anderes. Und ich will auch gar nicht zurück in die Zeit, als es noch keinen Weltmarkt gab, als sich die Völker noch mit dem Panzer besuchten. Ich bin ja glühender Kriegsgegner, schon weil ich ängstlich bin. Ich mag es, wenn alle miteinander Handel treiben. Dann schießen sie nicht aufeinander. Also auch nicht auf mich. Das ist mir wichtig.

Händler brauchen Frieden, schon weil Erschossene ihre Rechnungen nicht mehr bezahlen. Oder, um es auf die große Politik anzuwenden: Wenn ich etwas exportieren möchte, ist es sinnvoll, nicht vorher beim Käufer mit dem Panzer vorbeizufahren und alles kaputtzumachen. Das schädigt die Kundenbindung.

Im Zeitalter des weltweiten Handels kommt noch Weiteres hinzu: Da im globalen Markt Besitzverhältnisse Ländergrenzen überschreiten, hat es keinen Sinn mehr, den Nachbarn zu überfallen. Wenn allen überall etwas gehört, zerstört man im Kriegsfall immer auch eigenen Besitz. Am Ende sinken weltweit die Kurse. Deshalb verzichten die Teilnehmer der Globalisierung in den meisten Fällen darauf, sich gegenseitig zu massakrieren.

Und noch etwas, was gerne übersehen wird: Natürlich kann man auch gegen den Markt sein. Selbstverständlich! Man kann auch gegen die Schwerkraft sein. Aber die Schwerkraft abzuschaffen hieße, ein Naturgesetz zu beseitigen. Das wäre eine echte Leistung! Auch der Markt ist schwer abzuschaffen. Er ist ein ökonomisches Gesetz. Wie die Schwerkraft gibt es ihn überall, auch da, wo es angeblich keinen Markt gibt, in Nordkorea zum Beispiel, wo der Markt abgeschafft wurde und es deshalb nichts zu kaufen gibt, außer auf dem Schwarzmarkt. „Hoppla", sagte der Markt in Nordkorea, „da bin ich wieder, schwarz, aber oho."

Man kann den Markt lieben oder nicht, aber eins ist sicher: Er ist da. Ihn abzuschaffen ist ebenso unmöglich wie ein Verbot der Gravitation. Natürlich kann man, wenn einem Wasser in den Keller läuft, ein Gesetz verfassen, dass die Schwerkraft für Wasser in unterirdischen Räumen verbietet. Schlauer ist es, die Pumpe anzuwerfen. Selbst bei Androhung der Todesstrafe für die Schwerkraft, wird das Wasser weiter in den Keller laufen. Und auch das Geld fließt, wohin es die Naturgesetze leiten. Leider meist nicht in den Keller. Schade.

So ist das! Wieder ein bisschen was geklärt. Das Schöne an der Welterklärung ist: Wenn man allein ist, widerspricht niemand! Ich vertrete mir ein bisschen die Beine und mache einen Spaziergang um den Küchentisch. Mein Weg führt mich an der Balkontür und am Kühlschrank vorbei zurück zum Küchentisch.

Eigentlich könnte ich jetzt auch ein Bier trinken. Leider gibt es neben dem Gesetz des Marktes noch weitere ungeschriebene Gesetze auf dieser Welt. Eines davon lautet: Kein Bier vor vier. Dieses Gesetz wurde von einem unbekannten Willkürherrscher eingeführt und wird seitdem grundlos befolgt, zumindest von Leuten, die es mehrere Stunden in Folge ohne Alkohol aushalten. Natürlich kann man auch ganztägig betrunken durchs Leben gehen. Allerdings verkürzt das die Funktionsdauer vieler Organe. Insofern ist von ganztägigem Alkoholkonsum abzuraten.

Ein Wasser soll es sein! Mein Körper braucht Flüssigkeit. Wir trinken zu wenig! Austrocknung ist eine Volkskrankheit. Das halbe Land ist dehydriert. Ich kenne Menschen, die den Markt kontrollieren lassen wollen, aber selbst nicht einmal in der Lage sind, den Flüssigkeitshaushalt ihres Körpers zu regeln. Sie propagieren ihre Rezepte zur Rettung der Gesellschaft, leben aber selbst in vertrockneter Existenz. Alkohol trägt übrigens angeblich gar nichts zum Flüssigkeitshaushalt bei. Das verschlimmert die Lage. Man kann also den ganzen Tag saufen und dennoch vertrocknen. Das Leben kann so kompliziert sein!

Die Menschen wundern sich über ihre Nierensteine, dabei ist das Organ einfach nur ausgetrocknet wie die Wüste Taklamakan. Lebende Mumien werfen mit Schuppen um sich und schneien ihre Umgebung voll wie Frau Holle. Dann kaufen Sie teure Cremes, aber dieser Versuch, die Sahara zu begrünen, ist nur ein stummer Schrei in der Einsamkeit der Wüste. Ich kenne Frauen, die für eine Tagescreme im 50-Milliliter-Gläschen 250 Euro ausgeben. Eine erheblich bessere Investition wäre eine Flasche Mineralwasser gewesen, der Liter für 0,40 Euro.

Gluck, gluck, gluck. Gesundheit ist das Wichtigste! Ein Auto kann ohne Benzin jahrelang in der Garage überleben. Der Mensch aber, eine organische Masse, braucht auch im stehenden, sitzenden oder liegenden Zustand dauerhafte Betankung.

Er frisst nicht pro Kilometer, sondern pro Minute. Das macht ihn im Unterhalt sehr teuer. Dennoch hat er sich in der Evolution durchgesetzt. Ein Mirakel! Sein großer Vorteil gegenüber dem Auto ist, dass er sich selbst versorgen kann. Ein Kraftfahrzeug fährt nicht von allein zur Tankstelle, wenn es Durst hat. Der Mensch aber geht einfach zum Kühlschrank. Ein Wunder der Natur!

Wir sind schlau, weil wir in der Lage sind zu lernen. Als Isaac Newton die Gravitation entdeckte, war das nur möglich, weil er unter einem Apfelbaum saß und ihm eine Frucht auf den Kopf fiel. Der Schmerz erzeugte die Idee. Seitdem gibt es die Schwerkraft. Natürlich gab es die Schwerkraft schon vorher. Aber man kannte sie nicht.

Es ist lustig, sich vorzustellen, dass Newton die Schwerkraft erfunden hätte. Dann wäre der Fall des Apfels eine lediglich zufällige Bewegung gewesen. Er hätte auch nach oben fallen können. Wahrscheinlich wäre die Luft voller schwebender Äpfel gewesen, und Newton wäre einfach nur der Erste gewesen, der gesagt hätte: Hier muss Ordnung geschaffen werden! So kann es nicht weitergehen, dass jeder Apfel schwebt, wo er will. Deswegen erlasse ich hiermit kraft meiner Fähigkeit als Physiker das Gesetz der Schwerkraft, das da lautet: „Alle Gegenstände haben sich gegenseitig anzuziehen! Äpfel haben deshalb, wenn sie ihren angestammten Platz am Baum verlassen, Richtung Erdmittelpunkt zu streben! Zuwiderhandlung führt zu Strafverfolgung!"

Seitdem fallen Äpfel nicht weit vom Stamm, Frauen brauchen einen Büstenhalter, und Wasser läuft in den Keller. Man sollte Newton verklagen.

1407 Ich merke, dass ein freier Tag einen unkontrollierbaren Gedankenstrom erzeugt. Nützliches steht gleichberechtigt neben wirrem Zeug und kranken Visionen. Wenn nichts treibt und die Zeit frei ist, kein Schuh drückt und nirgends jemand drängelt, kein Schmerz pocht und keine Verwandten anrufen, entfernt sich das Denken vom Körper.

Mein Geist will sich aus unerfindlichen Gründen mit der Frage beschäftigen, wie die Welt aussehen würde, wenn bestimmte Naturgesetze nicht für immer gelten, sondern temporär aussetzen würden, vielleicht um sich zu erholen. Immerhin sind die physikalischen Grundregeln des Kosmos bereits seit 13,7 Milliarden Jahren ohne Pause auf Schicht. Im Universum gibt es fünf Grundkräfte: Die schwache Wechselwirkung, die starke Wechselwirkung, die elektromagnetische Kraft, die Gravitation und das Recht des Stärkeren. Physikalisch unumstritten sind allerdings nur die ersten vier.

Die starke Wechselwirkung sollte sich am besten auch nicht für kurze Zeit verabschieden. Sie sollte diszipliniert durchhalten, sonst würden sich Protonen und Neutronen gegenseitig abstoßen, und die Atomkerne im Universum würden zerfallen. Das gäbe eine Unordnung! Wahrscheinlich würde es „fupp" machen oder „plopp" oder „schschschsch", was im luftleeren Raum allerdings kaum jemand hören würde, schon weil im Vakuum keine Schallwellen übertragen werden. Und weil sich ohne starke Wechselwirkung auch die Ohren auflösen würden. Dann wäre alles nichts.

Die schwache Wechselwirkung ist meines Erachtens überflüssig. Sie führt zum radioaktiven Zerfall. Was soll das? Außerdem verletzt sie grundlegende physikalische Gesetze. Eigentlich sollten sich physikalische Abläufe nicht ändern, wenn man die Raumkoordinaten umkehrt. Für die Vorgänge, die mit der schwachen Wechselwirkung zu tun haben, gilt dies aber nicht. Hier wird also eine kosmische Extrawurst gebraten. Warum?

Die elektromagnetische Kraft ist uns aus der praktischen Erfahrung bekannt. Wir möchten ohne sie nicht mehr leben. Magnete helfen uns, Büroklammern festzuhalten, Nachrichten an den Kühlschrank zu heften oder Nadeln im Heuhaufen zu finden (ein Magnet ist das einzige Werkzeug, das hier hilft). Magnete bewegen Haufen von Eisenspänen, die Physiklehrer gerne mit in die Schule nehmen, um sie den verblüfften Schülern im Experiment zu präsentieren. Man streut die Eisenspäne auf ein Stück Papier, führt einen Magneten darunter, schon ordnen sich die winzigen Eisenpartikel in Richtung des magnetischen Feldes aus. Das ist schön! Ordnung muss sein!

Die Gravitation aber hat erhebliche Nachteile. Sie sorgt dafür, dass wir am Check-in-Schalter nachbezahlen müssen, weil die Koffer zu schwer sind. Sie lässt uns den Mut verlieren auf der Personenwaage, denn sie verwandelt mollige Menschen in Übergewichtige. Und sie lässt den Zeh brechen, auf den sich der Fettsack versehentlich gestellt hat, weil er über seine Wampe den Boden nicht mehr sehen konnte. Aua!

Dennoch überwiegen die Vorteile. Ich hätte wenig Vergnügen daran, mich abends am Bett festzuketten, um zu verhindern, dass ich in den Kosmos hinausgetrieben werde. Es gibt allerdings Menschen, die es mögen, sich fesseln zu lassen. Jeder, wie er mag. Gravitation hin oder her.

Meine Gedanken werden zunehmend sprunghaft. Vielleicht versuche ich, an zu viele Dinge auf einmal zu denken. Folgende Themen füllen die nächsten Minuten meines Denkens:

- Stalaktiten wachsen nach unten, während sich Stalagmiten von der Schwerkraft unabhängig nach oben wachsend durchs Leben kämpfen. Jeder verfolgt eben seine eigene Taktik.
- Dromedare haben einen Höcker, Kamele zwei. Das ist leicht zu merken, wenn man sich folgende Eselsbrücke vor Augen führt: Wenn man die Anfangsbuchstaben der Worte auf die Seite legt, dann bildet das D in Dromedar einen Höcker, während das K in Kamel zwei Spitzen zeigt. Noch einfacher wäre das Ganze, wenn man Kamel am Anfang mit B schreiben würde. Leider hat die Natur nicht so weit gedacht.
- Der Legende nach war der Apostel Markus höchstpersönlich Gründer der koptischen Kirche.
- Leider ist nicht bekannt, ob der Apostel Markus laktoseintolerant war. Da bringt auch googeln nichts. Die wissen auch nicht alles da! Sie vermitteln den Eindruck, als würde ihnen nichts entgehen, aber auf wirklich abwegige Fragen hat auch Herr Google keine Antworten! Große Fresse, nichts dahinter!
- Ein Didgeridoo für Anfänger sollte eine saftige, erdige Tonlage haben, leicht zu spielende Huptöne ermöglichen, ungefähr 1,40 Meter lang sein und klare Obertöne aufweisen.
- Günter Netzer hatte Schuhgröße 48. Beziehungsweise: Wieso eigentlich „hatte"? Er hat sie immer noch, aber er spielt ja nicht mehr. Aber ändert das etwas? An der Größe des Fußes sicherlich nicht.
- Wirklicher menschlicher Fortschritt wäre die Züchtung einer Melone ohne Kerne.

1414 Ich werde mir einen Kaffee machen und mich ordnen.

1438 Nun ist es so weit. Feierlich wird der Nachmittag dieses arbeitsfreien Tages eingeleitet. Bisher ist nichts passiert. Morgen und Mittag sind ereignisarm zu Ende gegangen und haben keinerlei Spuren hinterlassen. Der Alterungsprozess hat sich zwar objektiv fortgesetzt, aber nicht sichtbar ins Gesicht gegraben. Das Nachmittagsprogramm im Fernsehen hat begonnen, ist aber ästhetisch kein Problem, wenn man das Gerät ausgeschaltet lässt.

Es ist immer gut, wenn man verhindern kann, dass vor vier Uhr nachmittags Richter und Staatsanwälte ins Wohnzimmer eindringen, um die Beweislage aufzunehmen. Junge Delinquenten beteuern ihre Unschuld, um am Ende doch zugeben zu müssen, dem Kontrahenten die Fresse poliert zu haben, allerdings weil es nicht anders ging. Das Opfer hätte „die Frau", die der Angeklagte gern zur Freundin gehabt hätte, „unverhohlen angeschaut".

Licht besteht aus Photonen. Sie hatte flüchtig zurückgeschaut und damit den Teilchenaustausch in Gang gesetzt, der nur durch einen gezielten Faustschlag zu beenden gewesen sei. Und dem ersten Faustschlag folgen meist weitere, wenn man nicht in der Lage ist, den Adrenalinausstoß im Hirn zu 100 Prozent zu kontrollieren. Und wer kann das schon?

Der Rest des Tages stand für den Angeklagten unter der Diktatur des Hirnsekretes. Ein Schlag bleibt selten allein. Ein bisschen Treten kam hinzu, auch Ritzen mit dem

Schmetterlingsmesser, und wo die Schusswaffen am Ende herkamen, weiß der Himmel! Minderjährige sitzen vor dem Fernseher und erlernen so die unter Erwachsenen offenbar üblichen Praktiken der Konfliktbereinigung: „Ey, glotzt dä, mach isch demm Mässä!“ Ach so.

Die Welt ist voll mit solchen Gestalten, vor allem die Welt des Fernsehens, und man tut gut daran, ein Eindringen der kriminellen Energetiker in den eigenen Wohnraum zu verhindern, indem man den Flachbildschirm ausgeschaltet lässt. Allein die Vorstellung, solche Sendungen in ein paar Jahren auch noch in 3D empfangen zu können, lässt mich schwindelig werden. Ich denke darüber nach, meine Satellitenschüssel vom Dach zu schießen, weiß aber nicht, womit. Im Gegensatz zu unseren televisionären Vorbildern verfüge ich – womöglich als Einziger im Lande – nicht über Schusswaffen im Haushalt. Seit die Zeugen Jehovas nicht mehr klingeln, habe ich keine mehr vermisst. Nicht dass ich damals Pistolen eingesetzt hätte. Aber es gab da Fantasien, über die ich in der Öffentlichkeit besser nicht sprechen möchte. Vielleicht habe ich als Kind zu viel ferngesehen.

1440 Natürlich bin ich ein geradezu euphorischer Gegner jeglicher Gewalt. Ich besitze weder Revolver noch automatische Waffen. Ich habe stattdessen einen Akkuschrauber in Pistolenoptik. Im Dunkeln ist er von der Strahlenwaffe extraterrestrischer Eindringlinge kaum zu unterscheiden. Will man etwas damit schrauben, empfindet man das Bedürfnis, einen Kampfanzug anzuziehen und sich mit Dienstgrad ansprechen zu lassen.

BÜRO

Ein Regal ist eine großartige Erfindung. Die Idee, mehrere Böden übereinanderzustapeln, um die Abstellfläche eines Raumes zu vervielfachen, konnte nur dadurch entstehen, dass sich das menschliche Gehirn entwickelte, bis es zu räumlichem Denken und zur Planung eines Prozesses in mehreren aufeinander folgenden Schritten in der Lage war. Voraussetzung dafür war interessanterweise die Verkleinerung des Kiefers vor wenigen Millionen Jahren. Dadurch war im Schädel mehr Platz für das Gehirn. Das ist auch für den medizinischen Laien nachvollziehbar. Um es populärwissenschaftlich zu formulieren: Je kleiner die Fresse, umso größer das Hirn.
Ein Regal wirkt einfach, ist aber physikalisch gesehen ein hochkomplexes Unterfangen. Da es keine Türen besitzt, sichert es die auf ihm lagernden Gegenstände ausschließlich vor der Gravitation ab. Alle anderen Grundkräfte können weiterhin mit den abgestellten Dingen in Substanz und Gestalt korrelieren. Das heißt beispielsweise: Äpfel verschrumpeln, plumpsen aber nicht Richtung Erdmittelpunkt, der in diesem Fall als Gravitationszentrum fungiert, es sei denn, das Regal steht auf dem Mars oder in der Nähe von Alpha Centauri. Mit anderen Worten: Auch Sie altern weiter, selbst wenn Sie sich den ganzen Tag ins Bücherregal legen und entspannen.

Ich spüre, wie ich meinen Werkzeugkoffer aus dem Schrank hole. Gibt es etwas Schöneres, als den Nachmittag mit der Kontrolle des häuslichen Schrauben- und Nagelbestandes einzuleiten? Wie formulierte es der große Baumarktgründer, Schieferdachdeckermeister und Lyriker Michael Hornbach 1877: Es gibt immer was zu tun.

Löcher und Flecken in den Wänden fordern ihre Beseitigung. Das Klo gurgelt, und Leuchtmittel erzwingen durch Arbeitsverweigerung ihre Auswechslung. Leider sind die Zeiten des unbeschwerten Glühbirnenaustausches vorbei. Heute ist es bei den meisten Elektrogeräten erforderlich, einen eigenen Schraubendrehersatz anzuschaffen, dessen Kompatibilität mit den verwendeten Schrauben im Internet zu verifizieren ist.

19-zackige individuell gefräste Vertiefungen verhindern den Leuchtmitteldiebstahl durch Eindringlinge, allerdings auch den Austausch durch den Besitzer. Im Baumarkt wartet Hilfe. Hat man durch anderthalbstündige Belagerung des Infoterminals zwischen Farb- und Sanitärabteilung eine Beratung erzwungen, geht es ganz schnell. Für einen kompetenten Ratschlag hätte man selbstverständlich die Lampe aus der Wand reißen und mitbringen müssen, natürlich!

Dennoch hat sich die Wartezeit gelohnt. 15 Mal habe ich mir einen Werbefilm angeschaut, in dem ein Farbrollenhalter angepriesen wurde, der im Stab einen Farbtank enthält. Man kann mit ihm ganze Hochhäuser streichen, ohne nachzuladen, fantastisch!Leider streiche ich keine Hochhäuser. Wieder setzt sich meine Fantasie in Gang …

Ich sehe Menschen, die in Hochhäusern leben, schäbigen, verschmierten Mietskasernen, in denen die Farbe von der Wand blättert. Die Einwohner fragen sich, warum bei ihnen nicht öfter gestrichen wird. Da erscheint ER: Colourman, der Superheld, dessen Identität außer mir niemand kennt. Wie kann das sein? Wieso weiß ausgerechnet ich Bescheid? Nun! Ich bin es selbst! Ich streiche und streiche, schnell wie der Blitz, und alle fragen sich, woher die Farbe kommt: Aus meinem Zauberstab, der ein leuchtendes quiekig-lustiges Gelb auf die Wand ejakuliert. Was für eine Lust!

In Dankesdemonstrationen ziehen die Menschen durch die Stadt, und alle fragen sich: Wer ist dieser Mann, der Farbe in unser Leben brachte? Niemand weiß, dass unser Superheld in der Tiefe seines Herzens traurig ist. Daheim ist er nur ein ganz normaler Heimwerker, der beim Glühbirnenwechseln scheitert, weil er nicht über den passenden 256-zackigen Schraubendreh-, -wende- und -zwirbelsatz verfügt. In seiner eigenen Wohnung sitzt Colourman im Dunkeln. Kein leuchtendes Gelb, kein Schweinchenrosa. Alles schwarz. Sein Groll wächst, und der selbst tief im Inneren des Guten existierende Bodensatz des Bösen schwillt bedrohlich an.

Colourman, der Farbe in das Leben so vieler Menschen brachte, ist im Innersten seines Herzens grau zumute. Er, der Baumarktheld, ist ein Versager, wenn es darum geht, Licht in sein eigenes Leben zu bringen. Seine innere Zerrissenheit wird unerträglich, das Böse muss heraus. Da! Eine Explosion zerreißt das kleinbürgerliche Glück der Städter. Wo gestern noch die Schraubenfabrik stand, ist heute nur noch ein riesiger Krater! Wer war das?

Ein Überlebender will gesehen haben, wie ein Superheld dahinflog. „Er sah aus wie Colourman!“ berichtet der Augenzeuge, „hatte aber einen schwarzen Anzug an!“

Schaudern! Das Gute wird niemals endgültig siegen. Und hinter jeder scheinbaren Erlösung grinst schon wieder die Fratze des Bösen, die dunkle Seite der Macht.

In meiner Vorstellung macht sich klammheimliche Freude breit. Vielleicht wird nur Gewalt erzwingen, dass es bald wieder nur noch primitive Schlitz- oder Kreuzschlitzschraubenzieher geben wird. Das ist Notwehr! Pozidriv- oder Torxschraubendreher gehören vernichtet! Ich brauche auch keinen 2-Komponenten-Griff mit robuster Klinge aus Chrom-Molybdän-Vanadium. Ich will ja nicht meine Großmutter spurenfrei auseinanderschrauben.

Ich würde es ebenfalls gerne vermeiden, meinen Wohnraum mit folgenden Arbeitsgeräten aufzufüllen: Schraubendreher mit Bithalter (Sechskantschaft rostfrei! Edelstahlhülse ohne Sprengring), TX-Schraubendreher-Satz, VDE-Elektriker-Handwerkszeugset, 7-teilig, Präzisions-Schraubendreher Satz Schlitz & PH sowie für alles, was sich nicht mehr mit dem Schraubendreher bewegen lässt: ein Beil mit Eschenkuhfußstiel, ganz geschliffen, Kopf goldfarbig, Schneide poliert.

Leider kommt man ohne das alles nicht aus. Sonst steht irgendwann der Nachbar in der Tür, fragt, ob er helfen kann, weil er mein Schluchzen durch die Wand hören konnte. Hilfsbereit hat er geklingelt und fragt nun, wo der Schuh drückt. Ich teile ihm mit, dass ich ohne Hilfe nicht mehr weiterkomme. „Kein Problem!“, antwortet mein Retter, um am Ende festzustellen: „War doch alles ganz einfach! Wenn man das richtige Werkzeug hat!“ Dann wird er seines Weges gehen, und ich muss mitanhören, wie er in sich hineinmurmelt: „Wie kann man im ganzen Haushalt nicht ein einziges Beil mit Eschenkuhfußstiel haben, ganz geschliffen, Kopf goldfarbig, Schneide poliert? Kein Wunder, dass bei denen nichts funktioniert! Von sowas habe ich immer drei oder vier daheim! Falls zwei oder drei kaputtgehen! Dass solche Schwachmaten bei uns in der Nachbarschaft wohnen ...“

Will man das? Das will man nicht. Deshalb werde ich mir wohl doch noch einen amtlichen Werkzeugkoffer zulegen müssen, der alles enthält, was zum Überleben unersetzlich ist, sogar einen Flaschenöffner mit ergonomischem Wiha SoftFinish® Mehrkomponentengriff. Auf Dauer geht es nicht ohne.

1459 Ich bin handwerklich übrigens durchaus nicht unbegabt, leider aber grundsätzlich zu jeder Form körperlicher Arbeit kraft meiner Faulheit ungeeignet. Ich weiß, dass das Lösen der Tapeten vom Untergrund eine Arbeit ist, die ab und zu getan werden muss, vor allem, wenn man neu tapezieren möchte. Für mich aber kommt so eine Arbeit nicht in Frage.

Sollte ich einmal neu tapezieren wollen, werde ich einfach ein paar schlecht erzogene Kinder aus der Nachbarschaft fragen, ob sie ein paar Tage bei mir spielen möchten. Die Blagen reißen gerne Tapeten ab, vor allem, wenn man es ihnen vorher mit flehendem Blick verbietet. Kinder machen heute gerne alles kaputt, um bei ihren Eltern den Eindruck zu erzeugen, sie seien hyperaktiv und benötigten deshalb besondere Pflege.

Vielleicht kaufe ich auch einfach Meerschweine und lasse sie im Wohnraum frei. Für die kleinen Nager ist Raufaser eine Delikatesse, weil sie nicht in der Lage sind, gestrichenes Papier von Sushi zu unterscheiden. Meerschweine sind dumm wie Heuballen.

Auf Dauer aber ist all das keine saubere Lösung. Das handwerklich motivierte Einweichen und Ablösen der Tapeten sollte durch Kräfte geschehen, die es aus unerfindlichen Gründen beruflich tun, oder durch Verbrecher, die es verdient haben und vor Gericht zur Strafarbeit verpflichtet wurden.

Ich ziehe ohnehin gespachtelte Wände vor. Raufaser ist eine ästhetische Verirrung des 20. Jahrhunderts. Viele Dinge des letzten Jahrhunderts sind heute zu Recht verpönt, neben gekörnter Tapete auch das Führen von Angriffskriegen oder Streichkäse mit Paprikageschmack. Heute gibt es Analogkäse, der nicht aus Milch hergestellt wird, sondern aus blankem Pflanzenfett, Wasser und Stabilisatoren! Auch das gehört sich nicht! Warum benötigt man in Käse Stabilisatoren? Wahrscheinlich, damit er nicht umfällt.

1500 Im Radio: Nachrichten. Ein Spitzenpolitiker fordert unnachgiebige Verfolgung von Steuerhinterziehern. Er ist in diesem Zusammenhang zwar nicht für die Todesstrafe eingetreten, hat aber durchblicken lassen, dass eine ordentliche Tracht Prügel für ihn durchaus eine legitime Form der Satisfaktion darstellen könnte – natürlich mit einem Augenzwinkern, wie es unter denen üblich ist, die populistisches Geklapper lancieren, weil sie sich davon eine klammheimliche Verbesserung ihrer Umfragewerte erhoffen.

Der Erfolg gibt ihm Recht. Die wöchentlichen Umfragewerte entwickeln sich zufriedenstellend. Nächste Woche wird er etwas über Reiche, Schwule, Frauen oder Ausländer sagen, je nachdem, welche Zustimmung benötigt wird. Erst müssen die Meinungsumfragen ausgewertet werden.

Mit Aussagen über Steuerhinterzieher muss man allerdings haushalten. Sie kommen zwar immer gut an, nutzen sich aber auch schnell ab. Steuerhinterziehung ist bei uns verboten, wird bereits heute recht unnachgiebig verfolgt und führt meist zu weit höheren Gefängnisstrafen als körperliche Gewalt, die in den meisten Fällen Bewährungsstrafen nach sich zieht. Damit sind auch nicht alle zufrieden. Sie fordern deshalb auch für Drogenhändler oder Kinderschänder eine über das Strafrecht hinausgehende Sanktionierung. Kopf ab. Fertig. Es ist für viele Menschen schwierig zu akzeptieren, dass sowohl bei steuerlichen als auch bei Gewaltdelikten der Rechtsstaat gilt.

Warum ist Law-and-Order-Denken, Rübe-runter-Mentalität und das „Die sollte man alle Einknasten und nie mehr rauslassen"-Rufen eigentlich bei Gewaltverbrechen „rechts", bei Steuerhinterziehung aber „links"?

Man weiß es nicht. Währenddessen haben die Nachrichten längst das Thema gewechselt. Terrorismus! Terrorismus ist Privatisierung der Staatsgewalt, jeder sein eigener Richter und Henker in Personalunion. Der Terrorist bestimmt eigenständig über Gesetz, Urteil und Strafe. Terroristen können ebenfalls rechts oder links sein, je nachdem. Dann gelten sie als „Rebellen", „Freiheitskämpfer", „Freischärler", „Piraten", „Mörder", „Kriminelle", „Fanatiker", „Fundamentalisten" oder „Widerständler".

Um 15:02 Uhr tendieren die Aktienkurse aus charttechnischen Gründen nach unten. Da sich die Finanzwirtschaft entschlossen hat, nicht mehr mit der Realwirtschaft zu kooperieren, wird über Krise oder Aufschwung auf Basis der Aktiencharts entschieden. Spieltheoretiker und Statistiker haben die Herrschaft übernommen. Irgendwann wird das Geld nicht mehr zum Kauf dienen, sondern nur noch als Eigenwert. Auf den Gemüsemärkten wird getauscht, während sich der Finanzmarkt selber handelt. Leute kaufen Geld, mit dem sie Geld kaufen können, dass sie in der Folge wieder verkaufen – und dadurch vermehren oder entwerten. Gegessen wird, was man als Gegenwert für ein paar Zigaretten oder Nylonstrümpfe bekommen hat, während sich im Nebenzimmer die Milliarden stapeln, für die man weitere Milliarden bekommt, aber keine Würste oder Vollkornbrot. Jede Welt hat ihre eigene Ordnung, die Finanzwelt vielleicht bald schon ihren eigenen Planeten.

Ein amerikanischer Politiker hat sich auf dem Weg zu höheren Ämtern ein paar peinliche Patzer erlaubt. Er hat viele Milliarden in den Wahlkampf investiert, die ihm von Leuten gespendet wurden, die sich bei seiner Wahl Vorteile oder Aufträge von ihm versprachen, was bei uns häufig als Korruption empfunden wird, in Amerika aber als edle Wahlkampfspende gilt. Bei einem Fernsehauftritt hat unser Kandidat im Interview behauptet, China sei ein wichtiger Teil Afrikas und Bogotá die Hauptstadt von Dubai. Was soll's! In den USA kann man auch ohne größere Kenntnisse ganz nach oben gelangen. Aber sein Anzug hatte Knitterfalten. Das kostet Sympathien! Die Zustimmung sinkt.

Deshalb will unser Kandidat endlich Köpfe mit Nägeln machen. Er verspricht einfach alles. Er will die sozialen Probleme durch ein Verbot der Armut bekämpfen, die

Staatsschulden verkaufen, Steuern verbieten, die Krankenversicherung abschaffen und alle Wähler zu Milliardären machen, wenn sie denn bereit sind, am großen Projekt der Neuerfindung der Vereinigten Staaten teilzunehmen, das nur ein Ziel kennt, das allerdings erst nach der Wahl bekannt gegeben wird.

Ansonsten: Erdbeben in Taka-Tuka. Massaker in Bulumbu, Regen in Herne. Das Wetter wird anders, oder es bleibt, wie es ist. 20 Kilometer Stau am Heumarer Dreieck. Der Verkehrstipp: Meiden Sie die A3, und gehen Sie stattdessen zu Fuß am Rhein spazieren. Warum nicht? Musik.

1505 Die Sonne wandert langsam, aber sicher gen Westen. Das war zu erwarten, zumindest, wenn man häufiger auf der Nordhalbkugel zu Gast ist. Im Süden sieht es anders aus. Oder? Dort steht die Sonne im Norden, wandert aber von unten nach oben. Allerdings nicht, wie häufig in unseren Breiten vermutet, nach Osten oder der Nase nach, nein! Im Grunde wandert sie gar nicht. Sie steht einfach so am Himmel, während sich die Erdkugel selbst bewegt, meist geradeaus, dann aber an der Ampel links. Das erscheint uns selbstverständlich, da wir kurz unter dem Polarkreis leben und deshalb einen guten Blick aufs Universum haben. Der Afrikaner aber glaubt an das Wirken übersinnlicher Kräfte, schiebt das Wandern unseres Zentralgestirns auf die Klimaerwärmung und fordert, dass möglichst schnell etwas passieren muss.

So würde es uns heutzutage ein durchschnittlicher Gymnasiast erklären.

Heute lernen die Kinder in der Schule, dass der Satz des Pythagoras nicht so wichtig ist, weil man ihn bei Wikipedia nachschlagen kann, wenn man ihn braucht. Aber wer braucht ihn schon? Wer hat schon ein a und ein b zu Hause, und selbst wenn: Wer will damit rechnen? Muss man die beiden Buchstaben einklammern und zum Quadrat nehmen? Was soll das? Nur um die Gleichung dann sofort wieder aufzulösen! Nach x! Dass das überhaupt schon einmal jemand versucht hat!

Ein Schüler kann das nicht verstehen. Er hat zum Denken ohnehin keine Zeit, denn er steht unter Leistungsdruck. Wie soll jemand grundlegende Funktionsweisen des Universums verstehen, wenn es immer nur um Noten geht? Deshalb schicken viele Eltern ihre Kinder heute lieber in Schulen, in denen man mathematische Formeln auch singen darf.

Dort wird das Hirn nicht so stark abgenutzt. So bleibt es viele Jahre wie neu. Und wenn es einmal dement wird, fällt der Unterschied nicht so auf.

Wie stand es so schön in der BILD-Zeitung: „Das Hirn ist ein Muskel, der trainiert werden will." Ich kann dazu nur sagen: Wer einen Muskel im Kopf hat, sollte einen Veterinär aufsuchen und sich einschläfern lassen. Die BILD-Zeitung ist offenbar nicht der erste Ansprechpartner, wenn es um gute Tipps in Sachen Hirntätigkeit geht.

1521 Zu viel Denken verdirbt die Laune. Man wird sich seiner Sterblichkeit bewusst und bemerkt, dass unser bloßes Dahinvegetieren in Raum und Zeit eine gewisse Sinnlosigkeit mit sich bringt, die auch nicht dadurch aufgelöst werden kann, dass man den Fernseher anstellt oder ein Sudoku löst.

Die Banalität des Daseins wird überhaupt erst durch das Denken sichtbar. Man grübelt und stellt fest: Leben ist Essen, Pipi und Aa. Das tut weh, vor allem, wenn man gerade viel Geld für eine neue Couchgarnitur ausgegeben hat. Natürlich gehört auch Sex zum Leben dazu. Dann macht die Couchgarnitur wieder Sinn, vor allem, wenn sie abwaschbar ist. Gut imprägnieren! Im Leben ist es immer richtig, alles gut zu imprägnieren.

Wir haben den Glauben an die Existenz eines höheren Seinszweckes aufgegeben. Das ist gut. Früher haben die Menschen an primitive Heilsgeschichten geglaubt. Ein bisschen davon hat sich bei der DKP-Darmstadt erhalten, aber dort, wo man am Leben teilnimmt und geistig auf der Höhe ist, hat man die Hoffnung auf das Heil, das kommen mag, aufgegeben. Früher hat man den Menschen gesagt, dass das Ende der Geschichte erreicht ist, wenn der Kommunismus erkämpft oder Lebensraum für die überlegene germanische Rasse erobert wurde. Und die Menschen haben geantwortet: „Ja, wenn das so ist, dann auf ins Gemetzel!"

Dann haben sich die Völker der Welt gegenseitig massakriert, wir als Deutsche ganz vorne mit dabei. Daraus haben wir Gott sei Dank gelernt. Deshalb haben wir beschlossen, in Zukunft auf Angriffskriege zu verzichten. Ich unterstütze das! Wir arbeiten an einer besseren Welt! Das klingt naiv, ist es aber auch. Wir glauben an das Gute im Menschen und wundern uns, wenn sich die Mitbewohner des Planeten woanders massakrieren. Was soll das? Können nicht alle lieb sein?

Heute halten wir das Leben für einen Kindergarten, wunderbar! Mögen andere Völker Krieg führen! Wir werfen mit Stofftieren und rufen „Mau, mau!“. Das schlägt den Feind in die Flucht!

Der Iran bastelt derweil weiter an Atomsprengköpfen. Man sagt sich dort: „Wir wollen auch mal Weltgeschichte schreiben!“ Das kommt davon, wenn Alkohol im Land verboten und der Gebrauch der Geschlechtsorgane erst nach der Vermählung erlaubt ist. Dann ist die schlechte Laune groß, und ruck, zuck sind die sexuell frustrierten Kerle gemeinschaftlich gewalttätig!

Da ruft uns irgendein toter Philosoph, nennen wir ihn Diderot, aus dem Grab entgegen: „Durch Vernunft, nicht durch Gewalt soll man Menschen zur Wahrheit führen.“ Leider hört ihn niemand, denn er liegt in der Pfarrkirche Saint-Roch in Paris begraben, und die ist häufig abgeschlossen.

Vernunft! Wie naiv! Jeder Hobbyhirnforscher weiß heutzutage: Das Hirn besteht aus grauer Grütze, zumindest bei den anderen Verkehrsteilnehmern. Dass wir in der Lage wären zu denken, ist offensichtlich eine Illusion, die irgendwo unterhalb der Hypophyse entsteht und auf chemischen Prozessen basiert. Wir sind Reiz-Reaktionsmaschinen und unterscheiden uns vom Pinguin durch Hausschlüssel und Handy.

Natürlich gibt es weitere Unterschiede: Gefäßchirurgie oder die Fähigkeit zur Herstellung von Pflaumenkuchen mit Sahne, die Rundinstrumentkartenanzeige im Navi des neuen 911ers, Homöopathie, künstliche Hüftgelenke, die DKP-Darmstadt, Antidepressiva und Last-Minute-Tourismus. Insofern genieße ich, ein Mensch zu sein.

1555 Wenn die Gedanken beginnen sich zu verknoten, wird es Zeit, das Haus zu verlassen. Man muss nicht gleich zum Äußersten gehen und sich ungeschützt ins öffentliche Leben werfen. Aber schon der Gang auf den Balkon offenbart neue Erkenntnisse. Die freie Sicht auf die Dinge ermöglicht dem Hirn das Spinnen von Verbindungsfäden in die physische Realität der Volksmassen. Wenn der Mensch auch ein großer biologischer Popanz ist, so ist es doch unsere Aufgabe, ihn zu verstehen. Was treibt er denn so?

Balkontür auf. Hinausgeblickt.

Was ist da los?

Im Kreisverkehr zeigt sich das existentielle Dilemma des Menschen. Man kann in alle Richtungen ausfahren, aber leider steht überall jemand im Weg.

Bevor ich über die Metapher des Zirkels weiter nachdenken kann, klingelt das Telefon. Aha! Die Prostata. Es ist so weit. Mein Horoskop hat mir, dies zur Erinnerung, lebensverändernde Nachrichten prophezeit. Deshalb ruft nun wahrscheinlich mein Urologe an, um mir das Ergebnis des PSA-Marker-Tests mitzuteilen! Ich werde abheben und erfahren, dass mein Unterleib amputiert werden muss, von den Brustwarzen abwärts. Der Rest ist zwar im Zweifel ebenfalls zerfressen, wird aber aus ästhetischen Gründen noch ein paar Monate dort gelassen, wo er ist. Danach ist eh Feierabend.

Ein Testament! Ich muss dringend noch ein Testament machen! Ich will nicht, dass alles, was ich hinterlasse, einfach denen zugute kommt, die die größten genetischen Übereinstimmungen mit mir haben. Das ist doch kein Maßstab! Am besten überlasse ich alles meinem Urologen.

Er nimmt erst meinen Unterleib, warum nicht dann auch den Rest? Zumindest meinen Messerblock aus der Küche wird er gebrauchen können. Das Zeug ist unglaublich scharf! Damit lässt sich mit Sicherheit auch die eine oder andere Sterilisation durchführen.

Es klingelt immer noch. Der Mann hat Geduld! Aber es geht ja auch immerhin um Leben und Tod. Sicher, ich bin ein völlig gesunder Mensch, aber wenn mein Horoskop nun einmal auf lebensverändernde Nachrichten hinweist … Gerade wenn alles top ist, können Veränderungen nur katastrophale Folgen haben. Gut, auch die Vorhersage der Maya, die Welt würde am 21. Dezember 2012 untergehen, hat sich als Unwahrheit erwiesen. Aber die Welt hat auch keine Prostata.

Ich sollte vielleicht einfach kurz den Anruf annehmen, bevor ich mich aus der diesseitigen Welt verabschiede. Gesagt, getan. Überraschung! Die Firma Vodafone beglückwünscht mich zu meinem Handyvertrag, der im Prinzip völlig richtig für mich ist, leider aber zu teuer, wenn ich irgendwann einmal aus dem Festnetz in Kasachstan in ein nicht zum Vodafone-Konzern gehörendes Mobilfunknetz in Bhutan telefonieren möchte. Dagegen könnte ich mich durch eine Flatrate absichern, die auch in Rumänien und Österreich Vorteile mit sich bringt, vorausgesetzt, man führt häufiger Gespräche, die zwischen sieben und neun Minuten dauern und oft durch Funklöcher unterbrochen werden. Ich danke und lehne eine Vertragserweiterung ab mit dem Hinweis auf mein baldiges Ableben. Meine Frage, ob es auch einen Spezialvertrag für meine Prostata gäbe, die es dem Organ ermögliche, eigenständig Kontakt zur urologischen Notfallleitstelle aufzunehmen, will der fleißige Mitarbeiter erst noch einmal recherchieren. Er meldet sich noch einmal. Danke!

1630 Eigentlich bin ich überhaupt nicht abergläubisch. Die meisten Reiche, die ihre lebenswichtigen Entscheidungen auf Horoskope stützten, sind zu Recht untergegangen.

Dennoch haben Orakel auch immer wieder Recht behalten. Als König Kroisos die Nachricht erreichte, dass er beim Überschreiten des Halys ein großes Reich zerstören würde, und er daraufhin frohen Mutes einmarschierte, war er dämlich genug, nicht in Betracht zu ziehen, dass damit sein eigenes Imperium gemeint sein könnte. Aber die Vorhersage stimmte.

In der Geschichte der Menschheit aber haben sich Orakel oft genug auch geirrt. Krake Paul hat bei der Fußballweltmeisterschaft 2010 vielleicht alle Spiele der deutschen Mannschaft richtig getippt, am Ende aber zugeben müssen, dass er nicht mal die Aufstellung der Halbfinalmannschaft korrekt aufsagen konnte, was zugegebenermaßen auch für mich unter Wasser nicht einfach gewesen wäre.

Dass Menschen immer wieder glauben, die Zukunft sei vorhersehbar, ja möglicherweise sogar zu kontrollieren, hängt mit dem Mechanismus der Informationsverarbeitung im Gehirn zusammen. Wenn zwei Ereignisse aufeinander folgen, dann neigt das Gehirn dazu, einen kausalen Zusammenhang anzunehmen. Wenn wir beispielsweise betrunken in den Vorgarten pinkeln, dann halten wir den wenig später einschlagenden Blitz für eine Strafe Gottes.

Immerfort stellen wir so Zusammenhänge her, die gar nicht existieren. Man trinkt eine Flasche Wodka, und kurz darauf ist man betrunken. Reiner Zufall. Der Wachtmeister aber ist Esoteriker und behält die Fahrerlaubnis ein. Irrational, aber hirnphysiologisch verständlich.

1605 Im Kreisverkehr vor der Tür hat sich ein Unfall ereignet. Zahlreiche Menschen haben sich versammelt und betrachten den immensen Blechschaden als Bereicherung ihres Alltags. Es wird diskutiert. Der Fahrer des Kleinwagens war zwar im Recht, aber offenbar knapp über 90 Jahre alt, was die Frage nach sich zieht, ob er nicht wegen der aus Eigensinn herbeigeführten Teilnahme am Straßenverkehr per se schuldig ist, denn wenn er nicht gefahren wäre, wäre auch nichts passiert. Das stimmt, gilt aber auch für Unfallteilnehmer, deren Alter 61, 44, 23 oder 13 ist.

Der zirka vierzigjährige Familienvater kam zwar von links, war aber grundsätzlich fahrtauglich, wenn man von einer Brille absieht, deren Dicke einen Glasbaustein imitiert, und einem Alkoholgeruch, der es ratsam erscheinen lässt, keine brennenden Gegenstände aus dem Wagen zu werfen. So etwas wird häufig im Verkehrshinweis erwähnt: „Keine brennenden Gegenstände aus dem Wagen werfen!" Gut, damit werden Zigaretten gemeint sein. Was sonst soll in einem Wagen brennen? Natürlich sollte man auch keine brennenden Wandschränkchen aus dem Wagen werfen, aber wer transportiert schon brennende Wandschränkchen?

Das erinnert mich an die Beschriftung einer Spedition, die es schon lange nicht mehr gibt: „Wir transportieren alles!" Wahrscheinlich wurde ihnen genau das zum Verhängnis: brennende Wandschränkchen, die den Wagenpark vernichteten, wilde Tiere, die die Fahrer fraßen, Weltraumraketen, die die LKWs aus der Umlaufbahn katapultierten. Am Ende hörte die Versicherung auf zu zahlen. Das war's.

Ein ebenfalls beteiligter Jugendlicher, der völlig schuldlos durch fliegende Splitter verletzt wurde, gilt aufgrund seines verwahrlosten Aussehens für die meisten Anwesenden trotz seines unverdienten Pechs nicht als bemitleidenswert. Er hätte sich erst einmal was Vernünftiges anziehen können. Dann wäre er fünf Minuten später vorbeigekommen und hätte vom Unfall gar nichts mitbekommen. Gutes Argument!

Im Grunde gilt das Gleiche für den Zweiten Weltkrieg. Wenn Hitler 200 Jahre vorher einmarschiert wäre – und statt in Polen beispielsweise in Sambia, dann wäre Stalin sicher positiv überrascht gewesen. So ist die menschliche Geschichte immer wieder ein Spielball des Zufalls. Und es ist der Zeitpunkt, der über alles entscheidet. Marie von Ebner-Eschenbach hat einmal gesagt: „Wenn die Zeit kommt, in der man könnte, ist die vorüber, in der man kann." Wahrscheinlich hatte sie einen älteren Liebhaber.

Blücher übrigens kam am 18.6.1815 genau richtig. Er schlug Napoleon und marschierte dann am 7. Juli in Paris ein. Ab und zu kommt eben immer auch einmal etwas pünktlich.

1624 Nun, da es auf den Abend zugeht, sollte ein Getränk erlaubt sein, das nicht nur der inneren Befeuchtung dient, sondern zusätzlich den Zweck der geistigen Stimulation erfüllt. Ein Bierchen nach vierchen.

Sucht ist grundsätzlich zu vermeiden, und ich will keinesfalls den sorglosen Gebrauch von Rauschmitteln preisen! Aber an einem freien Tag wie diesem sollte es erlaubt sein, den Kopf in einen Zustand heiterer, aber inspirierter Leichtigkeit zu versetzen, notfalls auch durch alkoholische Gärung. Wahrscheinlich werde ich mich für diesen Satz irgendwann einmal vor Gericht verantworten müssen. Man wird mir vorwerfen, einen Mann, der in seiner Jugend meine Worte gelesen hat, infiziert zu haben mit der Verharmlosung des Alkohols, und nun, 20 Jahre später, ist er im Vollrausch mit dem Bobbycar in falscher Richtung in den Kreisverkehr eingefahren und wurde dort von einem Milchlaster überrollt. Warum wird hier der Alkohol als Verursacher in Sippenhaft genommen? Die Milch ist schuld!

Wenn es keine Milch gäbe, hätte der Laster wahrscheinlich Flüssiggas geladen und wäre in eine völlig andere Richtung gefahren. Flüssiggas und Milch haben selten dasselbe Reiseziel.

Auf dem Zusammenspiel von Ursache und Wirkung basiert unser ganzes Denken! Aber spielt nicht auch der Zufall eine große Rolle? Millionen von Samenfäden ringen darum, als Erste eine zu befruchtende Eizelle zu erreichen. Natürlich siegt der Schnellste. Aber hätte nicht eine winzige Bewegung im Unterleib genügt, ein Schwappen der Körpersäfte, und ein anderer hätte sich die Pole-Position erkämpft, vielleicht eine rücksichtslosere Zelle, die die veränderte Situation schamlos ausgenutzt hätte, eine charakterlose Einzelgängerzelle ohne Sozialkontakte und Interesse an Bildung, und aus der begnadeten Geigerin wäre ein geistesgestörter Gewalttäter geworden.

Zugegeben, ein drastisches Beispiel. Vielleicht wäre auch einfach statt einem talentierten Taxifahrer ein begabter Klempner entstanden. Oder ein Makroökonom, eine Ökotrophologin oder ein Polarforscher. Und doch ist alles organische Chemie. Rein biologisch und durch Naturwissenschaftler erklärbar, die selber den Lauf zur Eizelle gewonnen haben, die also vielleicht selbst ein begründetes Interesse haben, ihre Rücksichtslosigkeit im gnadenlosen Kampf auf dem Weg zum Ei zu verschleiern.

Ursache und Wirkung. Ein Wagen trifft auf eine Mauer. Durch die kinetische Energie verformen sich Wagen und Fahrer, es kommt zu Schäden. Wir haben gelernt, dass die Veränderung notwendigerweise dem Aufprall folgt, obwohl wir das niemals werden beweisen können. Wir können nur behaupten, dass unser Glaube an einen kausalen Zusammenhang auf Erfahrung beruht. Wir glauben, die physikalischen Vorgänge erklären zu können, auf denen alles beruht. Und doch wissen wir nie mit letzter Sicherheit, ob nicht doch einfach irgendwelche außerhalb unserer Erfahrung liegenden Einflussnehmer unsere Welt genau so steuern, dass es so aussieht, als beruhe alles auf Naturgesetzen. Warum das interessant ist? Weil dann die Lebensversicherung auch bei Fahrlässigkeit ausgezahlt werden müsste.

Der Verkehr unten auf der Straße läuft jetzt wieder wie immer. Aus dem Radio quillt die Nachricht, dass das Verfassungsgericht entschieden hat, dass die Bundeswehr im Inneren nur im äußersten Notfall eingesetzt werden darf. Schade. Ich hätte gerne den penetranten Falschparker, der sich ständig mit dem halben Wagen vor meiner Garage platziert, durch die Luftwaffe wegschießen lassen.

COUCH

Schon im 19. Jahrhundert gehörte ein gepolstertes Sitzmöbel in jede bürgerliche Wohnung. Dort, in der guten Stube, wurden nicht nur Verwandte und Freunde begrüßt, sondern auch der Pfarrer, der damals noch als Seelensammler und Moralapostel die Dorfbewohner terrorisierte. Auf der Couch wurden Ehen vermittelt und Tote betrauert. Heute guckt man dort die Sportschau oder zu Weihnachten „Drei Nüsse für Aschenbrödel" in der tschechisch-ostdeutschen Inszenierung von 1973. Die Couch gilt deshalb heute als eines der unverzichtbaren Möbelstücke, wichtiger als der Diwan, der Schirmständer, der Sitzsack, der Stumme Diener, die Kredenz oder der Jagdwaffenschrank.

Angeblich verfügt unsere Bundeswehr über äußerst präzise Lenkwaffen. Allerdings darf sie sie nur selten einsetzen. Jahrtausendelang war es das Prinzip der Wehrfähigkeit, Waffen zu besitzen, um sie dann auch zu benutzen. Gewinnbringend war das meist nur für wenige. Seit Erfindung der Atombombe aber sind Kriege so gefährlich geworden, dass sie nur noch in abgelegenen Krisengebieten stattfinden können. Das ist ein großer Fortschritt!

Allerdings hat das auch Nachteile. Hätte mein ganz spezieller Freund, der Falschparker, ein bisschen mehr Angst vor dem Einsatz speziell auf ihn gerichteter Nuklearsprengköpfe, würde er vielleicht einen richtigen Parkplatz suchen, der nicht den Bürgersteig so einengt, dass man die Straßenseite zwei Mal wechseln muss, um ins Haus zu gelangen. Leider habe ich auch keine albanischen oder rumänischen Freunde: also solche, die in der Lage wären, auf Basis einer gettoisierten Erziehung Drohungen auszusprechen, die bei unsozialen Elementen, die der Allgemeinheit durch ihre Parkgewohnheiten auf die Nerven gehen, Furcht vor körperlichen Konsequenzen auslösen könnten.

Ich selbst bin Kriegsdienstverweigerer, verweichlicht und deshalb zu nichts in der Lage, was mit Hauen oder wenigstens der Androhung von Haue zu tun hat. Nachts meide ich schlechte Wohnviertel, wenn ich in Johannesburg oder São Paulo bin, aus purer Angst vor Raubmord oder körperlicher Aggression mit Waffengewalt. Das mag spießig erscheinen, ist aber meiner Erziehung geschuldet. Ich bin Beamtenkind! Ich habe erst mit über 30 erfahren, dass der Tod kein Mythos ist, sondern eine Tatsache, die auch mit Versicherungen oder jährlichem Arztbesuch nicht aus der Welt zu schaffen ist. Es ist nicht auszuschließen, dass auch ich irgendwann ableben werde. Eine schreckliche Erkenntnis, die mich damals traf wie ein Hammerschlag!

Ein zweites Bier muss her. Nicht dass der Gebrauch von geistigen Getränken ein probates Mittel wäre, Todesängste aus der Welt zu schaffen, im Gegenteil! Alkohol löst keine Probleme! Ich wiederhole: Alkohol löst keine Probleme! Aber ich will heute nicht auf Grundsätze achten, sondern alles einfach fließen lassen, auch das Bier, wenn es sein muss. Und es muss sein! Ich höre meinen Körper rufen: Drink doch eene mit! Stell disch nidde so ahn! Mein Körper war offenbar zu oft in Köln.

Was soll's? Die zweite Flasche, das geht doch! Wenn eine andere Samenzelle als jene, aus der ich entstand, das Rennen um ihr Leben gewonnen hätte, hätte ich vielleicht schon das vierte Bierchen intus. In meiner Familie neigte man niemals zur Askese, ja, es ist vielleicht sogar nicht verwegen zu behaupten, eine gewisse Veranlagung zur Trunksucht sei in unserer Linie nicht von der Hand zu weisen.

Mein Vater behauptet, seine Abstammung ließe sich möglicherweise auf eine Magd August des Starken zurückführen, die sich vom Kurfürsten selbst bespringen ließ, im sicheren Bewusstsein der sozialen Vorteile, die nur eine einzige erfolgreiche Samenzelle mit sich bringen könnte, weiß man doch, dass sich ein guter Fürst seiner Verantwortung nicht entzieht, vor allem, wenn ihm die Kinder wie aus dem Gesicht geschnitten sind, Leugnen zwecklos ist und der Vorwurf der gewaltsamen Begattung in den Raum geworfen wird …

Im Grunde sei es also blaues Blut, das durch unsere Adern fließe, und es sei Bestimmung meines Vaters, die genetische Konstitution des aus der albertinischen Linie des Fürstengeschlechts der Wettiner stammenden Kurfürsten von Sachsen und Königs von Polen bis in unsere Tage fortzuschreiben. Darauf ein Bierchen! Denn gesoffen wurde nicht schlecht damals, als sich der edle Herrscher, Saufbold und Hurenbock, die Bedienstete in die Besenkammer lud und dadurch die Linie derer von uns zeugte, unzählige Spermien, ein Ei, das große Rennen, ein Sieger unter Millionen …

War es wirklich so, wie es mein Vater gehört hat, von wem auch immer? Beweise gibt es nicht.

Mütterlicherseits gibt es angeblich ebenfalls adelige Vorfahren, aus Meckfeld vielleicht, einem Weiler, der östlich von Klettbach liegt, auf einer Hochebene, von der man über Bad Berka auf die Landesstraße 1052 kommt, die zur Bundesautobahn 4, Anschlussstelle Erfurt-Ost führt. Dort wohnte im Mittelalter, also vermutlich noch vor dem Autobahnbau, das Adelsgeschlecht derer „von Ziege", Vorfahren unsererseits, so will es die Sage, die meine Tante Hedwig streute, eine ganz und gar edle Frau, die ihre adelige Herkunft durch einige kleinere Erbschleichereien untermauerte. Sie arbeitete pflegerisch im Altenheim, ohne Bezahlung, aus einer edlen humanitären Empfindung heraus, die sie ausschließlich todgeweihte alleinstehende gutbetuchte Herren betreuen ließ, die ihr ab und zu auch etwas hinterließen, selbstverständlich zur großen Überraschung meiner Tante, die sich allerdings immer schon im Voraus über die finanzielle Lage der Siechenden informiert hatte! Und die Alten starben erstaunlich regelmäßig und flott an Herzversagen. So vorausschauend ist nur echter Adel!

1738 Woher kommen wir? Wohin gehen wir? Sind wir edel oder armselig, Patrizier oder Plebejer, Proleten oder Bourgeois? Stammen wir nicht alle angeblich von Karl dem Großen ab? Das stimmt! Wir wissen, dass Karl der Große viele Nachkommen hatte. Nehmen wir nun an, es habe seitdem 40 Generationen gegeben, dann ergibt das nach 40 Vervielfältigungen rechnerisch eine so hohe Anzahl von Nachfahren, dass davon auszugehen ist, dass zumindest jeder Mitteleuropäer in seiner ewigen Vorfahrenreihe auf mindestens einen anderen trifft, der einen Bruder hat, dessen Vetter eine mit Karl dem Großen über sechs Ecken entfernte Verwandtschaft aufweist. Nicht einmal meine Tante aber wäre so vermessen gewesen, daraus Erbschaftsansprüche geltend zu machen, auf den Dom von Aachen vielleicht oder die Lombardei.

Am Ende sind wir alle auch Nachfahren derer, die einst ganz behaart auf den Bäumen wohnten. Wir sollten uns deshalb vor Hochmut schützen. Schon damals gab es wahrscheinlich Affen, die von den Bäumen stiegen, damit prahlten, auf zwei Beinen laufen zu können, und sich deshalb zur Herrenrasse proklamierten. Wenn man in der menschlichen Geschichte herumwühlt, sollte man nicht auf edle Funde hoffen, sondern eher auf die Offenbarung einer scheinbar ewigen Primitivität.

1739 Der Kühlschrank piept. Was will er? Er verlangt nach Schließung seiner Tür. Jemand hat ihn einen Spalt breit offen gelassen, das macht ihm zu schaffen. Das Wesen des Kühlschrankes ist es nämlich, zu kühlen, aber dazu ist er ausschließlich dann in der Lage, wenn er geschlossen ist. Nun ja. So ist es halt. Er kann es nun einmal nicht besser. Statt nun aber kleinlaut nach Hilfe zu piepen, klagt er lautstark und unmissverständlich zur Eile mahnend. Sein nerviges Gezeter duldet keinen Widerspruch.

Technische Geräte fordern immer unverhohlener, dass sich der Mensch um sie kümmert, weil er sich per Kauf verpflichtet hat, die Grundbedingungen, die zum reibungslosen Betrieb unbedingt eingehalten werden müssen, zu erfüllen. Der Kühlschrank hat offenbar ein grundgesetzlich verbrieftes Recht auf regelmäßige Schließung, so wie das Auto nicht mehr zulässt, dass sich sein Fahrer ohne Gurt in den Straßenverkehr begibt. Es piept.

Es übt damit eine der chinesischen Tropfenfolter nicht unähnliche Methode aus, seinen Willen durchzusetzen. Wahrscheinlich werden bald auch die Klappräder piepen, die spüren, dass sich ihr Fahrer ohne Kopfschutz auf sie schwingt. Ich warte auf die Kaffeetasse, die durch periodisch abgesonderte Geräusche darauf verweist, dass Heißgetränke eine nicht von der Hand zu weisende Verbrühungsgefahr mit sich bringen.

Ich warte auf den piependen Hammer, der durch sein wiederkehrendes Geräusch darauf hinweist, dass bei Nichttreffen des Nagels Verletzungsgefahr für den Daumen besteht.

Irgendwann wird es Särge geben, die durch Piepen darauf aufmerksam machen, dass Scheintote durch das Zuschütten der Grube in ihrer Atmung beeinträchtigt werden könnten. Und dass man beim Herablassen des Sarges darauf achten soll, dass alle Friedhofsmitarbeiter das frisch ausgehobene Loch verlassen haben.

Piep, piep, piep. Padumm, padumm … Mein Freund vor der Tür hat nach einer fast achtstündigen Mittagspause beschlossen, noch ein bisschen zu verdichten. Er stammt wahrscheinlich ebenso wie ich von Karl dem Großen ab, ist sich aber nicht zu fein für praktische Tätigkeiten. Die Behaarung meines entfernten Verwandten da draußen, die ich vom Balkon aus über größere Entfernung unschwer sehen kann, lässt mich an noch weiter vorn in der Evolution liegende gemeinsame Vorfahren denken. Ich assoziiere ein haariges Rudel, das von Ast zu Ast springt, während der Größte von allen unten auf dem Boden der Savanne mit einem schweren Stein einen Weg planiert und von Touristen faselt, die irgendwann einmal in später Zukunft mit dem Geländewagen hier entlangfahren werden. Padumm, padumm … Das Rudel verlässt ihn, denn er ist ganz offensichtlich geistesgestört.

Jetzt erkenne ich, dass auch mein rammender Freund in der Jetztzeit an einer Dose Bier nippt. Beziehungsweise: Nippen ist vielleicht nicht das richtige Wort. Er hat sie sich an den Hals gesetzt und die Dose in einer Geschwindigkeit leergesaugt, die durch bloßes Öffnen und Umdrehen der Dose nicht zu erreichen gewesen wäre. Er öffnet eine weitere Dose. Das ist nicht erlaubt. Alkohol an der Ramme führt eigentlich zum sofortigen Verlust der Verdichtungserlaubnis. Egal. Ich trinke mit, ebenfalls Bier. Mein Freund der Verdichter und ich, wir sind wie verschränkte Quanten. Wir wissen kaum voneinander und tun doch teilweise das Gleiche, als gäbe es eine innere Verwandtschaft, einen Gleichklang in der Harmonie des Kosmos. Ich allerdings nutze das Bier zur Füllung meiner Freizeit. Da ist Bierkonsum erlaubt. Was mich beruhigt, ist: Mein Bier piept nicht. Es beinhaltet offenbar keinerlei Gefahr.

Irgendwann werden die Leute die Dosen mitessen, weil sie nicht durch einen Piepton auf die Unverdaulichkeit des Aluminiums hingewiesen wurden. Die Dosenhersteller werden dann in Erkrankungs- oder Erstickungsfällen zu hohen Entschädigungen verurteilt, verweigern aber die Zahlung, weil auch sie nicht durch einen Piepton auf die Gefährlichkeit der Herstellung von Bierdosen hingewiesen wurden. Damit steckt unser Rechtssystem in einer Zwickmühle.

Die große Frage lautet: Wer hätte zuerst bepiept werden müssen? Der Richter schwitzt. Was tun? Gab es keinen Piepton, der ihn vor dem Verfahren gewarnt hätte? Oder hat er ihn überhört? Und warum gibt es keine Pieptöne, die vor einem Überhören von Pieptönen warnen? Die Welt ist immer noch ein unsicherer Ort!

Abermilliarden von Samenzellen auf dieser Welt rasen gerade in diesem Moment in Richtung Eizelle, und kein Piepton warnt sie davor, dass ein Erreichen an anderer als an erster Stelle zum unwiderruflichen Absterben führt. Wie kann das sein? Dazu kommt, dass die kleinen Samenfäden weder auf eine Beschilderung noch auf Navigationsgeräte zugreifen können. Sie schwimmen der Nase nach! Ihr Geruchssinn leitet sie! Kein Wunder, dass Unzählige ihr Ziel nie erreichen! Was für eine Verschwendung von Ressourcen! Die Welt ist ein Ort des Wahnsinns! Und dennoch gibt es am Ende immer wieder welche, die es schaffen. Sie leben! Sie werden Taxifahrer, Klempner, Makroökonomen, Ökotrophologen oder Polarforscher. Sie selber schicken ihre Samenzellen auf den Weg. Sinnlos perpetuiert sich der Mensch als Virus des Biosystems Erde. Wahnsinn! Darauf ein Bier. Eins ist keins, zwei nur eins mehr, aber drei sind genau richtig. Oder ist es bereits das vierte? Da ich nicht beruflich zum Trinken neige, erzeugen bei mir bereits wenige alkoholische Getränke eine mathematische Unterfunktion.

Wenn es in Bhutan wirklich ein Recht auf Glück gibt, gibt es dann dort auch Pieptöne, die einen auf Gefahren bei der Glücksgewinnung hinweisen? Und wenn nicht: Kann das Glück wirklich gewährleistet sein, wenn nirgendwo ein Piepton warnt? Anderseits: Wie kann Glück entstehen, wenn es überall piept?

In Bhutan tragen die Männer übrigens Röcke. Ist das der Weg zum Glück?

1757 Paketdienstmitarbeiter arbeiten heutzutage bis in den Abend hinein. Sie wissen, dass ihr Fortkommen im Prozess der Wertschöpfung nur dann sicher ist, wenn sie hundertprozentigen Ehrgeiz zeigen. Der Warenaustausch unter den ökonomischen Subjekten fordert heutzutage unverzügliche Zustellung. Wenn ich einen Poolreinigungsroboter mit Vierradantrieb bestelle, erwarte ich die Zustellung innerhalb von 24 Stunden, denn auch die Sinkstoffe, die sich am Boden meines Außenpools absetzen, warten nicht, bloß weil DHL nicht pünktlich liefert. Deshalb liefert DHL pünktlich. Man ist sich dort der Verantwortung und der wichtigen Rolle der Logistik gerade für Poolbesitzer bewusst.

Was bringt der Mann? Ein Paket für nebenan. Ich frage ihn, ob er ein Bier will. Er sagt: „Gerne.“ Ich solle das aber nicht weitersagen, Bier während der Arbeit sei verboten. Weitersagen? Das würde ich niemals tun! Andere schreiben Bücher, in denen sie solche Zwischenfälle erwähnen, um die Dienstleistungswüste Deutschland anzuprangern. Ich aber schweige wie ein Grab und freue mich, wenn mein Zusteller gemütlich wird.

Allerdings hat er nicht viel Zeit, weil sein Wagen piept. Er hat den Schlüssel stecken, die Tür offen und das Licht angelassen. Es piept also quasi dreifach. Während mich der Ton fast in den Wahnsinn treibt, hat unser Logistiker die Ruhe weg. Er verweist darauf, dass so ein Piepton auch nicht mehr bewirkt, als dass man hört, dass es piept. Er aber lasse sich davon nicht terrorisieren. Ich bewundere seine stoische Gelassenheit, die vermutlich auf langjährigem Training beruht. Wahrscheinlich ist er das letzte Mal in Hektik gewesen, als er als Samenzelle zur Befruchtung unterwegs war. Mit seinem grandiosen Sieg hat er bereits so viel mehr erreicht, als zu erwarten war, dass er nun beschlossen hat, sich nicht mehr aufzuregen. „Nur net nei stresse losse!“, sagt er in einem Dialekt, der weniger einem Landstrich als einer Geisteshaltung zu entstammen scheint. Gratuliere! Der Mann hat's raus! Die Dose Bier geleert und weiter! Die Welt wartet auf Pakete.

Irgendwo hat vielleicht jemand Fußschaum mit Blaualge und Seeseide bestellt. Er hat das Wasser eingelassen und freut sich auf seinen Wellnessabend. Man sollte ihn nicht im Stich lassen.

Man sollte mehr genießen! Sich viel öfter auf seinen fetten Sitzrasenmäher mit 13 Liter Tankvolumen, pendelnder Gussvorderachse, siebenfacher Schnitthöhenverstellung und elektrischer Messerkupplung setzen und in den Sonnenuntergang mähen, bis das T-Shirt voller Gras und Öl ist. Dann würde man die Wäsche zu Mutter bringen, die endlich wieder glaubhaft versichern könnte, dass sie die Flecken „nie mehr herausbekommen würde". Die Welt wäre in Ordnung. Wie früher. Natürlich war die Welt früher nicht besser. Es gab damals nicht mal Colorwaschmittel. Aber während man das Jetzt schonungslos wahrnimmt, wie es ist, nimmt das Vergangene mit jedem Tag an Schönheit zu. Das sollte uns trösten, denn es bedeutet, dass heute die „gute, alte Zeit" von morgen ist. Prost!

SITZSACK

Ein Sitzsack ist ein formidables Möbelstück. Es passt sich dem Körper an wie eine Vakuummatratze, die bei Unfällen mit Wirbelsäulenverletzten zum Transport benutzt wird. Man hängt darin wie eingegipst und wird dadurch schwerelos, ein Zustand vergleichbar mit dem im Mutterbauch. Es soll Menschen gegeben haben, die im Sitzsack verhungert sind, weil sie gedacht haben, ihr Stoffwechsel würde nun wieder über die Plazenta geregelt. Das ist nicht der Fall. Es ist geradezu fahrlässig, dass dem Sitzsack keine Gebrauchsanleitung beiliegt, in der auf diesen Umstand hingewiesen wird. Wenn dann das Telefon klingelt, bleibt man als Sackbenutzer einfach sitzen. Störungen sind in solch entspannter Lage nicht tolerabel. Wenn es wichtig ist, ruft der Idiot mit Sicherheit noch einmal an, wenn nicht, dann eben nicht. Am Ende aber war es mit Sicherheit wieder Mutter, die fragen wollte, warum man nicht selber angerufen hat. Dann fragt man sich, ob sie mir solche Fragen schon gestellt hat, als ich noch in ihrem Bauch wohnte. Wahrscheinlich.

18

ABEND

28

1828 Ich weiß nicht, warum mir die Welt so neblig erscheint. Ist es die schwache Wechselwirkung, die starke Wechselwirkung oder die elektromagnetische Kraft? Nein. Es ist die Schwerkraft, die mich nach unten zieht. Ein Gravitationsschlund vernebelt die Welt. Das ist nicht unangenehm! Bierbedingte Assoziationsketten lassen die Schöpfung als bunte Wundertüte erscheinen.

Seltsam, im Nebel zu wandern!
Einsam ist jeder Busch und Stein,
Kein Baum sieht den andern,
Jeder ist allein.
Voll von Freunden war mir die Welt,
Als noch mein Leben licht war;
Nun, da der Nebel fällt,
Ist keiner mehr sichtbar.

Wer so etwas schreibt, hat schon zu viel gesoffen. Es ist die große Kunst des Trinkens, Zeitpunkt und Menge so zu bestimmen, dass der Zustand des Großhirns in der Schwebe zwischen Euphorie und Gelassenheit verweilt. Hermann Hesse, von ihm stammen die obigen Zeilen, hat es in diesem Fall offenbar vergeigt. Besser ist Folgendes:

Die dir Großes versprechen,
versprechen sich meistens dabei.
Mach deine eigenen Zechen,
taumle dich frei.
Du musst dir alles geben,
Dämmern und Morgenrot,
unendlich laß dich leben,
oder bleib ewig tot.

Auch Konstantin Wecker schrieb seine besten Sachen angeblich im Vollrausch. Bewusstsein ist offenbar schädlich für Lyriker. Im Rausch aber entsteht das Existenzielle. Und um an einen katholischen Kitsch zu glauben wie an das unendliche Leben, das man sich im Diesseits erarbeiten muss, kommt man wahrscheinlich mit Alkohol gar nicht mehr aus. Da braucht es schweres Zeug, Weihrauch, die ganze Palette. Der berauschte Autor kennt nichts außer Leben und Tod. Gravitationsstrudel. Dann muss man aufpassen, dass man nicht hinuntergesogen wird:

Hab ich in deinem Arm geweint
strichst du mit deinen Blaettern
mir uebers Haar mein alter Freund

Wenn in Gedichten Bäume plötzlich Arme kriegen, spricht alles dafür, dass der Wortklempner nicht mehr Herr seiner Sinne war. Und jetzt alle fröhlich mit eingestimmt:

Mein Freund der Baum ist tot
Er fiel im frühen Morgenrot

Wahrscheinlich wurde der Baum erschossen. Vielleicht aus gutem Grund. Wer weiß, was er mit seinen Armen sonst noch so getrieben hat. Vielleicht wird aber auch protestliedmäßig angeprangert. Handelt es sich um ein Antikriegsgedicht? Wunderbar. Es ist immer schön, lyrisch auf der moralisch richtigen Seite zu sein. Wer liest schon gerne die Gedichte eines Propagandisten wie Dragutin Knežević, dem selbsternannten „Fürst der Krajina von Knin“:

Auf die Mudschaheddin-Schlange wird eingeschlagen;
der Četniksturm vernichtet sie.

Serbische Brüder, Četniks,
marschiert gemeinsam voran!
Vertreiben werden sie den Todfeind!

Ich bin kein Fachmann in Sachen serbische Kriegsgedichte, aber dennoch erlaubt mir mein Laienurteil die Feststellung: Das ist unschön. Hass ist kein guter Antrieb, leider aber eine weitere Grundkraft im Universum, die von Physikern häufig vergessen wird. Neben Liebe, Wollust, Hunger, Gleichgültigkeit und Blasendruck.

1859 Auch ich könnte jetzt pinkeln. Was ist eigentlich mit meiner Prostata? Wieso hat das Telefon nicht geklingelt? Beziehungsweise es hat ja geklingelt. Aber, wie mir gerade erst auffällt, nur der Festnetzapparat. Mein Urologe aber hat meine Handynummer, weil Unterleibskrebs dringend ist und deshalb bei der Diagnose unbedingte Erreichbarkeit gewährleistet sein muss. Oder habe ich es einfach nicht gehört? Lebe ich überhaupt noch, oder bin ich schon tot, delirierend dem Körper enthoben, ohne bemerkt zu haben, dass die materielle Welt mich nicht mehr erkennt, durch mich hindurchsieht, wie durch einen Geist, wie durch Bruce Willis in *The Sixth Sense*?

Mein Telefon schweigt. Der Mann, der bisher mein persönlicher Lieblingsurologe war, hat nicht die Traute, mir mitzuteilen, dass der Sensenmann, der alte Četnik, bereits den Aufsitzmäher vollgetankt hat. Der Fernsprecher stellt sich tot. Alles piept in dieser Welt, aber nichts klingelt.

Bimmelim! Die Tür! Der Paketbote eines Paketbringdienstes, der heute noch gar nicht geklingelt hat, lässt mich wissen, dass er zur Zeit kein Paket für mich hätte. Danke! Er wolle einfach nur kurz stören, um mir zu veranschaulichen, mit welch übermenschlichen Kräften seine Firma daran arbeite, immer für ihre Kunden da zu sein, sogar am späten Abend. Ich gebe ein Trinkgeld.

1953 Noch sieben Minuten bis zu den Nachrichten. Werde ich dort vielleicht etwas über meine Vorsteherdrüse erfahren? Wahrscheinlich nicht. Die wichtigen Dinge werden dort nie erwähnt. Stattdessen „bilaterale Gespräche". Wer hat das erfunden? „Bilateral"? Wer hat dieses Wort in die Welt der Nachrichten eingeführt? Bevor es dort auftauchte, hat niemals zuvor ein Mensch beteuert, er hätte ein bilaterales Gespräch gehabt. Sind Gespräche nicht sogar grundsätzlich mindestens bilateral, wenn nicht sogar multilateral? Gut, in einer langjährigen Beziehung gibt es Unterhaltungen, die vom Charakter her eher „monolateral" sind. Die meisten Gespräche in Beziehungen sind „monolateral", gelten aber offiziell als bilateral. In den Nachrichten gibt es keine monolateralen Gespräche. Nicht einmal „multilateral", „trilateral", „polylateral" oder einfach nur „lateral". Immer „bi".

„Bi" wie in „Bier". Warum wählt eigentlich niemand die „hässlichste Katze der Welt"? Natürlich wirken Katzen auf den ersten Blick eleganter als Pitbulls oder Pinscher. Aber auch unter ihnen gibt es eine, die die hässlichste sein muss, denn Schönheit ist relativ. Hässlichkeit auch. Stattdessen bekommen wir jedes Jahr den „hässlichsten Hund der Welt" präsentiert. Jahrelang verteidigte Chihuahua-

Mischling Yoda den Titel, bis er starb. Er wurde keine 15 Jahre alt, obwohl er Nichtraucher war. Wie Jesus. Heute gelten Chinesische Schopfhunde als Favoriten.

Noch hässlicher sind Tintenfische. Sie haben drei Herzen. Das sieht man zwar nicht, aber es ist trotzdem nicht normal. Irgendwie sogar pervers. Haben Tintenfische Laktoseintoleranz? Und wenn ja: Wer ist dafür verantwortlich? Paragraf 1 der heute weltweit gültigen Rechtsordnung ist: „Einer hat Schuld!“ Wer aber ist „einer“? Und wieso nicht „zwei“? Wer sind der oder die überhaupt?

Die DKP in Darmstadt glaubt, es seien die Amerikaner. Die Rechten warnen dagegen vor der gelben Gefahr. Oft ist auch das Wetter schuld. Früher waren es die Normannen, die Medici, die Goten oder die Evolution. Ein Durcheinander. Kann nicht immer derselbe schuld sein? Das würde alles so viel einfacher machen!

Was der Geschichte fehlt, ist Verdichtung. Warum macht da keiner „Padumm! Padumm!“? In der Geschichte gibt es ohnehin zu viel Lärm, allerdings meist an der falschen Stelle. Padumm! Padumm! Schon hatte Napoleon die Rheinlande hinter sich gelassen und stand vor Moskau. Padumm! Padumm! Wie wäre die Geschichte verlaufen, wenn Napoleon rechts abgebogen wäre, durch die Ukraine, Richtung Schwarzes Meer? Dann ein paar Jahre die Füße hochgelegt und zum Lebensabend weiter nach Thailand. Dafür hätte er nicht mal ein Heer mitnehmen müssen. Nur ein paar Medikamente gegen Syphilis, damals eine häufige Todesursache. Syphilis ist übrigens wieder groß im Kommen. Es ist wie in der Mode: Oft kommt genau das wieder, was man früher schon nicht leiden konnte: Schulterpolster und Genitalherpes.

2000 Mal schauen, was sonst noch so passiert ist. Nachrichtenzeit. Guten Abend, meine Damen und Herren. Offenbar richtet sich die Sendung nicht an Transsexuelle oder Geschlechtslose. Egal.

Abends um acht muss man sich das Neueste nicht selbst im Internet heraussuchen, denn dann wird es im Fernsehen präsentiert, erlesene News von den Sommeliers der Neuigkeiten, den Journalisten, die ein außergewöhnliches Cuvée zusammenstellen, extra für mich, den Konsumenten. Wir werden diesen Zustand irgendwann einmal „luxuriös“ nennen. Also: zurücklehnen, gucken und fragen: Ist etwas passiert? Beginne, Bote, teile mir mit, was dir aufgetragen wurde! Ja, es ist etwas passiert! Der Nachrichtensprecher hat zur blauen Krawatte ein Sakko gewählt, dessen, nennen wir es „Farbe“, in Richtung Hodenbeige tendiert.

Man vergisst darüber gerne die Schreckensmeldung des Tages. Unsere Währung ist einmal mehr in Gefahr. Alles, was wir uns mühsam erarbeitet haben, droht in den Orkus der Geschichte gesogen zu werden. Es ist also alles wie immer. Mal ist es die Umwelt. Mal das Wetter. Mal das Geld. So ist die Welt in den Nachrichten. Tätääa! Tätääa! Tätääa!

In Wirklichkeit sterben immer noch die meisten Mitbürger an Krebs oder im Haushalt, trotzdem aber nur selten an beidem. Wer also Angst vor Krebs hat, sollte sich am besten von der Leiter stürzen. Eine Frage: Wenn jemand ruft: „Ei! Mein Geschwür bricht auf!“, um dann vor Schreck von der Leiter zu fallen und sich das Genick zu brechen, woran ist er dann statistisch gestorben? Krebs oder Haushaltsunfall?

KÜHLSCHRANK

Früher mussten die Menschen ohne Kühlschrank auskommen. Sie gruben Amphoren in den Boden oder bauten Kammern unter das Haus, in denen die Temperatur gleichbleibend und moderat blieb. So konnte man auch verstorbene Haustiere, Ahnen der Familie oder luftgetrocknete Salami lange aufbewahren. Heute schwören selbst psychopathische Mörder auf die Lagerung ihrer zersägten Opfer in A+++-Gefriertruhen. Und die Hausfrau freut sich, wenn der seit 2011 abgelaufene Joghurt im Biofresh-Fach seinen Geschmack bewahrt hat, auch wenn derselbe inzwischen eher in Richtung saure Buttermilch tendiert, die Konsistenz mehr auf einen Käse verweist und zum Schneiden des Ganzen ein scharfes Messer benötigt wird. Den Kindern ist das egal, wenn man ein halbes Pfund Puderzucker drübergießt. Junge Menschen freuen sich über alles, was süß und oral einzuführen ist. Betrachten Sie dies als Tipp unter Hausfrauen. Es gibt Dinge, die erfährt man nicht im Internet.

Wenn ich irgendwann einmal von einer hohen Leiter falle, werde ich, bevor der Nacken knackt, rufen: „Gott sei Dank kein Krebs!“

Dann werde ich abgeholt. Ein perverser Bestatter bringt mich in ein seltsames Labor. Oder ist es ein Schlachthaus? Er macht Leberwurst aus mir. So hat mein Leben doch noch einen Sinn! Ich werde Nahrung. Das ist Buddhismus nicht auf der spirituellen, sondern auf der fleischlichen Ebene. Die ewige Wiederkehr. Samsara. Gut, dass ich mir noch eine Fußmaske mit zehn Prozent Urea und Panthenol für elf Euro gegönnt habe. Wer beißt schon gern auf Hartes oder gar Verhorntes? Ich will eine gute Wurst sein!

Ich komme wieder zu mir. Beziehungsweise: Ich schrecke auf! Mein Power-Nap ist beendet. Ich muss eingenickt sein. Seltsam, welche Träume sich in mir entfalten. Sollte ich doch eine Therapie in Erwägung ziehen?

Wie lange mag mein kurzer Schlaf gedauert haben? Es sind immer noch Nachrichten: bilaterale Gespräche. Jemand spricht mit jemand anderem. Beide lächeln und behaupten, wenn auch noch keinen Durchbruch, so doch wenigstens eine solide Grundlage für weitere Gespräche gefunden zu haben, die für die Zukunft der Völker von richtungsweisender Bedeutung sein werden. Und man möchte hinzufügen: wenn nicht etwas dazwischenkommt, die Umwelt, das Wetter oder das Geld.

Ein entgleister S-Bahn-Zug macht dem Bürgermeister von Berlin keine größeren Sorgen. Er beschäftigt sich gerade mit dem Bau eines Flughafens. Offenbar hat er nicht gewusst, dass er das Gebäude mit eigenen Händen herstellen muss. Er hatte gedacht, es kämen Bauarbeiter vorbei, woher auch immer. Aber denen hätte vorher jemand Bescheid sagen müssen. Das wurde offenbar vergessen. Schade. Bald ist fünfter Jahrestag der geplanten Fertigstellung, aber in Berlin streitet man noch darüber, wann endlich der Bauzaun kommt. Da ist ein S-Bahn-Zug, der einfach so aus den Gleisen springt, nicht nur eine willkommene Abwechslung, sondern auch ein Beispiel für die immer noch beeindruckende Vitalität der Stadt, die behauptet, die einzige Metropole Deutschlands zu sein, politisch aber geführt wird wie ein rheinischer Schützenverein. Das ist lustig. Das Land lacht. Ein heiterer Punkt in der üblichen Aufzählung globaler Katastrophen.

Die Baufertigstellung soll nun aber trotzdem exakt terminiert werden. Man weiß bloß nicht, wen man denn nun fragen soll, wann es so weit sein könnte. Viele wollen ein Krakenorakel einrichten, aber auch andere Tiere kommen in Frage. Maulwürfe sagen in Punxsutawney, Pennsylvania, immer recht zuverlässig das Winterende vorher. Oder Gnus. Gnus sind eigentlich immer gut, auch wenn die Idee nicht gerade naheliegt. Aber in Berlin ist die abwegigste Idee immer automatisch die beste. In anderen Städten hätte man so einen Flughafen einfach gebaut. In Berlin tut man einfach erst mal so, als hätte man schon angefangen. Warum also kein Gnu?

Berlin tut gut! In Berlin führt das Wassersparen durch Wasserspartasten dazu, dass die Kanalisation verschlickt. Deshalb wird das durch Wassersparen eingesparte Wasser nun einfach als normales Trinkwasser durch die Kanalisation geschickt. Dadurch wird zwar kein Wasser gespart. Die Spartasten dürfen aber weiterhin Spartasten heißen, weil man im Moment des Abziehens wirklich Wasser spart, und zwar genau das Wasser, das in der Stadt dringend benötigt wird, um später dann die Kanalisation durchzuspülen. Perfekt. Das muss der Berliner dann nicht mehr selber machen ...

Die Experten aber diskutieren nicht über gespartes Wasser, sondern über Geld. Es wird seinen Wert verlieren, da sind sich die Experten einig. Ein guter Grund, das Gegenteil anzunehmen, denn die Wirtschaftsexperten haben noch nie richtiggelegen. Das ändert nichts daran, dass sie Experten sind. Sie können die Wirtschaftsentwicklung in etwa ebenso sicher vorhersagen wie Franz Beckenbauer die Deutsche Meisterschaft in der nächsten Saison. Also gar nicht. Beckenbauer ist trotzdem Experte. Deshalb wird er gefragt. Und wenn man gefragt wird, sagt man was. Das gebietet die Höflichkeit. Und Franz Beckenbauer ist ein extrem höflicher Mensch! Wer ihn jemals kennengelernt hat, weiß das.

Von 1.000 Experten sagt meist einer das Richtige. Das ist dann der Experte unter den Experten. Man fragt ihn in den Folgejahren am häufigsten, weil man glaubt, dass er hellsehen kann. Allerdings kann er das nicht, es war einfach so: Einer musste richtigliegen. Deshalb werden in den Folgejahren andere Experten vorne liegen. Egal. Bis dahin kann man die Visage unseres Expertenexperten sowieso nicht mehr ertragen, weil er als Visionär und Hellsichtiger durch alle Talkshows des Fernsehens gereicht wurde.

Sport: Ludmilla Gurkanova hat ein Stäbchen 14,15 Meter hoch geschmissen. Gut. Oder eine Kugel 20,95 Meter weit weg. Egal. Wer kann das behalten? Vielleicht hat sie auch einen Kirschkern in einen Eimer in 17,21 Meter Entfernung gespuckt. Oder sie ist die erste Frau, die ohne Beine den Atlantik durchschwommen hat. Und ohne

Arme. Nur mit Hilfe ihrer Nüstern, die durch Aufblähen und Zusammenpressen einen enormen Rückstoß erzeugen. Sie wird von begeisterten Fans in Varanasi empfangen. Erst später fällt auf, dass Varanasi gar nicht am Atlantik liegt, nicht mal am Meer, sondern am Ganges. Sie hat sich verschwommen. Das liegt daran, dass sie auch noch blind ist. Und taub. Und stumm. Deshalb konnte sie nicht nach dem Weg fragen. Schade. Sie wird den Rekordversuch wiederholen. Dann mit mehr Presse und solventeren Sponsoren. Wahnsinn!

Das Wetter: So lala. Ein bisschen so, ein bisschen so. Und trocken, möglicherweise aber auch nass. Aha. Ein Experte!

2015 Klingeln an der Tür. Kommt mein Arzt persönlich vorbei, um mir die Schreckensnachricht zu überbringen? Oder hat er die Zeugen Jehovas gebeten, mich über meinen Gesundheitszustand aufzuklären: „Guten Abend, wir wollten Ihnen nur mitteilen: Wenn es da unten bei Ihnen zwickt, dann liegt das an ihrem Lotterleben. Wir haben sie immer gewarnt, aber sie haben ja nicht hören wollen. Jetzt wuchern ihre inneren Organe, bald werden sie platzen. Das hat der Teufel gemacht. Sie sind vom Satan besessen! Jetzt ist noch Zeit zur Umkehr! Besinnen Sie sich, bevor Sie auf ewig in der Hölle schmoren!“

Ich werde antworten, dass ich mir lieber am Geschlechtsteil spiele, so lange es noch geht. Eigentlich ist es nicht meine Art, Menschen vor den Kopf zu stoßen. Aber gegen obsessive Missionsmaniker braucht man harte Geschütze.

Ich öffne. Ein Schüler bringt das Wochenblatt. Er legt einen Stapel von ungefähr 50 Exemplaren in den Flur. Es wohnen keine 50 Parteien in unserem Haus. Viel weniger. Aber der junge Mann ist in Eile. Seit G8 haben unsere Lernenden tagsüber keine Zeit mehr. Sie arbeiten bis tief in die Nacht, um sich leisten zu können, was man zum Leben am dringendsten braucht, ein iPhone, Wodka und ordentlich was zu rauchen, bevorzugt aus Afghanistan. Das ist gut. So können sie sich schon einmal an die arbeitsame Zeit gewöhnen, die ihrer Pubertät folgen wird. Das Leben ist kein Zuckerschlecken.

2016 Da mein Magen bereits mit Bier beschäftigt ist, kann sich das Abendessen auf ein belegtes Brot beschränken. Bier besteht zwar zu 92 Prozent aus Wasser, beinhaltet aber auch 2,8 Prozent Kohlehydrate, fünf Gramm Protein pro Liter und nicht wenig Alkohol, ein guter Treibstoff.

Trotzdem kann feste Nahrung nicht schaden. Käse drauf. Auf die Idee muss man auch erst einmal kommen: das vergorene, anschließend vertrocknete und hart gewordene Drüsensekret eines 800 Kilogramm schweren Säugetieres als kulinarische Spezialität zu verkaufen. Lecker!

Warum nicht gleich Frösche auslutschen? Wahrscheinlich ist es zu mühselig, die Viecher zwischen Rudelsdorf und Priseberg zu orten und zu fangen. Und wenn man einmal mit dem Auto darüber gefahren ist, wollen sie auch nicht mehr richtig schmecken.

Während ich mein Käsebrot esse, stellt sich eine leichte Melancholie ein. Seltsamerweise kommt mir ein

Gedanke aus der Mittagszeit wieder in den Sinn: Ich sammle in meiner Erinnerung weitere Plätze, an denen ich niemals Sex hatte. Erstaunlich, was ich alles ausgelassen habe, und das unfreiwillig! Hat man nicht am Ende des Lebens immer zu wenig Sex gehabt? Ich wette, selbst Julio Iglesias trauert einigen vergebenen Chancen nach, dabei hat er in seiner langen Karriere als Schnulzenheini fast alles nehmen können, was eine Rose bis zur Bühne tragen kann.

Ich war leider nie Schlagersänger, dennoch kein Kind von Traurigkeit, hatte aber zum Beispiel noch nie Sex in einem Glasbodenboot, mit dem Touristen die Fische gezeigt werden sollen. Leider sind niemals Fische unter dem Boot. Außerdem ist immer die Scheibe dreckig, so dreckig, dass einem der Guide eine Qualle als Riesenkraken verkaufen kann. Anwesenheit von Fremden ist übrigens ein guter Grund, keinen Sex zu haben. Das gilt für Quallen ebenso wie für Touristenführer. Mir ist es egal, wer von beiden mir zuguckt, ich will beide nicht dabeihaben. Auch Taucher könnten unter unser Boot geschwommen kommen, um uns – von unten! – zuzusehen. Außerdem muss doch auch jemand steuern. Akzeptabel wäre ein Steuermann als Zeuge meiner Geschlechtlichkeit aber ausschließlich dann, wenn er blind und taub wäre. Taubblinde sind aber, dies zu behaupten ist mit Sicherheit nicht behindertenfeindlich, keine guten Skipper.

Wer schon einmal Sex in einem Raumschiff hatte, möge sich bitte bei mir melden und mir erklären, wie sich die Schwerkraft auf die Blutverteilung im Körper, speziell in den herauskragenden Teilen, auswirkt. Leider kenne ich niemanden, der dies ernsthaft behauptet, außer unserem etwas übergewichtigen, sechzehnjährigen Nachbarssohn, der damit angibt, schon überall Sex gehabt zu haben. Meine Theorie ist, dass er Sex mit Heuschnupfen verwechselt.

2102 Ich stelle fest, dass mein Tag einsam war. Das ist nicht schlimm, weil es nicht die Regel ist. Ab und zu brauche ich einen Klostertag, ein Zurückziehen in mein Inneres, um zu verarbeiten, was in der Normalzeit auf meine Sinne einprasselt. Ab und zu muss das Zimmer des Lebens aufgeräumt werden. Dann gilt es nachzudenken und einzuordnen, bewusst zu machen und hinzuschauen, mit anderen Worten: nichts zu tun, außer zu sitzen, zu gucken und zwischendurch auch mal zu denken.

Im Fernsehen läuft eine Schadenfreudenshow. Menschen können Videos einschicken, die meistens Kinder zeigen, die vom Gerüst fallen, oder Verwandte, die sich die Hoden quetschen. Das ist lustig, behaupten zumindest die eingeblendeten Lacher.

Deshalb gibt es diese Sendungen indessen auch im Jugendfernsehen, natürlich in der Hardcore-Version, denn Jugendliche sind abgebrühter als Erwachsene. Dort werden Fürze angezündet, es wird erbrochen, Knochen werden zerschlagen oder Senioren in Schockzustand versetzt. Das ist noch lustiger, weil es nicht nur wehtut, sondern zu bleibenden Schäden führt. In der nächsten Generation wird das Fernsehen in der Dritten Welt Kriege führen, um die Abgestumpften mit lustigen Bildern von abreißenden Gliedmaßen zu versorgen. Jede Generation will etwas zu lachen haben. Jeder nach seiner Fasson, wie der Alte Fritz sagte. Die Idee militaristischer Volksbelustigung hätte ihm gefallen.

Bei aller Brutalität, irgendwann werden die Bilder ermüdend. Eine explodierende Geburtstagstorte versetzt Kinder in Schockzustand (Lachen), eine tanzende Dicke fällt in eine Glasvitrine (Lachen), ein Mountainbiker versucht eine Treppe hinunterzufahren und landet breitbeinig mit dem Unterleib auf einer Geländerstange. Wahrscheinlich verliert er, anders ist es nicht vorstellbar, dauerhaft seine Zeugungsfähigkeit (Lachen). Ich unterstütze das. Leute, deren Verwandte solche Videos einschicken, sollten sich nicht fortpflanzen (Lachen).

In dem Moment, in dem der Hodensack auf der Stange aufschlägt, bekommt der eingeblendete Lacher eine besondere Färbung. Er macht: Ohohoho! Man soll spüren, dass hier einer an die Grenze gegangen ist. Er hat seine Männlichkeit verloren, nur für den Fernsehzuschauer. Respekt! Ein weiteres eingeblendetes Geräusch untermalt das Platzen der Testikel.

Jetzt ein Kätzchen. Tiere sind aufgrund ihrer exorbitanten Dummheit per se witzig. Außerdem kann man sich, während der Kater seinem eigenen Schwanz hinterherjagt, vom Schock der Entmannung erholen. Dann kommt ein Skater, der eine Vorfahrtstraße überrollt und von einem fahrenden Auto erfasst wird. Ohohoho! Er versucht aufzustehen, fällt aber zurück auf die Motorhaube. Hoho!

Ich versuche mir vorzustellen, wie eine Redaktion arbeitet, die solche Filme zusammenstellt. Der Redaktionsleiter war wahrscheinlich im Balkankrieg der Neunziger oder bei der Fremdenlegion und glaubt seitdem, dass das Leben ein lustiges Schlachten ist. Wahrscheinlich hat er eine psychopathische Seelenbehinderung, hat aber einen Beruf daraus machen können.

Er gibt bei einer Produktionsfirma in Auftrag, dass Menschen im Aufzug einen Stromausfall erleben und ihnen durch eine Klappe als Geister verkleidete Kinder im Nachthemd in die notbeleuchtete Kabine geschleust werden. Man sieht die Opfer flennen und flehen. Es ist damit zu rechnen, dass sie fortan traumatisiert durchs Leben gehen. Was für ein Spaß!

Psychopath zu sein scheint bei einigen Sendern Einstellungsbedingung zu sein. Wie sonst erklärt sich, dass auf jedem zweiten Sender durchgehend gemordet wird? Schlecht gelaunte Kommissare mit Alkoholproblemen ermitteln. Am Ende sind viele tot, und es wird deutlich, dass es keine Gerechtigkeit gibt. Der Kommissar stellt fest, dass sein Singledasein durch die Lösung des Falls nicht besser geworden ist, und trinkt weiter.

Würde sich ein Außerirdischer im Fernsehprogramm über die menschlichen Gepflogenheiten informieren, er würde uns für einen völlig verkorksten Haufen von Neurotikern, pathologisch Gestörten, Alkoholikern und Gewalttätern halten. Vielleicht hätte er Recht. Vielleicht ist es reiner Zufall, dass ich noch nie erschossen wurde. Im Fernsehen ist es normal, seine Exfrau umzubringen. Oder jemand anderen, der irgendwie stört. Bumm. Weg. Aus Spaß, Geldnot oder Neugier. Bumm. Bumm. Weg. Der Nächste bitte. Bumm. Bumm. Bumm.

Heute töten die Menschen nicht mehr nur primitiv, um sich zu bereichern, sie haben teilweise auch sportlichen Ehrgeiz, ideologische Ideen oder eine Religion. Das macht die Sache aber nicht besser. Ein Mord bleibt ein Mord, auch wenn man meint, für eine gute Sache unterwegs zu sein.

Das war schon früher nicht jedem bekannt. In den Siebzigerjahren, zu Zeiten der in der Folge verstorbenen Baader und Meinhof, konnte Mord für viele auch eine gute Sache sein, wenn er denn der Volksbefreiung diente. Heute weiß ich: Man sollte auch als tiefgläubiger Mensch, egal ob religiös oder ideologisch, in Betracht ziehen, dass sich jeder Glaube irren kann, sogar der eigene. Deshalb sollte man darauf verzichten, aus sakralen oder politischen Motiven das Leben anderer zu finalisieren. Dieser Grundsatz mag altmodisch erscheinen, aber ein bisschen nostalgischer Moralismus sollte erlaubt sein.

2113 Meine Müdigkeit hat sich mit dem Bier verbündet. Viel zu früh fordert mein Körper die Beendigung aller aktiven Tätigkeiten. Wie das Leben, so geht auch der Tag irgendwann vorbei, oft zu früh.

Was hat er gebracht? Erleichterung. Die Stunden sind dahingegangen, keiner hat gestört. Ein paar kleine klingelnde Störenfriede lassen sich verschmerzen. Noch ein Bier. Was für ein angenehmer, reizarmer Tag.

Andere Menschen sind anderweitigen Tätigkeiten nachgegangen, ohne in mein Leben einzudringen. Danke dafür. Nichts hat wehgetan. Kein Hunger, kein Durst. Alles in Ordnung. Fast mehr, als man erwarten kann. Viele Menschen auf dieser Welt sehnen sich nach einem solchen Tag. Wenn ich das Geschehene des heutigen Tages noch einmal durchgehe, muss ich feststellen, dass ich viel gelacht habe, über Frösche, die Zeugen Jehovas (obwohl sie nicht mal geklingelt haben), die DKP-Darmstadt, die

Asymmetrie der Materie, den Menschen an sich und das Leben, diesen Sturm aus Scheiße, Glückshormonen oder Geld, je nach Blickwinkel.

Aristoteles hat festgestellt, Glück sei, wenn es gerade mal nicht wehtut. Da hatte er sich wahrscheinlich vorher den Finger in der Wagentüre eingeklemmt.

Man wirft bei uns vor allem jungen Leuten gerne vor, sie würden nur den Spaß im Leben sehen. Dann schimpft man sie Hedonisten. Aber das griechische Wort „Hédoné“ bedeutet nicht nur „Spaß“ oder „Lust“, sondern auch Seelenfrieden und Schmerzfreiheit. Und gibt es etwas Schöneres als Schmerzfreiheit? Wer anderen vorwirft, sie seien Hedonisten, der soll sich von mir aus mit dem Reitpeitschchen versohlen lassen. Ich verzichte darauf, mitzumachen. Wenn alle, die den Spaß verachten, schweigen würden, wäre schon erheblich weniger Schmerz in der Welt.

2114 Andererseits ist jedem denkenden Menschen klar, dass man nicht immer nur Spaß haben kann. Wie könnten wir Freude empfinden, wenn wir den Schmerz nicht kennen würden? Gibt es Glück ohne Unglück? Niemals! Kein Lottosechser mit fünf Millionen Euro Gewinnsumme kann darüber hinwegtäuschen, dass es schon höhere Jackpots gab. Und schon beginnt man sich zu ärgern …

Und es ist gut, so zu denken! Weil es kein Glück geben kann ohne Erfahrung des Unglücks. Ich selbst habe einmal in einem Preisausschreiben gewonnen, mich wahnsinnig gefreut und bekam dann einen Zinnteller mit dem Aufdruck von Spitzwegs „Armen Poeten“. Unglück im Glück.

Keine Freude ohne Ärger. Ich bin wirklich in der Lage, mich ausgiebig und aufrichtig zu freuen. Aber ich ärgere mich auch ab und zu! Wenn auf der Autobahn wieder jemand auffährt, mit Blinker und Lichthupe, zwei Meter hinter mir, mit 220. Wie kann man so rasen?! Das ist gefährlich! Noch schlimmer aber sind diese sturen Typen. Denen kann man mit Vollgas, Blinker und Lichthupe fast in den Kofferraum hineinfahren, die Drecksäcke gehen einfach nicht rüber! Wahnsinn!

Und der Langsame fährt immer vorneweg! Das ist ein Naturgesetz. Das ist etwas Unveränderliches, Gottgegebenes, ein physikalisches Gesetz, das wir nicht mehr hinterfragen können, sondern hinnehmen müssen. Es ist, wie es ist! Die Erde kreist um die Sonne. Die Sonne kreist um das Zentrum unserer Galaxie, aber nach sechzehn Metaxa kreist doch wieder alles um mich. Der Rausch macht uns zum Zentrum.

Unsinn. Der Rausch zerstört das Zentrum. Er macht, dass alles auseinanderfällt, nicht nur im Leben, auch auf der Autobahn. Aus parallel laufenden Fahrbahnmarkierungen werden Rautenmuster, aus Scheinwerferpaaren Lichterketten und aus Leitplanken Bumper. Dann macht es „bong“, „katang“ und „blööötz“, und man fragt sich, warum die Schneidezähne nicht mehr im Mund sind, wo sie hingehören, sondern im Lenkrad stecken, wo sie versuchen, eine Indianerkette zu imitieren. Eine Nacht im Krankenhaus. Den Rest regeln die Gerichte.

2117 Anderes Thema: Wieso entscheiden sich Frösche für Wohnorte wie Priseberg oder

Rudelsdorf? Ein letztes Bier noch, dann fallen abrupte Themenwechsel nicht mehr so auf.

21 30 Leider habe ich keine Lösung auf die Frage gefunden, nach welchen Kriterien Frösche ihren Wohnort aussuchen.

SPÜLMASCHINE

Der Mensch lebte lange Zeit versklavt und unterjocht, ohne Freude vegetierte er vor sich hin, ausschließlich darum bemüht, das Überleben zu sichern und die zum Überleben notwendigen Prozesse des Alltags zu bewältigen. Dann wurde die Spülmaschine erfunden.

21

TAGESAUSKLANG

31

2131 Ich schlafe ein.

1941 Ich träume, dass die Zeit in die falsche Richtung läuft, gegen den Uhrzeigersinn. In meinem Traum bewege ich mich rückwärts. Da die Uhr aber ebenfalls rückwärts läuft, bewege ich mich vorwärts. Das ist physikalisch vielleicht nicht ganz nachzuvollziehen, in einem Traum aber offenbar normal. Der Zeitstrahl hat sich eben umkehrt. Alles läuft in die falsche Richtung, so dass in der Gesamtheit alles richtig herum erscheint. Im Traum kann die Zeit auch seitlich laufen, dafür ist oben Osten. Die Menschen gehen zum Essen aufs Klo und pinkeln anschließend in die Küche. Kein schönes Bild.

1343 Ich stelle fest, dass mein Traum wenig erbaulich war und stehe wieder auf. Es ist Viertel vor zwei. Zeit zum Mittagessen. Frühstück und Abendbrot habe ich bereits hinter mir, jetzt ist es Zeit für eine warme Mahlzeit. Erst als die Nudeln kochen stelle ich fest, dass es offenbar einen Riss im Raum-Zeit-Kontinuum gegeben hat. Hätte das Mittagessen nicht in die Mitte des Buches gehört? War es heute nicht schon viel später? Stimmt. Aber das Mittagessen hat trotzdem noch nicht stattgefunden. Insofern kann es nicht falsch sein, nun damit anzufangen, zumal die Uhr 13:43 zeigt. Oder zeigte. Eben noch. Jetzt ist es schon 13:41 Uhr. Von dort aus springt sie auf 12:54 Uhr, dann auf 13:11 Uhr. Offenbar ist etwas nicht in Ordnung. Das Universum ruckelt. Oder ich schlafe noch, vielleicht in Überlichtgeschwindigkeit, sodass sich der Zeitstrahl umgekehrt hat. Allerdings müsste dann meine Masse mehr als unendlich sein, also ∞+x. Ich werde abspecken müssen, ausgerechnet jetzt! Die Nudeln sind fertig.

2355 Ich wache auf. Es riecht nach Essen. Außerdem geht mein Küchenwecker. Er sagt mir, dass die Nudeln fertig sind. Ich gehe in die Küche und frage mich, weshalb ich verwirrt bin. Nur weil sich die Nudeln im Traum selber auf den Herd gestellt haben? Egal. Es ist fünf vor zwölf. Mittags oder abends?

Was spielt das für eine Rolle? Wir glauben ja gerne, die Zeit sei eindimensional, ein Fortschreiten der Gegenwart, ausgehend von der Vergangenheit in Richtung Zukunft. Wir empfinden die Zeit als Strahl, aber nicht, weil das ihr Wesen wäre, sondern weil sich das in der Evolution für uns Primaten als zweckmäßig erwiesen hat. Die Wirklichkeit aber ist viel komplexer, als wir sie wahrnehmen. In der Wirklichkeit legt sich die Zeit in Falten. Alles ist gleichzeitig. Fragen Sie einen Physiker. Leider sind Physiker nie in der Nähe, wenn man sie braucht. Sie könnten uns erklären, dass jede Materie ihre eigene Zeit und ihren eigenen Raum erzeugt. Warum soll ich die Uhrzeit also nicht selber festlegen? Sie ist mein Eigentum. Ich bin das Volk! Mehr Demokratie wagen!

1133 Wenn man in den Sternenhimmel schaut, sieht man in die Vergangenheit. Weil das Licht in den enormen Entfernungen des

Universums so lange braucht, um zu uns zu gelangen, ist jeder Punkt, den wir sehen, ein realer Blick in vergangene Zeiten. Das Licht, das an unsere Netzhaut gelangt, war vielleicht 100.000 Jahre unterwegs! Was wir in der Gegenwart sehen, ist also ein Stern, der vor 100.000 Jahren das war, was wir in der Jetztzeit sehen. Vielleicht ist er längst woanders. Oder weg. Wen stört es? Wir blicken in das Gestern! Unglaublich!

Wen stört es, wenn etwas nicht mehr da ist? Kosmisch gesehen, niemanden. Selbst enge Verwandte werden nach ein paar Generationen nicht mehr vermisst, geschweige denn in 100.000 Jahren. Meine Trauer um längst verweste Vorfahren hält sich jedenfalls in Grenzen. Ich habe keine Tränen in den Augen, wenn ich an August den Starken, seine Magd oder Herrn von Ziege denke.

Wir leben, und wir leben ab. Das ist der Gang der Dinge.

0812 In unseren Gedanken kann ein Tag 100.000 Jahre dauern, und 100.000 Jahre einen Tag. Wir denken uns die Welt, widdewiddewie sie uns gefällt. Wir können einen ganzen Tag nur mit Gedanken füllen, die warme Mahlzeit, die eigentlich in die Mitte des Tages gehört, in die Nacht verlegen und dann zurückfallen in den Morgen oder in den Nachmittag. In Gedanken können wir den Paketbriefträger um 02:00 Uhr morgens kommen lassen. Dann steht er in der Tür und klagt, dass tagsüber kaum jemand zu Hause sei. Nachts aber, gegen 03:00 oder 04:00 Uhr, würde jeder aufmachen, weil er denkt, das muss die Polizei sein, die die Nachricht vom Tod eines Angehörigen überbringt. Dann sind sie froh, wenn es doch nur der Paketdienst ist, stimmen mit ein in die Klage über unmenschliche Arbeitszeiten und geben Trinkgeld. Natürlich sei die Kundschaft teilweise auch erbost über die Störung, aber es überwiegen die Vorteile. Im Grunde sei doch jeder froh, nicht wegen einer Paketabholung zur Postfiliale zu müssen, wo immer dann, wenn man vor der Tür steht, Betriebsversammlung ist, weil die unmenschlichen Arbeitszeiten von 10:00 bis 12:00 Uhr und dann wieder von 15:00 bis 16:00 Uhr dringend verkürzt gehören. Viele Arbeiten sind überhaupt erst dann menschlich, wenn sie gar nicht mehr verrichtet werden müssen, vor allem bei der Post. Und ob ich meine Pakete in Zukunft nicht beim Absender abholen könnte …

Ich bejahe. Selbstverständlich. Ich bin immer aufseiten der arbeitenden Bevölkerung! Wir könnten doch ein Bier trinken gehen zusammen. Oder zwei. Oder drei. Und noch eins! Bis wir die Uhrzeit nicht mehr lesen können. Dann ist es vielleicht 03:09 Uhr, aber wir glauben fest, dass es erst morgens kurz nach fünf ist. Weil es in Neuseeland 13:25 Uhr ist. Das liegt am Monsun. Die Erde dreht sich unter den Passatwinden weg und verdreht so die Zeiger, zumindest in der westlichen Hemisphäre, der Osten dreht sich ja bekanntlich andersherum. Da geht die Sonne im Süden auf. Oder unten.

Die Gedanken sind frei. Auch wenn sie mit Bier aufgefüllt werden. Flop. Das satte Geräusch des entfernten Kronkorkens füllt die Küche.

1600 Padumm, padumm. Langsam verdichtet sich der Tag. Im Strom der Protonen und Neutronen, der Bosonen, Barionen, Leptonen und Quarks, erweisen sich Gedanken als Wechselwirkung der Elementarteilchen. Sie lassen entstehen, was wir als Welt wahrnehmen. Die Erdkruste, darauf ein Haus; die Tür geht auf, der Paketbriefträger nagelt gemeinsam mit dem Kfz-Mechaniker und seiner Cousine die in Strapsen tanzende Hausfrau. So geht es zu da draußen, zumindest im Film, in der Kunst also, so wie sie sich Regisseur Johnny van Hinten und seine Hauptdarsteller Steel Hammer und Randy Cherry vorstellen.

Nach beendeter Begattung bekennt der Päckchenbringer, gelogen zu haben. Er sei eigentlich der Klempner. Um seine Verfehlung zu büßen, montiert er auf eigene Kosten Wasserspartasten. Er scheint ein guter Mann zu sein, aber in Wirklichkeit will er die Kanalisation der Stadt sabotieren. Die Szene wird vom Porno zum Thriller. Überall in den Kanälen bilden sich schlammige Pfropfen, hinter denen sich übel riechende Abwässer stauen. Irgendwann wird der Druck zu hoch, das angestaute Brackwasser, ein Meer aus Säure und Exkrementen, bricht aus den höhen gelegenen Stadtteilen Richtung Wilmersdorf und Charlottenburg. Ein Tsunami aus Verdautem. Der Berliner Bürgermeister würde jetzt gerne helfen, muss aber leider zu einer Geburtstagsfeier. Die Stadt versinkt. Schade eigentlich. Aber zu viel Aufregung ist schlecht für das Herz. Ein Mann mit Dampframme beginnt zu arbeiten. Auf die Frage, was er da tue, antwortet er: „Ich verdichte! Ich verdichte!“ Padumm, padumm, padumm …

Die neueste Erkenntnis der Wissenschaft sei, dass die Welt im Inneren aus Scheiße bestehe und außen aus dem, was die Berliner Kanalisation nach oben rausgibt. Damit man auf der Erdkruste fahren kann, müsse erst ein solider Untergrund geschaffen werden, meint der Verdichter. Wichtig sei, dass alles immer dichter gemacht werde. Immer dichter. Immer dichter. Bis Protonen und Elektronen verschmelzen. Kernfusion. Erst die Verdichtung gebe dem Asphalt ein solides Fundament. Und im Leben braucht alles ein Fundament. Selbst der Suff im Übrigen. Flop. Ein Bier. Sind noch Frikadellen da?

1200 High noon. Die perfekte Mitte des Tages. Zwölf Mal macht es „padumm", dann bricht unser Verdichter zusammen, nicht ohne vorher ausgerufen zu haben: „Vater, in deine Hände lege ich meinen Geist." Von dort ist es nicht weit zu König Lear: „Ich bin einer, den mehr Sünde schlug, als dass er sündigte." Ein starkes Bekenntnis, beeindruckend und ein guter Einstieg, um dann mit Heinz Erhardt zu enden: „Die dumpfe Stube entflammt und verglimmt – mit Urhammel, Grossmutter, Butter und Zimt …."

Irgendwann geht alles zu Ende, sogar der Vormittag.

Wenn es als erwiesen gelten kann, dass die menschliche Art 99 Prozent genetische Übereinstimmung mit den Bonoboaffen hat, dann wäre es doch mathematisch auch nicht ausgeschlossen, dass 99 Prozent unserer Mitmenschen Bonobos sind, und nur 1 Prozent der Leute zu 100 Prozent human. Statistisch würde das hinhauen. Zumindest käme das meiner Wahrnehmung der Realität schon relativ nah.

Flop. Ich weiß. Kein Bier vor vier. Aber wenn die Zeit ein Strahl ist, ist es immer nach vier. Allein: Sie ist es nicht. Die Zeit ist eine Schleife. Deshalb gilt: Es ist zwar nicht

16:00 Uhr. Aber es sind nur noch 30 Kilowatt bis dahin. In der Stunde. Im Quadrat. Im Geist. In Berlin. In Pirmasens. Und in Shanghai. Dort gehen die Uhren allerdings linksrum. Klar. China liegt ja auf der östlichen Halbkugel …

0000 Die meisten glauben, der perfekte Tag bestünde aus 24 Stunden. In der Realität aber sieht es anders aus. Unser Planet benötigt für eine Rotation um die eigene Achse exakt 23 Stunden, 56 Minuten und 4,10 Sekunden. Was für eine krumme Zahl! Da hat der Schöpfer offenbar nicht aufgepasst und schlampig programmiert!

Jetzt ist es zu spät, um etwas zu ändern. Wenn man auf die echte Zeit umstellen würde, hätte man bereits nach einer Woche 1651,3 Sekunden verloren. Das ist fast eine halbe Stunde. Wer kann sich das leisten in einer Ära, in der sich die Zeit immer weiter verdichtet? Padumm!

Irgendwann liegt man auf dem Sterbebett und rechnet dem Sensenmann vor, dass man eigentlich noch ein paar Wochen gut hat. Und was sagt der Kerl, der arrogant auf seinem Aufsitzrasenmäher thront? Er sagt: „Scheiß drauf! Ich bin einfach gut durchgekommen. Jetzt bin ich da. Soll ich etwa warten?" Wie unhöflich! Aber der Beruf prägt natürlich den Charakter. Als Tod trifft man einfach zu oft auf schlecht gelaunte Menschen.

Wenn man überlebt hat, kann man entspannt zurückblicken. Jeden Tag passiert etwas Unerfreuliches, und man sollte dankbar sein, wenn man nicht betroffen war. In einem Land ist Bürgerkrieg, nebenan die Cholera, ein Wirbelsturm oder Volkstrauertag. Auf 220.000 Geburten kommen circa 140.000 Todesfälle. Es geht rund, da draußen! Da sollte man beim Zähneputzen erleichtert sein, wenn man noch allein die Bürste halten kann.

Zufriedenheit ist kein Zustand, sondern eine Gabe. Für einen Weisen ist es ein perfekter Tag, wenn es mittags keine Leber gibt. Ich mag gerne Leber. Aber an einem perfekten Tag gibt es Kaiserschmarrn.

An einem perfekten Tag schmecken Erdbeeren nach Erdbeeren. Das ist sehr selten.

0000 Ist alles in Ordnung, bleibt die Uhr stehen. Die Botenstoffe fließen, und die Zeit läuft vor und zurück zugleich. Das nächste Level ist erreicht. In der Welt, in die man dann gelangt, beschäftigt sich niemand mit Währungskrise, Klimawandel oder Schweißfüßen. Ein solcher Zustand inneren Gleichmuts ist natürlich für viele gar nicht auszuhalten. Sie rufen: „Eskapismus! Das ist Eskapismus! Wir müssen uns den Weltproblemen stellen!“ Das stimmt. Aber alles zu seiner Zeit. Morgen wieder. Oder gleich. In wenigen Sekunden. Dann ist es vorbei.

2356041 Das war’s. Selbst der schönste Tag ist irgendwann vorbei. Zumindest physikalisch.

2400 Drei Minuten und 55,9 Sekunden später ist es dann auch formaljuristisch so weit. Es ist vollbracht.

TOILETTE

Wenn man eine Kloschüssel einmal nicht als Nutzobjekt betrachtet, sondern als ästhetisches Ereignis, wird man feststellen, dass einige Exemplare meisterhaft gestaltet sind. Nicht zuletzt aufgrund der Tatsache, dass sich im Sanitärbereich Funktion und Form oft kongenial ergänzen, verwendete Marcel Duchamp eine Kloschüssel, um sein künstlerisches Konzept des „Ready made" umzusetzen. Wunderbar!

07

EIN NEUER TAG

03

0703 Padumm! Padumm! Padumm!

0704 Padumm! Padumm! Padumm!

0705 Padumm! Padumm! Padumm!

0706 Das Leben verdichtet sich. Mein Freund an der Ramme ist die moderne Version des Hahnes. Er weckt die Anlieger, indem er seine Ramme rufen lässt: „Steht auf, ihr Leut', und lasst euch sagen: Eure Stund' hat nun geschlagen!" Ich gebe auf. Beginnendes Aufstehen. Oberkörper in 45 Grad. System hochfahren.

Kurz das Smartphone checken. Flugmodus. Deshalb war es so ruhig gestern! Ich war nicht erreichbar! Einloggen ins Netz. 13 Anrufe in Abwesenheit. Unter anderen meine Mutter, die Telekom, das Autohaus, meine Mutter, ein Gewinnspiel, einmal verwählt, noch mal meine Mutter und mein Urologe, der wegen mangelnder Erreichbarkeit gleich eine SMS hinterhergeschickt hat. Sie ist von gestern, 07:44 Uhr, und lautet: „Alles in Ordnung, kein Befund. Untenrum alles im Lack!!!" Der Ton der Nachricht ist für Außenstehende überraschend schnoddrig und gar nicht akademisch, aber wir kennen uns noch aus der Schulzeit. Ich vertraue ihm. Halleluja! Ich lebe! Und nicht nur ich. Was viel wichtiger ist: auch mein Unterleib!

0818 Die Zeugen Jehovas klingeln: „Wir würden gerne mit Ihnen über Gott reden."

Ich antworte: „Gott bin ich selbst. Ich bin unsterblich! Wenn Sie mich sprechen wollen, ich bin täglich im buddhistischen Tempel, freitags in der Moschee, sonntags in der Kirche und samstags im Stadion."

Verdutzte Gesichter. Auf Wiedersehen. Ein neuer Tag. Willkommen in der Wirklichkeit.

AUSGANG

Keine Wohnung kann so schön sein, dass man sie nicht ab und zu verlassen möchte. Leider ist nicht mehr bekannt, wer der Architekt war, der als Erster ein Haus mit Außenöffnung plante, aber man kann mit Fug und Recht behaupten, dass das Konzept des Wohnens in künstlich errichteten Wohnstätten erst durch die Idee der Tür als Übergang von innen nach außen und umgekehrt möglich wurde. Die Erfindung der Eingangstür ermöglichte das Betreten des Hauses, der Ausgang aber erst machte eine dauerhafte Nutzung attraktiv, da man nun das Haus nicht nur betreten, sondern auch wieder verlassen konnte, eine essenzielle Erfindung, wie jeder weiß, der ab und zu Verwandtschaft zu Besuch hat und sich schon nach wenigen Minuten gefragt hat, wie man die Bagage wieder rauskriegt. Durch die Tür natürlich! Die ersten Häuser brauchten keinen Ausgang, da es sich um Gräber handelte. In einem Totenhaus gilt ein Ausgang als unnötiger Luxus.

MIX
Papier aus verantwortungsvollen Quellen
FSC® C006701

Dieser Titel ist auch als Hörbuch und E-Book erschienen

Originalausgabe

Lektorat: KD Langenstein, Köln
Umschlaggestaltung: Pauline Schimmelpenninck, Büro für Gestaltung, Berlin
Einbandmotiv und alle Fotos im Innenteil: © Dieter Nuhr
Gestaltung Innenteil / Satz: Ralf Schroeder, Köln
Gesetzt aus der Minion
Druck und Einband: CPI – Ebner & Spiegel, Ulm

Printed in Germany
ISBN 978-3-431-03861-3

5 4 3 2 1

Sie finden uns im Internet unter: www.luebbe.de
Bitte beachten Sie auch: www.lesejury.de

Was soll ich tun? Wer zahlt? Und: Kann ich noch fahren?

Dieter Nuhr
DER ULTIMATIVE
RATGEBER FÜR ALLES
304 Seiten
mit zahlreichen
Abbildungen
ISBN 978-3-7857-6055-0

Dieses Buch ist etwas völlig Neues. Denn es macht schlau. Man liest ja kein ganzes Buch, um am Ende immer noch blöd zu sein wie ein Sack Dinkelmehl. Doch hier werden sogar elementare Fragen beantwortet: Dies ist ein Ratgeber für alle Gelegenheiten, vom Urknall bis zum Jüngsten Gericht. Dieter Nuhr gibt Ratschläge zur Reinkarnation, dem Umgang mit Alkohol, Hautcreme, dem Schöpfer, Privatfernsehen, Weinbrandbohnen und dem Leben an sich. Der Philosoph unter den Comedians mit neuen brüllend komischen Weisheiten.

»Dieter Nuhr beweist, dass Komik und Intelligenz sich nicht ausschließen.« BERLINER MORGENPOST

Lübbe Paperback

»Schockierende Erlebnisse von der Bildungsfront aus erster Hand.« Stefan Aust

Philipp Möller
ISCH GEH SCHULHOF
Unerhörtes aus dem
Alltag eines
Grundschullehrers
368 Seiten
ISBN 978-3-404-60696-2

Heute ist Klassenausflug. Bowlen – damit die Kinder sich endlich mal so richtig austoben können. Als ich den Klassenraum betrete, stürmen die ersten schon auf mich zu. »Herr Mülla, iebergeil!«, ruft Ümit. »Isch mache Strike, ja? Schwöre, schmache eine Strike!« Mit wilden Bowling-Trockenübungen steht er vor mir. Wenn er nachher tatsächlich so bowlt, nehme ich mir besser einen Helm mit.
Aushilfslehrer? Ein lockerer Job, denkt Philipp Möller – bis zur ersten Stunde in seiner neuen Klasse: Musikstunden erinnern an DSDS, hyperaktive Kids flippen ohne ihre Tabletten aus und zum Frühstück gibt es Fastfood vom Vortag. Möllers Geschichten aus dem deutschen Bildungschaos sind brisant und berührend, und dabei immer wieder urkomisch.

Bastei Lübbe Taschenbuch